KB132217

스텔라 마리스

스텔라 마리스

CORMAC McCARTHY
코맥 매카시 장편소설 정영목 옮김

문학동네

차례

스텔라 마리스*

위스콘신주 블랙리버폴스

1902년 설립

1950년 이후 정신의학과 환자들을 돌보기 위한
비종파 시설 및 호스피스

입원 병동   1972년 10월 27일

환자 번호 72-118

20세 유대인/백인 여성. 매력적, 신경성식욕부진 가능성. 6일 전 본 시
설에 도착. 짐은 없으며 버스를 타고 온 것으로 보임. 닥터 웨그너 승인
으로 입원. 핸드백의 비닐봉지에는 100달러짜리 지폐가 가득 들어 있
었으며―4만 달러 이상―환자는 이것을 접수원에게 주려 했음. 시카고
대학 수학과 박사과정생이며 편집성 조현병 진단을 받았고 장기간 시
각·청각적 환각 증상이 나타났음. 과거 두 차례 이 시설에 입원.

---

* '바다의 별'이라는 뜻으로 성모마리아를 가리킨다.

I

안녕하세요. 닥터 코언입니다.

내가 예상하던 닥터 코언이 아니네요.

그 점은 미안합니다. 닥터 로버트 코언을 생각했군요.

네. 닥터 코언이 모자랄 일은 없겠네요.

아마도. 잘 지냅니까? 괜찮아요?

괜찮냐고요.

네.

미치광이 수용소에 있는데.

음. 그 점 빼곤 괜찮냐고 물어야겠군요.

이 일을 얼마나 하셨어요?

십사 년쯤.

이걸 녹음하겠죠.

그렇게 동의한 걸로 알고 있는데. 괜찮나요?

아마도. 당시에는 의사가 다른 사람일 거라고 생각했지만.

괜찮지 않군요.

아니요. 상관없어요. 나는 이야기를 나누는 데만 동의한 거라는 말은 해둬야겠지만요. 어떤 종류든 치료에 동의한 게 아니라.

그래요. 나한테 묻고 싶은 게 있나요? 시작하기 전에.

이미 시작했잖아요. 예를 들어?

본인 이야기를 좀 해보는 것도 좋을 것 같은데.

오 애야.*

싫어요?

정해진 숫자대로 칠을 하자는 건가요?**

무슨 말인지?

됐어요. 그저 내가 너무 순진한 탓에 이 이야기가 진부한 위선으로 말도 안 되게 뒤틀려버린 벡터***로 출발하는 일을 피할 수도 있지 않을까 하는 상상을 놓아버리지 못한 것뿐이니까.

---

* Oh boy. 놀라움을 나타낼 때 쓰는 구어적 표현.
** 바탕 그림의 각 부분에 숫자가 적혀 있고 숫자마다 지정된 색깔을 칠하도록 구성된 아동용 그림 놀이. 정해진 대로 일한다는 뜻이다.
*** 크기와 방향을 모두 가진 물리량. 일반적인 진로나 방향으로 생각할 수도 있다.

뭐 때문에 그러는 겁니까? 내 말투?

됐어요. 선생님 방식으로 하죠. 이러든 저러든 젠장.

음. 출발이 나쁜 건 바라지 않는데. 난 그냥 환자분이 왜 여기에 있는지 이야기를 좀 해주면 좋겠다고 생각했을 뿐이에요.

달리 갈 데가 없었어요.

그런데 왜 하필이면 여기.

전에 여기 있었으니까요.

그럼, 처음에는 왜.

콜레타에는 들어갈 수가 없었으니까요.

그렇다면 콜레타에는 왜?

거기가 로즈메리 케네디를 보낸 데잖아요. 그 여자 아버지가 그 여자의 뇌를 퍼낸 뒤에.*

환자분이 그 집안과 무슨 관련이 있습니까?

아니요. 나는 정신의학 시설에 관해서는 아무것도 몰랐어요. 그냥 콜레타가 그 집안에서 찍은 곳이라면 필시 아주 좋은 곳일 거라고 생각했을 뿐이에요. 그 여자 뇌를 퍼낸 건 아마 다른 곳일 거예요, 사실.

뇌엽 절제술 이야기를 하는 거로군요.

---

* 로즈메리 케네디는 미국의 대통령이 된 존 F. 케네디의 동생으로, 자폐가 있었고 1941년 뇌엽 절제술을 받았으나 결과가 좋지 않았다. 이후 로즈메리는 정신장애인들을 위한 학교이자 보호시설인 세인트콜레타에 수용되었다.

네.

왜 그 여자한테 그런 수술을 시켰을까요?

그 여자는 별종이었고 그 여자 아버지는 누가 그 여자와 박
아낼까 걱정했으니까요. 그 노친네가 계획했던 딸이 아니었던
거죠.

그게 사실인가요?

네. 불행하게도.

환자분은 왜 어딘가에 가야 한다고 느꼈나요?

이번에 말인가요?

네. 이번에.

그냥 그랬어요. 나는 이탈리아를 떠나왔어요. 거기에는 혼
수상태에 빠진 오빠가 있었죠. 병원에서는 플러그를 뽑겠다며
계속 내 허락을 얻으려고 했어요. 서류에 서명하라고. 그래서
도망 왔어요. 달리 어째야 할지 몰랐거든요.

차마 그럴 수가 없었군요? 오빠한테서 생명 유지 장치를 뗄
수가?

네.

뇌사 상태인가요?

오빠 이야기는 하고 싶지 않아요.

알겠습니다. 왜 오빠가 혼수상태인지만 이야기해주시죠.

자동차 사고를 당했어요. 오빠는 자동차경주 선수였어요.

정말 말하고 싶지 않은데.

알겠습니다. 나한테 묻고 싶은 게 있나요?

뭐에 관해서요?

뭐든. 원한다면 나에 관해서도. 얼리샤라고 불러도 될까요?

선생님에 관해서 물어보기를 바란다는 거죠.

원하신다면. 네.

대학에서 가르치시나요.

매디슨에서. 네.

그 대학 어디 있는지 알아요. 학자치고는 옷을 잘 입는 편이
네요.

고맙습니다.

칭찬이 아니었는데요. 선생님은 정신분석학자가 아니죠.

나는 정신과의사예요.

의학박사가 아니죠.

의학박사예요. 사실은.

또 뭐가 있나요.

나는 결혼했습니다. 자식이 둘이죠. 아내는 시에서 아동 프
로그램을 운영하고 있어요. 내 나이는 마흔셋이에요.

아무도 안 볼 때는 무슨 짓을 하나요?

아무 짓도 안 해요. 환자분은?

이따금 담배를 피워요. 술이나 마약은 하지 않고. 약도 안

먹고요. 담배는 갖고 계시지 않겠죠.

없어요. 좀 가져올 수는 있어요.

좋아요.

또 뭘 하죠?

아마도 존재하지 않을 인물들하고 비밀 대화를 해요. 나는 이런저런 걸로 애태우는 사람이라는 소리를 듣지만 그건 사실이 아니라고 생각해요. 사람들은 내가 재미있다고 생각하는 것 같지만 나는 사람들하고 이야기하는 걸 거의 그만두었어요. 나는 나와 같은 미치광이들하고 이야기해요.

다른 수학자하고 이야기하지는 않나요?

이제는 안 해요. 음. 약간은 하나.

왜요?

이야기가 길어요.

지금도 수학 공부를 하나요?

아니요. 사람들이 수학이라고 부를 만한 건 안 해요.

어떤 종류의 수학을 했어요?

위상수학. 토포스 이론.

하지만 이제 그건 안 하고요.

네. 다른 데 정신이 팔렸어요.

어떤 것에 정신이 팔렸죠?

위상수학. 토포스 이론.

일단 수학 이야기는 건너뛰는 게 좋겠군요.

좋아요. 어차피 나도 내가 뭘 하고 있는 건지 몰랐으니까.

그렇게 말하는 걸 들으니 놀랍네요. 다른 수학자한테서 도움을 얻을 수는 없었나요?

없었어요. 그 사람들도 몰랐으니까.

녹음하는 건 괜찮은 게 확실해요?

그럼요. 그런데 내가 박는다거나 그런 말을 하면 어떡하죠? 이미 한 것 같은데, 사실은. 사실 방금 또 했고.

모르겠네요. 환자분한테 편집 권한은 없는 걸로 합의가 된 듯한데.

사실 진지하게 하는 말은 아니에요.

오.

얼리샤라고 부르는 건 괜찮아요. 헨리에타보다 그게 나아요.

이번에도 진지하게 하는 말은 아니군요.

네.

알겠습니다. 오빠에 관해서는 아무 이야기도 하고 싶지 않습니까?

꼭 '일라이자 프로그램'이 말하는 것처럼 들리기 시작하네요. 아니요. 하고 싶지. 않습니다.

컴퓨터 정신의학 프로그램이죠.

네.

알겠습니다. 무슨 이야기를 하고 싶은가요?

모르겠어요. 그냥 똑똑한 척이 하고 싶은 것 같아요. 선생님이 정말로 나하고 이야기하고 싶다면 적어도 헛소리 몇 가지는 건너뛰어야 할 거예요. 그렇게 생각하지 않나요? 아니 그렇게 생각하나요?

그렇게 생각해요. 얼리샤 말이 절대적으로 옳다고 생각해요.

가령 그런 거.

그게 헛소리인가요?

물론 헛소리죠. 선생님은 지옥에서라도 결코 내가 절대적으로 옳다고 생각하지 않아요.

무슨 말인지 알겠습니다.

그리고 무슨 말인지 알겠다는 소리는 하지 말아주세요.

그냥 얼리샤의 관점을 이해하려 하고 있다는 뜻일 뿐입니다. 연락하는 사람은 있나요?

진짜 사람 말인가요?

그쪽이 낫죠. 네.

사실 없어요.

수학자도? 대학에서 만난 사람도?

수학 이야기는 하지 않기로 한 줄 알았는데요.

알겠습니다.

지금도 그로텐디크에게 편지를 쓰지만 그는 IHES*를 떠났고 답장을 하지 않아요. 그건 괜찮아요. 답할 거라고 기대하지 않으니까요.

그 사람이 수학자인가요?

네. 아니, 과거에는 그랬죠.

어디 사나요?

어디 사는지는 몰라요. 아마 아직 프랑스에 있을 거예요.

프랑스 사람 이름 같지는 않은데요.

프랑스 사람 이름이 전혀 아니죠. 그 사람 아버지 성은 샤피로였어요. 나중에는 타나로프가 되었고. 그로텐디크는 시민권이 없어요. 전쟁에서 난민이 된 아이였어요. 숨고. 살기 위해 달아나고. 아버지는 아우슈비츠에서 죽었죠.

편지는 어디로 보내나요?

IHES로. 그 사람이 누구인지 모르죠, 그렇죠?

모릅니다.

괜찮아요. 우린 친구였어요. 지금도 친구죠. 같은 회의적 태도를 공유하고 있어요.

무엇에 관한?

---

* Institut des Hautes Études Scientifiques. 프랑스의 고등과학연구소.

수학에 관한.

내가 제대로 이해하고 있는지 모르겠군요.

괜찮아요.

수학에 회의적입니까?

네.

그 학문에 어떤 식으로인가 실망했다는 건가요? 어떻게 그 분야 전체에 회의적일 수 있는지 잘 모르겠네요.

알아요.

어쨌든 수학이 얼리샤에게 실망을 안겼군요.

그렇게 표현할 수도 있겠네요.

어떻게 수학이 그럴 수 있죠?

음. 이 경우에는 악하고 일탈적이고 적의에 사로잡힌 편미분방정식 한 무리가 주도했는데 이 무리는 창조자의 뇌 속 미심쩍은 회로망에서 자신의 현실성을 찬탈하려는, 밀턴이 묘사하는 반역과 다르지 않은 목표를 세우고 신이나 인간 양쪽 모두에게 책임을 지지 않는 독립국가로서 자기 기旗를 꽂으려는 음모를 꾸몄어요. 대체로 그렇게 된 거예요.

내 질문들이 순진하다고 생각하는군요.

미안합니다. 아니요. 그렇게 생각하지 않아요. 나쁜 결과는 질문자 탓이 아니에요.*

그 사람이 저명한 수학자인가요? 얼리샤의 친구가.

그로텐디크. 20세기 최고의 수학자로 널리 인정받죠. 힐베르트와 푸앵카레와 데데킨트와 칸토어가 모두 20세기까지 살았다는 사실을 무시한다면. 하지만 무시해야 해요. 그들 모두 주요 작업은 19세기에 했으니까. 그리고 나는 폰 노이만의 열렬한 팬은 아니라서요.

미안하지만 나는 모르는 이름들이네요.

알아요. 괜찮아요. 음, 사실은 괜찮지 않아요. 하지만 됐어요.

그로텐디크.

네.

그 사람하고 함께 일을 했나요?

그걸 일이라고 부를 수 있을지 모르겠네요. 오랜 시간 이야기를 했어요. 그로텐디크는 화요일에 연구소에 나오곤 했죠. 또 나는 그의 집에서 많은 시간을 보냈어요. 가족과 함께 식사하곤 했죠. 그러다보면 대화가 밤늦게까지 이어졌고요. 어떤 의미에서는 우리가 그냥 같은 또라이 집합소에 함께 있었다고도 할 수 있어요. 연구소는 그와 디외도네라는 이름의 또다른 수학자를 위해 모샹이라는 이름의—그게 실제로 본명이라면—부유한 러시아인이 세운 것인데 이 러시아인은 모자 장수

---

* 타로점에서 흔히 하는 말.

만큼 제정신이 아니었죠.* 연구소는 IAS**를 본뜬 것이었어요. 프린스턴에 있는. 오펜하이머가 자문이었죠. 나는 IHES에 일 년 있었지만 그때 기금이 말라붙기 시작했어요. 결국 연구비를 다 받지도 못했어요. 나는 거기에서 유일한 여자 연구원이었죠. 처음에 사람들은 내가 주방에서 일한다고 생각했어요.

좋은 경험은 아니었다고 받아들이겠습니다.

환상적이었어요. 그전에 시카고에서도 문제가 좀 있었어요. 그래도 그로텐디크는 상대가 하는 모든 말에 귀를 기울여주었어요. 고개를 끄덕이고 종이에 메모하고. 말을 하고. 상대가 스스로에게 하지 못했던 질문을 하고.

얼리샤는 몇 살이었죠?

열일곱이요.

그건 문제가 되지 않았나요. 나이.

그 사람은 나이 같은 건 생각도 해보지 않았을 거예요.

그 사람이 왜 답장을 안 하는 거죠?

무엇보다도 수학을 그만두었기 때문이죠.

얼리샤와 마찬가지로.

네. 나와 마찬가지로.

---

* 모자 제조 과정에서 사용되는 수은 때문에 생긴 현상에서 나온 말. 루이스 캐럴의 『이상한 나라의 앨리스』에 등장하는 인물로도 유명하다.
** The Institute for Advanced Study. 프린스턴고등연구소.

그게 힘들었나요?

음. 어쩌면 모든 걸 잃는 것보다 단 한 가지를 잃는 게 더 힘들 수도 있다고 생각해요.

한 가지가 모든 게 될 수도 있다.

그렇죠. 그럴 수 있어요. 수학은 우리가 가진 전부였어요. 우리가 수학을 그만두었으니 이제 골프나 치자 그럴 수 있는 사람들은 아니었거든요. 지금 그로텐디크는 세미나에 연사로 초청받으면 나타나서 환경이나 전쟁 장사꾼들에 관해 고함을 질러요. 그의 부모가 정치 활동가였죠. 그로텐디크는 부모에 대한 기억에 깊이 헌신하고 있어요. 책상에 연필로 그린 아버지 그림이 있고 어머니의 데스마스크라고 이야기를 들은 것도 있어요. 하지만 그 사람 부모는 사실 어린 그를 버리고 절대 존재할 수 없는 세계에 대한 정치적 꿈을 추구한 사람들이었고, 그로텐디크는 부모의 배신을 정당화하려면 그들의 대의를 떠안을 수밖에 없다고 느꼈다는 게 내 짐작이에요. 그로텐디크는 결혼을 했고 자식들을 낳았죠. 그 사람 또한 부모와 똑같은 일을 할까봐 걱정이에요.

우는 건가요?

미안합니다.

그 사람은 그 모든 걸 버렸네요.

네.

왜죠?

그 사람 친구들은 그가 정신적으로 점점 불안정해졌다고 믿어요.

실제로 그랬나요?

복잡해요. 이러다보면 결국 믿음에 관해 이야기하게 되죠. 현실의 본질에 관해서. 어쨌든, 내 동료 수학자 몇 명은 수학을 버리는 게 정신적 불안정의 증거로 제시되었다는 이야기를 들으면 재미있어할 거예요.

그 사람 나이가 어떻게 되나요?

마흔넷이요.

그리고 얼리샤는 그의 연구소에서 연구원으로 일하러 프랑스에 간 거고.

나는 오빠와 함께 있으려고 프랑스에 갔어요. 오빠가 돌아올지 오지 않을지 몰랐거든요. 하지만 네, 나는 그 연구소에 가고 싶었어요. 거기서 내가 하고 싶은 연구를 진행하고 있었거든요.

시카고대학은 이미 졸업한 뒤였죠.

네.

열여섯 살에.

네. 나는 박사과정생이었어요. 지금도 그래요, 내 생각에는. 나에게는 인생이 없었어요, 사실. 내가 한 건 공부뿐이었어요.

수학자가 되지 않았다면 뭐가 되고 싶었습니까.

죽고 싶었어요.

그게 얼마나 진지한 대답인가요?

나는 선생님 질문을 진지하게 받아들였어요. 선생님도 내 대답을 진지하게 받아들여야 해요.

괜찮습니까?

네. 실은 선생님 질문을 무시해버린 건지도 몰라요. 내가 진짜로 원한 건 아이였어요. 정말이지 지금도 진짜로 원하는 건. 나한테 아이가 있다면 밤에 그냥 그 방에 들어가 거기 앉아 있을 거예요. 조용히. 내 아이가 숨쉬는 소리에 귀를 기울일 거예요. 아이가 있다면 현실에는 관심을 갖지 않을 거예요.

나를 놀라게 하는군요.

네. 뭐.

계속하고 싶습니까?

나는 괜찮아요. 어쨌든 그로텐디크와 모샨은 사이가 틀어졌어요. 모샨은 그로텐디크가 자진해서 물러나게 하려고 연구소가 군대 돈을 받고 있다고 말했어요. 그로텐디크는 실제로 물러났죠. 그게 사실인지 아닌지 나는 알지도 못해요. 돈 얘기요.

그 사람이 정말로 위대한 수학자인가요?

네.

그 사람이 한 일 가운데 혹시 내가 이해할 수 있는 게 있을까요?

모르겠네요. 그로텐디크는 어떤 수학자 다섯 명을 데려다 놔도 이룰 수 없는 결과를 내놨어요. 거의 오일러에 비길 만하죠. 마침내 그로텐디크는 대수기하학을 모두 다시 쓰기 시작했어요. 하지만 삼분의 일쯤밖에 못 나갔죠. 그게 수천 페이지예요. 그걸로 수학을 근본적으로 바꿔버렸어요. 그로텐디크는 부르바키 그룹*을 이끌었지만 결국 그들은 그로텐디크를 이해하지 못했어요. 아니 이해하지 않으려 했죠. 그들의 수학은 집합론에 근거를 두고 있었고—그 이론은 점점 구멍이 많이 보이기 시작했어요—그로텐디크는 그것을 상당히 넘어섰어요. 완전히 새로운 수준의 논리적 추상으로 간 거죠. 세상을 바라보는 새로운 방법. 그는 리만**이 시작한 일을 완성하는 중이었어요. 유클리드를 영원히 권좌에서 몰아내는 것. 우선 '제5공리'를 무시하고. 유클리드가 다룰 수 없었던 무한을 침범하는 것. 토포스 이론에 다가가면 다른 세계의 가장자리에 있는 거예요. 아무 곳도 아닌 곳에서 세계를 돌아보며 서 있을 수 있는 자리를 발견한 거죠. 그냥 어떤 게슈탈트***가 아니에요.

---

* 1930년대에 결성된 프랑스의 수학자 단체로, '니콜라 부르바키'라는 필명을 사용해 공동 저작을 집필했다.
** Bernhard Riemann(1826~1866). 독일의 수학자.

근본적인 거예요.

얼리샤는 스스로 여기에 왔죠.

스텔라 마리스에.

네.

남들이 입원시키면 정신이상자로 공인되는 거지만 스스로 입원하면 다르잖아요. 꽤 멀쩡한 게 틀림없다고 판단하죠. 아니면 병원에 오지 않았을 테니까. 제 발로 말이에요. 따라서 기록 면에서 보자면 합격증을 받은 거죠. 자기가 미친 걸 알만큼 제정신이면 자신이 제정신이라고 생각하는 경우만큼 미친 건 아니니까요.

얼리샤는 전에도 여기 왔었죠? 두 번?

네.

이번에는 왜? 그게 내가 하고 싶은 질문 같아요.

내 방에서 계속 이상한 사람들과 마주쳤어요.

그건 얼리샤에게 새로운 일이 아닌 것 같은데요.

여기에서 사람들을 좀 보고 싶었어요.

환자들이요.

네. 내가 직원들을 만나러 여기 왔다고 생각하시나요?

상담자들 말인가요.

*** 지각의 대상을 형성하는 통일적 구조.

네.

모르겠네요.

모르실 리 없죠.

약은 전혀 안 드시죠.

네.

그게 지혜로운 행동이라고 생각하세요?

나는 지혜로운 게 뭔지 몰라요. 나는 지혜로운 사람이 아니에요.

하지만 자기가 미쳤다고 생각하지는 않죠.

모르겠어요. 맞아요. 적어도 나는 선생님의 미친 책에 들어맞지는 않아요.

DSM* 말이죠.

네. 물론 내가 거기에 들어맞지 않은 유일한 사람은 아니죠.

여전히 환각이 보이나요?

나는 한 번도 그게 환각이라고 말한 적이 없어요.

얼리샤는 그 방문객들을 존재하지 않는 사람들이라고 불렀죠.

인물들.

그럼 인물들.

---

* Diagnostic and Statistical Manual of Mental Disorders. 정신장애 진단 및 통계 편람.

문헌에서 인용해서 한 말이었어요.

어떤 문헌이죠?

나에 관한 문헌. 그런데 아니에요. 최근에는 그들을 못 봤어요. 이런 장소에 찾아오는 건 좋아하지 않거든요. 여기는 그들에게 불편하니까. 웃고 계시네요.

이런 시설 자체가 정신 건강을 증진한다고 말하는 것처럼 들려서요. 뭐랄까? 교회가 악한 영을 막아준다거나 하는 식으로?

괜찮은 비유라고 할 수 있을 것 같네요. 교회는 지칠 줄 모르고 죄인에 관해서만 말하죠. 구원받은 자는 거의 언급되지 않아요. 어떤 사람은 사탄의 관심이 전적으로 영적이라고 지적했죠. 체스터턴*이요, 아마도.

내가 이해한 것 같지 않군요.

사탄은 오직 인간의 영혼에만 관심을 가져요. 다른 면의 복지에는 똥만큼도 관심이 없죠.

재미있군요. 얼리샤의 방문객들. 그게 뭐든. 그 방문객들에 관해서는 무슨 이야기를 해줄 수 있나요?

그 질문에는 어떻게 답을 해야 할지 도무지 모르겠네요. 선생님이 알고 싶은 건 뭐죠?

---

* G.K. Chesterton(1874~1936). 영국의 작가이자 평론가. 가톨릭 사제가 탐정으로 나오는 소설 '브라운 신부' 시리즈가 특히 유명하다.

이름을 갖고 나타나요?

누구도 이름을 갖고 나타나지 않아요. 어둠 속에서 찾을 수 있게 우리가 이름을 붙이는 거죠. 선생님이 내 서류를 읽어보셨다는 건 알지만 좋은 의사는 환각 속 인물의 묘사에는 거의 관심을 두지 않아요.

그들이 얼마나 현실적으로 보이나요? 그들이 뭐랄까, 그걸 갖고 있나요? 꿈 같은 특질?

그런 것 같지 않아요. 꿈속 존재는 일관성이 없죠. 일부 조각만 보고 나머지는 우리가 채워넣는 거예요. 시각적 사각지대의 경우와 약간 비슷하죠. 꿈속 존재는 연속성이 없어요. 다른 존재로 변해요. 그들이 존재하는 풍경이 꿈 풍경이라는 건 말할 것도 없고요.

주요 인물은 대머리 난쟁이군요.

작은 사람. 네.

키드.*

키드. 네.

하지만 키드는 얼리샤의 꿈속 존재 같지가 않군요.

맞아요. 방안의 인물 같죠.

왜 이 인물들이 지금의 그런 특정한 모습인가 하는 문제에

---

* 코맥 매카시의 『핏빛 자오선』과 『평원의 도시들』에도 '키드(Kid)'라는 이름을 가진 인물이 등장한다.

관해 얼리샤의 의견이 있는지 궁금합니다.

다른 질문을 시도해보시겠어요? 그들이 그런 모습인 것은 그들이 그런 모습으로 이루어져 있기 때문이죠. 선생님이 정말로 알고 싶은 건 그들이 무엇의 상징일까 하는 거라고 봐요. 나는 몰라요. 나는 융의 이론을 따르지 않아요. 선생님 질문은 또 이 정신 나간 동물원이 세심하게 연출되었을 가능성이 있을지도 모른다는 게 선생님의 생각이라는 걸 보여줘요. 어떤 식으로든 연출되었을 가능성. 하지만 그 인물 각각은 거의 현실성을 갖고 어른거려요. 나는 그들의 콧구멍의 털도 볼 수 있고 귓구멍 안도 볼 수 있고 신발끈의 매듭도 볼 수 있어요. 선생님은 이걸 가지고 나의 고통스러운 정신적 과정의 오페라를 무대에 올릴 수도 있다고 생각하시죠. 행운을 빌겠어요.

하지만 다른 사람들은 그런 존재들이 실재한다고 믿지 않는다는 걸 얼리샤도 알고 있죠.

실재의 의미를 정의해주세요.

네?

나는 사실 다른 사람들이 뭘 믿는가에는 관심이 없어요. 그들이 어떤 의견을 가질 자격이 있다고 생각하지 않아요.

그 사람들은 얼리샤의 인물을 본 적이 없으니까.

음. 그건 논리적으로 막다른 지점이라는 자격을 충족하는 것 같네요. 어떻게 생각하세요?

얼리샤가 묘사하는 규모의 환각이 지금은 찾아볼 수 없을 만큼 희귀하다는 건 틀림없이 알고 있겠죠. 얼리샤가 그걸 꾸며내고 있다고 말한 상담자가 여럿입니다.

　꾸며내고 있다.

　네.

　그거 표현 방식이 좀 이상하게 들리는데요, 안 그래요?

　환각을 꾸며내고 있다는 걸 꾸며내고 있다는 식으로 들릴 수도 있다는 거군요.

　네, 뭐. 그들도 의견을 가질 자격이 없죠.

　상담자들이?

　상담자들이.

　어쩌면 그럴지도 모르죠. 그 일이 언제 시작됐습니까? 몇 살에?

　내가 중증 정신병자 수준이라고 생각하시나요?

　아니. 그렇게 생각하지 않습니다. 하지만 얼리샤는 물론 검사받는 걸 좋아하지 않겠죠.

　네. 선생님은요?

　나도요. 결과가 좋을 거라 예상되지 않는 한. 하지만 얼리샤 생각으로는 검사가 일반적으로 뭐랄까? 오도된다? 침습적이다?

　그냥 내가 그걸 좋아하지 않는다고 해두죠.

하지만 몇 가지 검사는 했네요. 고급 레이븐 검사*에서는 만점을 받았고요.

만점자는 전에도 나온 적이 있어요.

하지만 얼리샤만큼 빨리 풀고 만점을 받은 사람은 없죠.

앞쪽 문제들은 아주 한심해요. 그냥 빠진 도형을 채워넣는 거죠. 아주 원시적인 방법으로 복잡할 뿐이에요. 문제는 점점 어려워지지만 사실 다르지는 않아요. 게다가 도형이 아무리 복잡해져도 규칙은 여전히 여섯 개밖에 없고.

검사지 끝에다 삼차원 행렬을 두 개 그려놓았더군요.

격자. 네. 하나는 기하학적인 거고 또하나는 계산적인 거였죠. 그렇게 어려운 건 아니었어요. 하지만 괜찮아 보인다고 생각했어요. 아주 빠르게 아주 난처해질 수 있는 문제라는 걸 알았거든요. 몇 차원인지 제대로 파악하지 못하면 수열을 따라갈 수 없으니까요. 그런데 거기 적은 것에 대해 아무런 응답이 없더라고요. 자기들이 출제한 검사에서 사람들이 완벽한 점수를 얻는다면 더 어려운 문제를 내고 싶어할 수도 있겠다는 게 내 느낌이었는데 말이에요. 선생님은 호트hort 이야기를 하고 싶어하시는 줄 알았는데요?

무슨 얘기요?

---

* 비언어 지능검사의 한 종류.

호트. 개체. 코호트cohort*의 호트.

그게 쓰는 말인가요? 호트?

지금부터 쓰죠. 내 생각에 그거하고 가장 가까운 말은 오트ort인 것 같아요. 영어로는 조각, 독일어로는 장소죠. 어쨌든, 몇 살에. 그게 선생님 질문이었죠. 생리가 시작했을 때라고 내 생각에는 서류에 적혀 있는 것 같은데요.

그냥 그게 정확한지 궁금했습니다. 좀 일러서요.

조숙했다고 표현할 수도 있겠네요.

이런 질문을 해도 용서해주길 바라지만 그게 몇 살이었나요?

열두 살이요.

여성의 경우 조현병은 보통 십대 후반이나 이십대 초반이 되어야 생깁니다.

나는 한 번도 타당한 방식으로 조현병 진단을 받은 적이 없어요.

없죠.

어쩌면 일반적인 괴상한 면을 찾는 검사가 고안될지도 모르겠네요. 어떻게 생각하세요?

여기에서 MMPI**를 받았죠. 이 년 전에.

---

* 동질의 집단을 뜻하는 말. co는 '공동' '함께'의 뜻을 만드는 접두사다.
** The Minnesota Multiphasic Personality Inventory. 미네소타 다면 인성

알겠어요.

일반적인 괴상한 면 이야기가 나와서 말인데. 얼리샤는 반사회적 이상 성격자로 분류되었고 그 뒤에 그리 매력적이지 않은 다른 형용사들도 많이 따라붙었죠. 네번째 척도에 근거한 거였습니다. 미네소타 검사를 알고 있었나요?

아니요. 나는 선생님네 검사들을 앉아서 연구하지 않아요. 나는 그게 숨막힐 만큼 멍청하고 의미 없다고 생각해요. 그래서 검사를 할수록 점점 더 열만 받았어요. 결국 나는 살인 가능성이 있는 미치광이 자격을 얻으려 하고 있더라고요.

갇히는 건 걱정하지 않았나요?

이미 갇혀 있었어요.

미네소타 검사에서는 재미있는 걸 전혀 발견하지 못했군요.

네.

스탠퍼드-비네*에서는 구십육 점이 나왔네요.

백 점을 맞으려 했어요.

왜요?

그게 맞아야 하는 점수이기 때문이죠.

진짜 IQ는 몇인가요?

나는 IQ가 없어요.

검사. 성인의 성격과 정신병리를 측정하는 표준화된 검사다.
* 지능검사의 한 종류.

그건 일종의 오만 아닌가요? 검사가 불가능하다는 건?

실제로 불가능하다면 오만이 아니죠. 어쨌든, 스탠퍼드-비네는 인종차별적이에요. 다른 무엇보다도.

그게 어떻게 인종차별적일 수 있죠?

검사에는 음악에 관한 질문이 없어요. 예를 들자면. 음악은 계산에 안 들어가나보더라고요. 그런데 측정된 IQ는 팔십오이지만 어떤 잣대로 보아도 음악적 천재로 꼽고 싶을 만한 흑인 사내가 있다고 해봐요. 그냥 우리 기준을 넘어서버린 사람 말이에요. 이런 사람도 IQ를 검사하는 사람들에겐 그저 얼간이보다 약간 나은 정도인 거예요.

검사하는 사람들 자신이 그렇게 똑똑하지 못하다고 생각하는 것 같네요.

나는 그 업계에서 수학을 조금이라도 이해하는 사람을 한번도 만난 적이 없어요. 그런데 지능은 수예요. 말이 아니라고요. 말은 우리가 꾸며낸 거예요. 수학은 그렇지 않아요. 그런데 IQ 검사에서 수학과 논리 질문은 농담 수준이에요.

어떻게 그렇게 된 걸까요? 수적인 게 지능의 핵심이 된 거 말입니다.

아마 늘 그랬을 거예요. 아니면 셈을 하다보니 그렇게 된 건지도 모르죠. 처음으로 말을 하기 전에 백만 년 동안 그러다보니. 백오십이 넘는 IQ를 바란다면 수를 잘 아는 게 좋아요.

검사에 익숙하지 않은 사람이라면 이런 몇 가지 검사에 대해 얼리샤처럼 반응을 체계적으로 정리하기는 어려울 거라는 생각이 드네요.

어느 정도 훈련이 되어 있었죠. 대학에서는 과제로 받은 그 멍청한 자료를 읽지 않고도 인문학에서 A를 받아야 했어요.

원칙적으로 자료를 읽지 않으려 했나요?

네. 그냥 시간이 없었어요.

왜 시간이 없었죠?

하루에 열여덟 시간 수학을 하고 있었거든요.

어떤 사람들은 그게 가능하지 않다고 말할 것 같습니다만.

네. 그러겠죠.

여덟번째 척도는 어떻게 생각하나요?

그게 뭔지 모르겠는데요.

음, 그건 무엇보다도 조현병을 검사하기 위해 설계된 거예요.

그래요? 어떤 결과가 나왔어요?

아슬아슬하게 통과했어요. 따라서 얼리샤가 검사를 마음대로 조작할 수 있었다면 실제로는 조현증인데 어떻게 해서 거짓으로 그것을 감추었다는 뜻일 수도 있지 않을까요? 물론 그 검사는 머리의 외상과 간질을 찾아내기 위해 설계된 것이기도 하죠.

어렸을 때 떨어져서 머리를 부딪힌 적이 있어요.

정말인가요?

아니요.

얼리샤가 하고 있던 그 모든 수학. 그게 다 과제로 받은 것
일 리는 없는데.

과제로 받은 건 전혀 없었어요.

가장 관심이 가는 건 뭐였나요?

게임이론에 어느 정도 시간을 쏟았어요. 거기에는 뭔가 유
혹적인 게 있어요. 폰 노이만도 거기에 사로잡혔죠. 어쩌면 그
건 적당한 표현이 아닐지도 몰라요. 하지만 결국에는 그게 가
능하지도 않은 설명을 약속한다는 게 보이기 시작했어요. 그
건 정말이지 게임이론에 불과하죠. 다른 어떤 게 될 수 없어
요. 콘웨이*든 콘웨이가 아니든. 처음 출발할 때 손에 쥐고 있
는 건 도구뿐인데 그게 실제로 이론까지 구성하기를 바라게
되는 거죠.

하지만 게임이론도 하나의 이론 아닌가요?

그렇게 말씀하신다면.

얼리샤는 할머니 집의 다락에 살고 있었죠.

네. 어머니가 돌아가신 뒤부터요. 보비가 그렇게 주선해줬

---

* John Horton Conway(1937~2020). 게임이론에 기여한 영국 수학자.

어요.

그러면 그곳에서 그 환영들이 처음 나타났습니까?

네.

얼리샤가 그렇게 열심히 수학을 하는 동안 그들은 뭘 하고 있었나요?

모르겠어요. 시간이 좀 지난 뒤에는 그들을 거의 무시했어요. 키드만 빼고. 키드는 무시하기가 워낙 힘들어서.

그들을 별로 성가시게 여기지 않았다니 뜻밖이네요.

음. 나는 열두 살이었어요. 그게 정상이 아니란 걸 내가 어떻게 알았겠어요?

하지만 실제로는 알았죠.

그게 정상이 아니란 건 알았죠. 하지만 나에게 정상이 아니란 건 알지 못했어요.

왜 그를 키드라고 불러요?

'탈리도마이드 키드'*를 줄인 거예요. 손이 없죠. 그냥 그 물갈퀴 같은 것만 있어요.

이게 그 난쟁이로군요.

작은 사람.

또 누가 있었죠?

---

* '탈리도마이드'는 수면제의 일종이며 '탈리도마이드 키드'는 그 약의 복용으로 태어난 기형아를 가리킨다.

그냥 많은 인물. 예능인들. 아마도.

그들이 예능으로 즐거움을 주던가요?

아니요.

그런데 그들은 그냥 나타난다는 거죠. 난데없이.

아니면 뭐죠? 어딘가에서? 좋아요. 난데없이. 계속 난데없이로 가도록 하죠. 그런데요. 나는 이런 대화는 거의 외우다시피 잘 알고 있어요.

다른 상담자들과 나누어서.

네.

내가 어떻게 하기를 바랍니까?

나를 놀라게 해주세요.

놀라게 해달라.

네. 음. 숨죽이고 기대하지는 않을게요. 사실적인 것과 사실이 아닐지도 모른다고 의심되는 것은 둘 다 똑같이 시간과 함께 흐릿해질 수밖에 없어요. 어떤 사건의 기억에는 두 가지가 합쳐진 지점이 있는데 그런 곳은 현실성이라는 면에서 딱 매듭이 지어져 구분되지가 않아요. 사람들은 악몽에서 깨면 어떤 안도감을 느껴요. 하지만 그런다고 악몽이 지워지진 않죠. 그건 늘 그 자리에 있어요. 잊힌 뒤에도. 우리가 이해 못한 게 있다는 느낌은 뇌리에 달라붙어 나중까지 오래 남아 있기 마련이에요. 선생님이 물어보려 했던 거. 그 답은 그렇다예요.

그들은 그냥 찾아와요. 알리지 않고. 이상한 냄새도 없고, 음악도 없어요. 그럼 나는 그들의 말에 귀를 기울여요. 가끔. 가끔은 그냥 자버리고요.

방에서 그들과 함께 잘 수 있어요?

꼭 제논*과 대화를 하는 것 같네요. 방금 그 질문 생각해보셨어요? 잃어버린 물건은 늘 마지막에 찾는 곳에서 나온다는 게 재미있지 않나요.

알겠습니다. 하지만 일반적으로 그게 무섭다고 생각하지는 않는군요.

맞아요.

그리고 그게 이상하게 여겨지지도 않고요.

네. 나는 열두 살이었어요. 아마도 그게 사춘기가 되면 나타나는 거라 생각했던 것 같아요. 다른 사람도 다 그렇다고. 어쨌든, 무서운 건 사춘기였어요, 환영이 아니라. 삶이 순진할수록 꿈은 더 무서워져요. 무의식이 계속 깨우려 하기 때문에. 모든 의미에서. 위태로워지는 데에는 바닥이 없죠. 숨을 쉬고 있는 한 늘 더 무서워질 수 있어요. 하지만 아니에요. 그들은 그냥 그들이었어요. 그들이 뭐였든 간에. 나는 그들을 초자연적이라고 여긴 적이 없어요. 결국 두려울 건 아무것도 없었죠.

---

* 그리스의 철학자. 아킬레우스는 거북이를 따라잡을 수 없다는 등의 역설로 유명하다.

나는 그때 이미 내 인생에는 드러내지 않는 게 나은 것들이 있다는 걸 배웠어요. 일곱 살 무렵부터 공감각을 두 번 다시 언급하지 않았어요. 예를 들면. 나는 그게 정상적이라고 생각했지만 물론 정상적인 것은 아니었죠. 그래서 그에 관해서는 입을 다물었어요. 어쨌든, 뭔가가 다가오고 있다는 건 알았어요. 다만 뭔지를 몰랐죠. 결국 이해하건 하지 못하건 사람은 자신의 인생을 받아들이기 마련이에요. 내게 그 허깨비에 대한 공포가 있었다면 그건 그들의 존재나 겉모습이 아니라 그들의 머릿속에 든 것 때문이었어요. 그걸 나는 이해하지 못했고. 내가 그들에게서 실제로 이해한 유일한 것은 그들이 모양과 이름을 가지지 않은 것에 모양과 이름을 부여하려 한다는 것뿐이었어요. 그리고 물론 나는 그들을 신뢰하지 않았고요. 넘어가는 게 좋겠네요.

하지만 그것들은 자기 의지대로 오가는 거죠?

자기 의지대로.

네.

예수여. 선생님 질문엔 대답을 할 수가 없네요. 그들이 대對하는* 유일한 의지는 쇼펜하우어의 의지 같은 것일 거예요.

나는 그저 환자들이 환각에 편안함을 느끼는 건 특이하다는

---

* 직선이 다른 직선을 만나 각을 이루는 것을 가리키는 기하학 용어.

점을 지적하려고 했던 것뿐입니다. 환자들은 보통 환각이 현실의 어떤 파괴를 표현한다고 이해하는데 그건 그들에게는 무섭기만 할 뿐이죠.

그들에게는.

네.

음. 내가 이해하기로 실성한 사람들의 세계 그 핵심에는 이 세계와는 다른 세계가 존재하는데 그들은 그 일부가 아니라는 깨달음이 있는 것 같아요. 그들은 대개 그 세계에서 자신의 감시자들에게 요구되는 건 거의 없지만 자신들에게는 많은 게 요구된다는 걸 알고 있어요.

얼리샤는 그게 사실이라고 생각하나요?

아니요. 하지만 그들은 그렇게 생각해요.

얼리샤를 즐겁게 해주기 위해 오지만 그 일에 별로 유능하지 않은 이 존재들. 즐겁게 해주지도 못하고 정신을 팔게 해주지도 못하는데. 그들이 도대체 뭘 하려는 거라고 생각해요?

그들이 뭘 하려는 건지 모르겠어요. 모든 게 다 말로 할 수 없을 정도로 시원찮아요.

그들이 원하는 게 도대체 뭔지 얼리샤는 틀림없이 좀 알 것 같은데.

그들은 세상을 가지고 사람들이 생각도 하지 못한 짓을 하고 싶어해요. 세상을 의문 속에 놓고 싶어해요.

왜 그럴까요?

그들은 그런 존재니까요. 그게 그들이 하는 일이에요. 만일 그저 세상을 긍정하기만 바란다면 기이한 존재들이 나타나게 할 필요가 없죠.

그게 예능의 목적인가요? 그걸 그렇게 부를 수 있다면. 세상에 대한 의심을 부추기는 것.

왜 아니겠어요?

그들에 관해 또 무슨 말을 해줄 수 있습니까? 그들에게 그림자가 있나요? 잠긴 방에 들어올 수 있나요?

아무 문제 없이 어떤 모습으로든 나타날 수 있어요. 그리고 꿈속 존재가 그림자를 드리울 수 있느냐는 건 쉽게 떠오를 질문은 아닌 것 같은데요.

그렇겠죠. 쉽게 떠오르지 않은 거라고 생각합니다. 하지만 얼리샤는 그들이 꿈속 존재와 같지 않다고 말하니까.

같지 않아요. 이렇게 말하면 또 그들이 그냥 그럴듯하게 보이는 데 일정한 양의 에너지를 쏟는다고 생각하실 수도 있을 것 같네요. 하지만 그건 그저 위장일 뿐이에요. 그쪽에 정신을 팔게 하려는.

뭐로부터.

출발점으로 돌아온 것 같은데요. 어떤 환각이든 첫번째 의무는 현실처럼 보이는 게 맞지만, 만일 들어갈 자격을 이미 잃어버린 현실을 모방하려고 시도한다면 거기에는 또다른 의제가 내포되어 있는 거죠. 이 새로운 세계에 맞게 옷을 차려입는 것은 기껏해야 준비 단계에 불과해요.

방금 그들을 환각이라고 했네요.

그냥 선생님의 세계에 살려고 노력하고 있을 뿐이에요.

이제야 얼리샤가 익살을 부리고 있다는 걸 알겠군요.

정말로 이 모든 걸 이야기하고 싶으세요?

이 모든 게 뭔지 잘 모르겠는데요.

세상에 기쁨이 거의 없다는 건 단지 사물을 보는 관점이 아니에요. 모든 자비가 수상쩍죠. 사람들은 결국 세상이 자신을 마음에 두고 있지 않다는 걸 파악하게 돼요. 세상은 한 번도 마음에 둔 적이 없어요.

사람들은 대부분 절망이 아닌 다른 어떤 상태에서 할당된 날을 끝까지 살죠.

그래요. 그러죠.

만일 세상에 관해 한 문장으로 어떤 분명한 표현을 해야 한다면 그 문장은 뭐가 될까요?

이런 게 될 것 같아요. 세상이 살아 있는 걸 창조한 것은 그것을 다 말살하기 위함이다.

그건 사실인 것 같군요. 그럼 뭐죠? 그게 세상이 마음에 두고 있는 전부인가요?

세상이 마음을 갖고 있다면 그건 우리가 생각했던 것보다 훨씬 나쁠 거예요.

가지고 있나요? 그런가요?

우리 이야기가 그렇게 멀리까지 가야 하는 건지 모르겠네요.

이런 상담에서요.

네. 할당된 날로 돌아가죠.

알겠습니다.

나는 어떤 사람도 자기 인생을 다시 살려고 할 거라고는 생각하지 않아요. 인생의 단 하루도 다시 살려 하지 않을 거예요.

나는 다시 사는 게 싫지 않을 날들을 떠올릴 수 있는데요.

기쁨이나 통찰의 순간은 그럴 수도 있죠. 하지만 스물네 시간 전체를?

그걸 배제하고 싶지는 않은데요. 죽음을 생각하면서 많은 시간을 보냅니까?

많다는 게 뭔지 모르겠네요. 죽음을 묵상한다는 건 어떤 철학적 가치를 갖는다는 거예요. 심지어 임시방편으로라도. 하나마나 한 말이지만, 내 생각에는, 잘 죽는 가장 좋은 방법은 잘사는 거예요. 다른 사람을 위해 죽으면 죽음에 의미가 생기겠죠. 그 다른 사람이 어차피 죽을 거란 사실을 당분간 무시하면.

지금 하는 이야기 가운데 얼마나 많은 부분이 그냥 허울뿐인 말인지 잘 모르겠네요.

그냥 전부 다라고 해두죠.

지금 그것도, 예를 들면. 다른 사람을 위해 사는 건 어떨까요?

음. 사회적 이데올로기에서 말하는 무정형의 타인들을 제외하고 현실적인 사람들로만 한정할 경우 나는 그게 적어도 신경증으로 분류될 만큼은 드물지도 모른다고 생각해요. 어떻게 생각하세요?

또 지금 그것도. 얼리샤의 서류에는 자신이 썩어가고 있다고 느꼈다는 내용의 메모가 있습니다. 그게 얼리샤가 사용한 단어인 것 같은데. 그런 말을 한 게 기억나나요? 약간 고전적인 망상처럼 들리는데요. 문헌에 나오는 거. 아니면 그냥 얼리샤의 감시자들한테 맞춰주려고 지어낸 거였나요?

어쩌면 그냥 지루했는지도 모르죠.

뭐. 사람들은 지루해지죠.

아니 그렇지 않아요.

그렇지 않다고요?

네. 사람들은 지루한 게 뭔지도 몰라요.

음. 그 말은 그대로 받아들일게요. 지능 자체가 일반적으로

권태를 막아준다고들 하지만.

내 생각에도 그런 것 같아요. 어느 지점까지는. 그걸 넘으면 문이 찌그러지죠.

아마 내가 걱정하는 지점은 이런 임상의들의 회의적 태도가 —그들 가운데 일부는 결국 얼리샤가 하는 말을 아무것도 믿지 않으려 했던 것 같은데—얼리샤의 치료를 어렵게, 또는 어쩌면 심지어 불가능하게 만든다는 겁니다. 그 사람들은 그냥 모든 걸 꾸며내는 듯 보이는 환자에게 어떤 방침을 택해야 할지 정말 모릅니다.

모든 걸 꾸며낸다.

네.

그 골치 아픈 표현.

네.

그 사람들은 도대체 자신들이 무슨 일을 하는 대가로 돈을 받고 있다고 생각하는지 물을 수 있을 것 같은데요. 그 사람들은 나의 망상이나 거짓말하는 버릇을 설명하고 싶어하지만 진실은 아무것도 설명하지 못한다는 거죠. 그 사람들은 망상에 빠지는 사람과 자기가 망상에 빠진다고 믿을 뿐인 사람 가운데 어느 쪽이 치료가 더 쉬울 거라 생각할까요? 이게 어떻게 들리는지 귀를 기울이셔야 해요. 어쨌든, 나는 설명 단계는 지난 지 오래예요. 그건 끝났어요.

여기에 소속감을 느끼나요? 스텔라 마리스에?

아니요. 하지만 그건 선생님 질문에 답이 되지 않겠죠. 내가 소속된 적이 있는 유일한 사회적 실체는 수학의 세계였어요. 나는 늘 거기가 내가 속한 곳이라는 걸 알았죠. 심지어 그게 우주보다도 앞선다고 믿었어요. 지금도 그렇게 믿어요.

우주보다 앞선다.

네.

나하고 얘기하는 게 재미없군요.

별로요.

내 다리를 잡아당긴다*는 의미로 한 말입니다.

무슨 의미로 한 말인지 알아요.

그냥 얼리샤가 정신 시설에서 편안함을 느낀다는 게 좀 놀랍습니다.

어쩌면 편안함의 문제가 아닐지 몰라요. 어쩌면 그냥 실성한 사람에게 주어지는 자유를 이용하는 문제일 수도 있죠.

다른 환자들과 이야기는 하나요?

네. 물론이죠.

그 사람들이 얼리샤한테 진실을 말한다고 생각해요?

뭐에 관해서요?

---

* 사실이 아닌 것을 믿게 하여 놀린다는 뜻.

그냥 전반적으로. 무엇에 관해서든.

모르겠어요. 아니요. 내가 진짜로 생각하는 건, 여기 있는 모두가 자기만 빼면 여기 있는 다른 모두가 여기 있어야 할 사람들이라는 데 대체로 동의한다는 거죠. 세상에 이런 데가 달리 어디 있겠어요?

무슨 말인지 알겠습니다.

정말이지 그 말 좀 그만하도록 노력해주세요.

방법을 찾아보도록 하죠. 얼리샤에게 익숙한 자들. 정말이지 그들을 뭐라고 불러야 할지 모르겠네요.

익숙한 자들 괜찮아요.

그것들이 어떤 식으로든 우월한 지위를 누립니까? 이 점이 분명치 않아서요. 그들이 얼리샤한테 뭘 하라고 지시하나요?

아니요. 그들이 누리는 우월한 지위는 그들은 내가 누군지 아는데 나는 그들이 누군지 모른다는 거죠.

그게 이 관계를 상당 부분 규정한다. 그렇게 말할 수 있을까요?

어쩌면 그건 그냥 사람들이 세상과 맺고 있는 관계의 한 모델일 뿐인지도 몰라요.

그건 세상은 우리가 누구인지 알지만 우리는 세상을 알지 못한다는 말로 번역되겠군요. 그걸 믿나요?

아니요. 사람들의 세계 경험은 대체로 세상은 자신이 여기 있는 줄 모른다는 불쾌한 진실에 맞서 버틴 경험이라고 생각해요. 그런데 아니요, 나는 그게 무슨 의미인지 잘 몰라요. 내 생각에 더 영적인 관점은 익명성 속에서 은총을 구하는 거예요. 자신이 알려진다는 것은 슬픔과 절망을 위한 상을 차리는 거죠. 어떻게 생각하세요?

모르겠네요.

사람들은 이런 질문을 하지 않아요. 그냥 속으로 궁금해하죠. 세상이 실제로 우리를 알고 있을까. 여기에는 좋은 짝이 있죠. 질문으로서. 이건 어때요. 우리가 존재할 자격이 있을까? 그게 특권이라고 말한 사람이 누구죠? 여기 있는 것의 대안은 여기 있지 않는 거예요. 하지만, 그건 사실 이제 더는 여기 있지 않는다는 뜻이죠. 애초부터 여기 없었을 수는 없으니까요. 여기 있지 않았던 우리란 없을 거예요. 어떻게 생각하세요, 선생님?

원한다면 마이클이라고 불러도 좋습니다.

원하지. 않습니다.

하지만 내가 환자분을 얼리샤라고 부르는 건 괜찮고요.

네.

원래 이름은 앨리스죠.

아버지의 유머 감각이에요.

네?

밥과 앨리스*는 과학에서 어떤 이야기 유형의 문답에 흔히 나오는 두 인물이에요. 내가 바꿨어요. 열다섯 살 때.

이름을.

네.

그걸 법적으로 바꾸었다고요.

네.

그러려면 열여덟이 되어야 하지 않나요?

그래야죠. 그래서 우선 출생증명서를 바꿨어요.

어떻게 그럴 수 있죠?

오빠한테 존 셰던이라는 범죄자 친구가 있었는데 그 친구한테 테네시주 모리스타운에서 서류 위조 전문 인쇄소를 운영하는 친구가 있었어요. 어쨌든, 나는 얼리샤가 더 있어 보인다고 생각했어요.

있어 보이고 싶었습니까?

가끔 정말 '일라이자 프로그램'이 말하는 것처럼 들리네요. 나는 테네시주 워트버그 출신의 앨리스 웨스턴이고 나는 호엔촐레른 가문의 공주가 되고 싶었습니다. 어쩌면 지금 나는. 지혜로운 아이인지도. 모릅니다.

넘어가는 게 좋겠네요. 얼리샤가 좋아하는 말대로.

---

* 얼리샤의 오빠 이름 '보비'는 '밥'과 마찬가지로 '로버트'의 애칭이고, '얼리샤'는 '앨리스'의 애칭이다.

알겠어요.

긴 침묵이네요. 무슨 생각을 하고 있는지 물어봐도 될까요?

나는. 생각하지. 않습니다.

그게 가능한지 아닌지는 논란이 있는 문제죠.

네, 뭐. 노력중이에요. 물론 자신에게 말하는 건 멈출 수 있어요. 하지만 오직 자신에게 말함으로써만 그럴 수 있죠. 자신의 숨을 헤아리거나 만트라를 외움으로써. 생각하는 건 더 어려워요.

생각하는 거하고 말하는 건 다르죠.

말은 그저 생각을 기록하는 거예요. 그 자체로 뭔가는 아니죠. 내가 선생님한테 뭔가 말하고 있을 때 내 정신의 어떤 다른 부분에서는 할말을 만들고 있어요. 하지만 아직 단어의 형태는 아니죠. 그렇다면 그건 무슨 형태일까요? 물론 어떤 호먼큘러스*가 우리가 하려는 말을 우리에게 소곤거려준다는 느낌은 없어요. 이건 무한후퇴**라는 유령을 불러내는 것—소곤거리는 자에게는 또 누가 소곤거리는가—과는 별개로 생각의 언어라는 문제를 불러내죠. 우리가 어떻게 정신에서 세계에 이르느냐 하는 일반적 수수께끼의 일부. 뜨개질을 하는 눈먼

---

* 옛날이야기 속에 등장하는 극히 작은 인간.
** 어떤 일의 원인이나 조건을 단계적으로 한없이 거슬러올라가는 것을 뜻하는 논리학 용어.

부인들처럼 어둠 속에서 잘가닥거리는 천억 번의 시냅스 신호. 이것을 어떻게 표현할까? 하고 말할 때. 표현하려고 하는 이것이 뭘까요? 넘어가는 게 좋겠네요. 선생님 표현처럼 내가 좋아하는 말대로.

뭐든 바꿀 수 있다면 뭘 바꾸겠습니까?

뭐든.

네.

여기 있지 않는 걸 선택하겠어요.

이 상담실에.

이 행성에.

전에도 자살 감시를 받은 적이 있죠. 그게 얼마나 심각한 문제인가요?

자살이 얼마나 심각한 문제냐고요?

아니요. 내 말은 얼리샤가 위험에 처해 있다고 생각하느냐는 겁니다.

무슨 말이었는지 알아요. 어쩌면 자살 생각을 하는 동안은 괜찮은지도 모르죠. 일단 마음을 먹으면 생각할 게 없으니까.

그럼 이 상담 과정에서 얼리샤는 어느 쪽이 좋습니까?

자살 감시를 받지 않는 쪽을 원해요.

나도 그쪽이 좋습니다.

손가락을 튀겨서 사라질 수 있다면 얼마나 많은 사람이 그렇게 할까요? 어떻게 생각하세요. 지금 있는 것과 있었다는 것 양쪽의 흔적 모두가 사라진다면.

모르겠어요. 얼리샤가 생각하는 것보다는 적은 수일 것 같아요.

자신이 아예 있지 않았기를 바라는 것. 다시 말하지만, 이건 이제 더는 있지 않겠다는 것과는 같지 않아요. 그거 누구죠? 아낙시만드로스?* 그 사람한테는 같았을까요?

모르겠네요.

죽어가는 사람은 마지막 숨을 쉬는 순간 죽음의 수용자가 될 뿐 아니라 죽음에 헌신한다고 생각할 수밖에 없어요. 또 우리 가운데 가장 무디고 망상에 가장 깊이 빠진 사람조차도 받아들일 수 없을 뿐 아니라 상상할 수도 없는 것을 받아들이게 하는 어떤 현현이 있는 게 틀림없다고. 세상의 절대적 끝을 받아들이게 하는. 하지만 세상은 우리가 어떻게 될지 아주 짧은 순간조차 궁금해하지 않을 거예요.

그리고 그게 누구에게나 마찬가지라는 사실은 아마 위로가 되지 않겠죠.

음. 죽은 자들에게 어떤 종류의 공동체를 할당할 수는 있을 것 같네요. 그리 대단한 공동체 같아 보이지는 않지만, 안 그

---

* 고대 그리스의 천문학자이자 철학자. 우주를 구성하는 물질은 무한하며 늘 변하지만 결코 사라지지는 않는다고 보았다.

래요? 서로 모르고 곧 자기를 아는 자가 아무도 없게 되는. 어쨌든. 내 말은 그저 일반인과 다른 정신생활을 받아들이는 사람들이 씨발 그 사실로 인해ipso facto 정신적으로 병이 있고 약이 필요하다고 규정되는 건 그 액면만으로도 터무니없다는 거예요. 정신적 병이라는 주제는 항상 그리고 오직 정보뿐이라는 점에서 신체적 병과 정신적 병은 달라요.

정보.

네. 우리는 지금 꼭 필요한 것만 알고 있을 뿐이에요. 진화에는 우리 생존에 영향을 주지 않는 현상의 존재에 관해 우리에게 정보를 알려주는 기제가 없어요. 지금 우리가 알지 못한다는 걸 알지 못하고 있는 게 뭘까. 우리는 생각하죠.

그건 초자연적인 걸까요?

그냥 그 '말할 수'라고 생각해요.

말할 수.

말할 수 없는 것에 관해서는.

비트겐슈타인.*

아주 좋네요. 빵 부스러기가 바닥나겠어요.**

익숙한 자들. 이제 그들이 휴가로 부재중인데 그래서 안도

---

* 철학자 비트겐슈타인은 "말할 수 없는 것에 관해서는 침묵해야 한다"고 말했다.
** 헨젤과 그레텔 이야기에서 길을 잃지 않으려고 빵 부스러기를 떨어뜨린 일을 연상시킨다.

감을 느낍니까?

하느님만 아시죠. 어쩌면 선생님은 내가 언제든 그것들을 내 마음대로 내보낼 수 있었다고 상상하실지도 모르겠네요. 또는 심지어 그들을 내가 초대한 거라고. 하지만 설사 그게 사실이라 해도 내가 그걸 알 수나 있을까요.

왜 모르죠?

어쩌면 키메라를 집으로 초대하는 건 차나 마시자고 이웃을 초대하는 것보다 복잡한 일이기 때문인지도 모르죠. 또는 떠나라고 권하는 것보다. 물론 이웃은 가달라는 요청을 받으면 자신이 다시 오는 일은 없을 걸 알아요. 그러면 은식기를 들고 튈 자유는 더 커지겠죠. 키메라는 뭘 가지고 튈 수 있을까요? 모르겠어요. 뭘 가져왔을까요? 그냥 두고 오는 게 좋았을지도 모르는 뭘 가져왔을까요? 그가 수증기로 이루어진 존재일지도 모른다고 해서 그가 떠나고 나면 집이 그가 도착하기 전으로 돌아간다는 뜻은 아니죠.

그를 면전에서 '탈리도마이드 키드'로 부른 적이 있나요?

네. 한 번.

뭐라던가요?

이러더군요. 예수여, 제시카. 정말로 케이크를 받을 아이네.*

---

* 상을 받는다는 뜻.

정말로 그런 말을 했어요?

정말로 그런 말을 했어요.

현재 가족과 관계를 유지하고 있습니까?

할머니밖에 없어요.

삼촌이 있는 줄 알았는데?

있어요. 하지만 나보다 더 또라이예요. 할머니는 삼촌을 요양소에 보내야 할 것 같아요. 최근에는 이상하고 찾기 어려운 곳에 변을 봤어요. 어떻게 했는지 부엌의 천장 램프에 똥을 눴더라고요. 예를 들면. 할머니와는 전화로 이야기를 해요. 드물기는 하지만. 할머니는 그걸 낭비라고 생각하죠. 할머니가 테네시에서 자랄 때는 부자들만 전화기가 있었거든요. 로드아일랜드에 아버지 쪽 친척들이 있는데 사실 그 사람들은 내가 몰라요.

왜죠?

아버지가 자기보다 아랫사람하고 결혼했다고 생각했어요. 우리가 모두 그저 한 무리의 시골뜨기라고 생각했던 거죠.

그게 마음에 걸리나요?

아니요. 그 사람들은 좆같은 멍청이 패거리예요. 어쩌면 그게 마음에 걸린다는 뜻인지도 모르겠네요, 그런가요? 모르겠어요. 나는 그 사람들 생각은 전혀 하지 않아요.

할머니는 언제 마지막으로 봤나요?

석 달 전쯤.

다시 볼 생각이 있나요?

계속 낚시를 하시는군요, 안 그래요?

그냥 얼리샤가 할머니를 좋아하는지 궁금했을 뿐이에요.

아주 좋아해요. 나는 열두 살 때 어머니를 잃었고 할머니는 딸을 잃었죠. 공통의 슬픔은 사람들을 뭉치게 한다지만 할머니는 그때 이미 내 안에서 뭔가 이름 붙일 수 없는 것을 보기 시작했어요. 신동prodigy이라는 말이 괴물을 가리키는 라틴어에서 왔다는 건 물론 몰랐겠죠. 하지만 내가 어린 시절 자주 하던 머리를 쓰는 장난이 더는 귀엽지가 않았던 거예요. 나는 할머니를 사랑했어요. 하지만 가끔 아주 마음이 불안해지는 눈길로 할머니가 나를 바라보는 게 눈에 띄곤 했어요. 학교에서는 내가 아주 골칫덩이였기 때문에 수녀들이 나를 월반시켜 버렸죠. 나는 초등학교의 마지막 두 학년을 끝내지도 못했어요. 잠자는 건 그만둔 것이나 마찬가지였고. 밤이면 시간을 가리지 않고 길을 걸었어요. 그냥 시골의 이차선 아스팔트 도로였고 차는 한 대도 다니지 않았죠. 어느 날 밤 돌아오니 부엌 불이 켜져 있더라고요. 새벽 세시쯤이었는데 진입로를 따라 올라가자 할머니가 부엌문에 서 있는 게 보였어요. 내가 집에 다다르기도 전에 할머니는 몸을 돌려 층계를 올라가버렸어요. 나는 그게 우리가 정말로 대화를 할 수 있는 마지막 기회일지도 모른다는 걸 알았고 그래서 할머니를 부를 뻔했지만 그러지 않았어요. 내가 조금 더 나이가 들면 혹시 상황이 달라질지도 모른다고 생각했어요. 할머니와 할머니 인생을 생각했죠. 할머니가 딸에게 가졌을 게 분명한 꿈과 할머니가 가졌던 꿈을. 할머니가 나 때문에 운 것보다 내가 할머니 때문에 운 게 더 많다는 걸 나는 알아요. 또 할머니가 나를 사랑하는 것과는 비교가 되지 않을 만큼 보비를 사랑했다는 것도 알지만 그건 괜찮았어요. 그런다고 내가 할머니를 덜 사랑하게 되지는 않았어요. 나는 할머니에 관해 내가 알 권리가 없는 것들을 알고 있었죠. 하지만 그래도 새벽 세시에 도로를 걸어다니는 열두 살짜리 손녀가 있다면 손녀를 앉혀놓고 그 이야기를 해봐야 하는 게 아니냐는 생각은 했어요. 하지만 나는 할머니가 그럴 수 없다는 걸 알았죠.

왜 그럴 수 없었나요? 이해를 잘 못하겠는데요.

무슨 말을 해야 할지 모르겠네요. 어떻게 표현해야 할지. 아마도 가장 간단한 설명은 할머니는 나쁜 이야기를 듣게 될 걸 알았고 그래서 그걸 듣고 싶지 않았다는 거겠죠. 할머니가 나를 두려워했다고 말하는 건 내 생각에는 좀 강한 표현인 것 같아요. 하지만 어쩌면 아닐 수도 있죠. 또 상황이 아무리 나빠 보여도 어쩌면 실제는 더 나쁠 수도 있다는 걸 두려워했다는 생각도 들어요. 물론 할머니 생각이 맞았고요.

할머니는 얼리샤의 어머니가 죽은 뒤에 얼리샤를 키워주셨군요.

네.

오빠는 몇 살이었죠? 그때.

열아홉이었어요.

아버지는 아직 살아 계셨죠.

네.

하지만 자주 뵙지는 못했고요.

네.

어머니 장례식에는 오셨나요?

아니요.

정말이요?

정말이요.

그것 때문에 속이 상했습니까?

아니요. 나도 가지 않았는데요.

어머니 장례식에 가지 않았다고요?

네.

가족이 뭐라고 하던가요? 오빠는 갔나요?

네. 물론이죠. 나는 열두 살이었어요. 종교적 위기를 겪고 있었죠. 나는 장엄미사 내내 어머니 관을 교회 중앙 통로에 내놓은 채 앉아 있고 싶지 않았어요. 그럴 수가 없었어요.

오빠는 뭐라던가요?

내 뺨에 입을 맞추면서 사랑한다고, 괜찮다고 작게 말했어요. 실제로 괜찮았고요.

실제로 괜찮았다.

네. 그런데요. 이건 깨진 레코드판이에요. 나는 선생님을 위해 이걸 하고 있는 거예요, 나를 위해서가 아니라. 나는 전달할 편지를 받았고 그걸 읽지 말라는 말을 들었어요. 하지만 읽었어요. 그걸 안 읽은 걸로 되돌릴 수는 없어요. 시간이 됐네요.

오. 네. 그러네요.

II

어떻게 지냈나요?

잘 지내요.

지난주에는 아쉽게도 못 봤네요.

네, 뭐. 아시잖아요. 바쁜 거.

바쁘다.

그냥 농담이에요.

좋습니다.

좋아요.

그래 그간 무슨 생각을 했나요?

모르겠어요. 부인은 어떤 분인가요?

내 아내.

네.

이탈리아인이에요. 어떤 사람이냐고요?

네.

매력적이에요. 바흐를 좋아하죠. 이탈리아 음식을 좋아하고. 귀가 안 들리는 아이들과 일을 해요.

요리를 잘하시나요?

네.

유대인은 아니고요.

유대인이에요.

착한 분이고.

아주 착하죠.

나한테 말씀하시지 않은 건요.

우리는 이혼한 적이 있어요. 삼 년 동안. 그랬다가 재혼했죠.

부인한테 못되게 굴었군요.

네. 그랬어요.

왜 그러셨어요?

내가 멍청이라서.

그게 오펜하이머가 한 말이에요. 청문회에서.

그 사람은 멍청이 후보로는 좀 어울리지 않네요.

그래서 그 말이 기억에 남는 것 같아요. 아인슈타인, 디랙,

폰 노이만을 알던 사람들조차 그 사람이 자기가 만난 가장 똑똑한 사람이라고 말했거든요.

오펜하이머가.

네.

아버지도 그 사람을 알았겠군요.

아버지는 그 사람 밑에서 일했어요.

아버지 의견은 어땠나요?

오펜하이머에 관해서.

네.

호감이 가고 매력적이고 박식하다고 생각했어요. 파티를 이끄는 솜씨가 뛰어나고. 약간 무섭고.

무섭다?

네.

어떤 의미에서요?

아버지는 오펜하이머의 지능이 완전히 제어되지는 않는다고 생각했어요. 그 사람이 나쁜 결정을 내릴 수도 있다고.

실제로 그랬나요?

네.

하지만 사탄 쪽인 건 아니죠.

그렇게 말하면 과장이겠죠.

나는 사탄이 얼리샤 세계관의 한 부분을 이루고 있다고 생각하지 않아요. 설사 세상이 돌아가는 구도 속에서 악과 아주 흡사한 걸 인정하는 것처럼 보인다 해도. 얼리샤가 체스터턴의 말을 언급한 적이 있죠.

음. 나는 사탄을 본 적이 없어요. 그게 사탄이 나타나지 않을 거란 뜻은 아니지만. 체스터턴이 언급하지 않은 부분은 신이 특이하게도 물질에 관심을 갖는다는 점이에요. 만일 완전히 영적인 존재라면 왜 애초에 물질적인 것에 손을 대겠어요? 심판의 날에 몸이 일어난다? 그게 뭐죠? 영이 육체와 분리된다, 처음부터 육체와 따로인 게 아니라? 그리스도는 육신을 가진 존재로 승천했다고 되어 있어요. 전에는 감당할 필요가 없던 부담을 신에게 안긴 거죠. 그런 미친 소리를 어떻게 이해해야 할지 모르겠어요. 왜 체스터턴이 그걸 피해가려 했는지 알 수 있죠.

그게 얼리샤가 말했던 영적 위기의 일부인가요?

그냥 논평이에요. 현실의 영적인 성격은 인류가 영원 전부터 몰두하던 주요한 문제이기 때문에 금세 사라지지 않을 거예요. 모든 게 그냥 물질이라는 관념은 우리한테는 먹히지 않는 것 같아요.

얼리샤한테는 먹히나요?

그게 어려운 부분이죠, 안 그래요?

얼리샤는 로스앨러모스에서 자랐죠.

네. 어머니가 죽기 전까지 거기 살았어요. 음. 어머니는 사실 테네시에서 죽었어요.

로스앨러모스는 기억나나요?

네. 물론이죠.

몇 살에 떠났죠?

열한 살이요.

열한 살.

네.

어땠나요?

로스앨러모스요?

네.

전쟁 동안에는 아주 원시적이었다고 생각해요. 아마 소화기가 팔천 개인데 욕조는 다섯 개가 있었을 거예요. 그리고 끝도 없는 진흙. 가장 기억에 남는 건 사람들이 우리집에서 새벽 세시까지 이야기를 했다는 거예요.

얼리샤도 새벽 세시까지 깨어 있었나요?

네. 집에서는 향수와 담배 냄새가 났어요. 잔이 쨍그랑거리는 소리가 들렸죠. 나는 마지막 손님이 떠날 때까지 누워서 귀를 기울이곤 했어요.

그 사람들이 무슨 말을 하는지는 이해 못했을 거 아니에요.

내가 이해한 건 그 사람들이 도대체 무슨 이야기를 하는지 알아야만 한다는 거였어요.

아주 어렸을 때 했던 생각들이 기억납니까?

내가 가진 건 생각뿐이었죠.

무슨 말인지 이해가 잘.

내가 어떤 곳에 있는데 그곳에 오랫동안 있게 될 것이고 따라서 그곳을 파악해야 한다는 점을 이해했어요. 모든 게 내가 어디에 있는지 알아내는 것에 달렸다는 것. 어떤 다른 곳이 있을 수도 있다고 생각했다는 건 아니에요. 절대적인 것으로서의 세계는 나에게 분명했어요. 하지만 그게 뭔지 알아야만 했어요.

두려움 때문이었나요?

네.

빠른 답이네요.

애들은 두려워하는 생물이에요.

수학을 발견했을 때는 몇 살이었죠?

아마 기억할 수 없을 만큼 오래전. 처음에는 음악 쪽이었어요. 절대음감이 있었죠. 지금도 있고. 나중에는 세상이 자신에 대한 어떤 포괄적인 묘사도 거부한다는 걸 알게 되었던 것 같아요. 하지만 음악은 늘 모든 것에 예외로 존재하는 것 같았어요. 신성불가침으로 보였죠. 자율적이고. 완전히 자기 지시적이고 모든 부분에서 일관성 있고. 그걸 초월적이라고 묘사하고 싶다면 초월에 관해 말해볼 수도 있지만 그렇게 멀리까지는 가지 않는 게 좋겠죠. 나는 매우 공감각적이었기 때문에 만일 음악에 오직 소수의 사람만이 분간할 수 있는 내재적 현실—색깔과 맛—이 있다면 아직 분별되지 않은 다른 속성도 있을지 모른다고 생각했어요. 이런 것들이 주관적이라 해서 그게 그저 상상에 불과하다는 뜻은 아니잖아요. 내 설명이 별로죠, 안 그래요?

계속 듣고 있습니다.

한 곡의 음악을 늘리면—말하자면—음색이 희미해지면서 색깔이 흐릿해져요. 그걸 어떻게 표현해야 할지 모르겠네요.

그래서, 음악은 어디에서 오나요?

아무도 모르죠. 음악에 대한 플라톤적 이론은 물을 더 흐릴 뿐이에요. 음악은 몇 가지 상당히 단순한 규칙으로만 만들어져요. 하지만 누가 그걸 만들어낸 게 아니라는 건 사실이죠. 규칙 말이에요. 음 자체는 결국 아무것도 아니에요. 하지만 왜 이 음들의 어떤 특정한 배열이 우리 감정에 그렇게 심오한 영향을 주는가 하는 문제는 이해하겠다는 희망조차 품을 수 없는 수수께끼예요. 음악은 언어가 아니에요. 자기 자신 외에는 어떤 것도 지시하지 않아요. 원한다면 음에 알파벳 글자로 이름을 붙일 수는 있지만 그런다 해도 아무것도 바뀌지 않아요. 이상하게도 음은 추상이 아니에요. 우리가 아는 음악이 완전한 것일까요? 어떤 의미에서? 우리가 아직 발견하지 못한 장조 단조 비슷한 범주가 있을까요? 그럴 가능성은 없어 보이죠, 안 그래요? 하지만 많은 것이 실제로 나타나기 전까지는 존재 가능성이 없어 보여요. 그런데 이런 범주들이 뭘 의미할까요? 그게 어디에서 왔을까요? 어떤 두 음이 색조가 조금 다른 두 가지 파랑으로 보인다는 게 무슨 뜻일까요? 내 눈에는 그렇다는 거예요. 음악이 우리보다 먼저 여기에 있었다면 누구를 위해 여기 있었을까요? 쇼펜하우어는 어딘가에서 만일 우주 전체가 사라진다면 유일하게 남는 건 음악일 거라고 말해요.

그거 아주 대담한데요. 본인은 그걸 믿었을까요?

아마 안 믿었겠죠.

얼리샤는?

내 생각에 쇼펜하우어는 그냥 으뜸가는 지위를 확립하려고 했던 것 같아요. 음악의 지위. 초월적 현상으로서? 아무런 도움 없이 존재할 수 있는 것으로서?

뭔가가 아무런 도움 없이 존재할 수 있을까요?

논리적으로는 아니죠. 만일 공간에 단 하나의 실체만 있다면 그건 거기 없는 걸 거예요. 그게 거기 있으려면 뭔가에게 있어야 하는데 그 뭔가가 없으니까요.

이해 못하겠네요.

중요하지 않아요. 어차피 그건 고전적 세계예요.

그 모든 게 얼리샤의 관심사가 된 건 언제부터입니까?

모르겠어요. 나는 기억이 뭘 뜻하는지 잘 모르겠어요. 우선 한 가지. 각각의 기억은 그전의 기억에 대한 기억이라는 게 문제예요. 첫 기억의 계기가 된 사건을 기억할 수는 없어요. 어떻게 그러겠어요? 그냥 그걸 기억한 걸 기억할 뿐이죠. 그것도 가장 최근의 기억만.

내가 지금 이해하고 있는지 모르겠군요.

고등학교에 들어갔을 때 처음으로 간 곳은 도서관이었어요. 그래 봐야 책상 하나와 책이 천 권쯤 있는 작은 방일 뿐이었지만. 어쩌면 그 정도도 아닐지 모르겠다. 하지만 그 가운데 버클리* 책이 있었어요. 그 책이 왜 거기 있었던 건지 모르겠어요. 아마 버클리가 주교였기 때문이겠죠. 흠. 버클리가 주교였기 때문인 게 거의 확실해요. 어쨌든 나는 바닥에 앉았고 『새로운 시각 이론』을 읽었어요. 그리고 그게 내 인생을 바꾸었어요. 처음으로 시각적 세계가 머릿속에 있다는 걸 이해했어요. 사실, 모든 세계가. 그의 신학적 사변은 받아들이지 않았지만 생리학은 논란의 여지가 없었어요. 나는 오래 거기 앉아 있었어요. 그냥 그걸 깊이 흡수해 들이면서. 시각적 세계가 그럴 능력이 있는 눈을 가진 존재들이 창조한 결과물이라는 느낌은

---

* George Berkeley(1685~1753). 아일랜드의 철학자이자 성직자.

피하기 어려웠어요. 무無로부터 창조된 것이 아니라 진짜 실재는 영원히 알 수 없는 그 어떤 것으로부터 창조되었다는 것. 칸트 얘기죠. 그러니까 손을 뻗어 만진다고 시각적 세계의 실재를 확인할 수 있는 게 아니란 거예요. 예를 들면. 그런다고 어떻게 그게 눈으로 본 것과 모순되는 실재를 가질 수 있겠어요? 우리가 소유한 감각들이 서로 일치하지 않는다면 우리는 지금 여기 존재하지도 않을 텐데.

그건 더 곱씹어봐야겠군요. 어쨌든 이 이야기는 해두고 싶은데 다른 사람들은 시각적 세계가 실제로 발생하는 곳—그러니까 저 바깥세계가 아니라 시각령*—에 관해 같은 깨달음에 도달한다 해도 그것 때문에 세계의 현실성을 잃어버리지는 않아요. 얼리샤도 그걸 분명 알고 있겠죠.

그렇게 간단하지는 않았어요. 그 문으로 뒤따라 들어온 것은 천만 년 동안 웅크린 채 기다리고 있던 세계였어요. 나는 도서관 바닥에서 일어날 때쯤 다른 사람이 되어 있었죠.

세상에서 혼자라고 느낍니까?

네. 선생님은 안 그래요?

네. 나는 안 그래요. 얼리샤의 방에 나타나기 시작한 그 예능인들. 그들이 그 세계의 일부였나요?

---

* 대뇌피질 가운데 시신경으로부터 자극을 받아들이는 부분.

모르겠어요. 하나의 이론은 오히려 그 세계가 못 들어오게 하는 것이 그들의 목적이라는 거예요.

하나의 이론?

물론이죠.

다른 이론은 또 뭡니까?

어디에서 시작할까요.

처음부터.

처음에 말이 있었어요.*

하지만 그걸 믿지는 않겠죠.

내가 깨달은 것 한 가지는 우주가 완전한 어둠과 완전한 정적 속에서 헤아릴 수 없이 긴 세월 동안 진화해왔고 실제로 진행된 방식은 우리가 상상하는 방식과 다르다는 점이었어요. 처음에는 늘 아무것도 없었죠. 소리 없이 폭발하는 신성新星. 완전한 어둠 속에서. 별들, 지나가는 유성들. 모든 것이 기껏해야 존재한다고 말해주기에도 부족한 상태. 검은 불. 마치 지옥의 불과 같은. 정적. 무. 밤. 검은 태양들이 행성들을 몰고 우주를 통과해 가지만 이 우주에는 어떤 끝도 없기 때문에 공간이라는 개념이 무의미하죠. 그것과 맞설 어떤 개념도 없었으니까. 그리고 다시 한번 아무런 목격자도 없는 실재의 본질

---

*「요한복음」 1장 1절 "태초에 말씀이 계시니라"에서 따온 말.

에 관한 문제. 모든 게 그런 식이다가 마침내 시각을 소유한 최초의 살아 있는 존재가 그 우주를 자신의 원시적이고 떨리는 감각중추에 새기기로, 그런 다음에 그것을 색깔과 운동과 기억으로 다듬어주기로 동의했죠. 이런 생각이 하룻밤새에 나를 유아론자로 만들었고 지금까지도 어느 정도는 그래요.

그때가 몇 살이었죠?

열두 살이요.

고등학교는 졸업하지 않았죠.

네. 시카고대학에서 장학금을 받고 짐을 싸서 떠났어요. 지금 돌아보면 내가 그때 얼마나 무심했는지 놀라워요. 할머니가 녹스빌의 그레이하운드 버스 정류장까지 태워다줬어요. 할머니는 울고 있었는데 버스가 출발한 뒤에야 나는 할머니가 나를 두 번 다시 보지 못할 거라 생각한다는 걸 깨달았어요.

그 말을 하는 표정이 슬퍼 보이네요.

그 말을 하면서 슬퍼요.

고등학교에서 친구가 있었나요?

한두 명. 다른 누구도 관심을 두지 않는 아이들.

친구를 원했습니까?

네. 단지 사귀는 방법을 몰랐어요. 하지만 대학에 가면 내게 그 기회가 올지도 모르겠다고 생각했어요.

실제로 그랬나요?

친구를 몇 명 사귀었어요. 하지만 그때도 그렇게 사교적이지 않았어요. 나는 그 일을 그렇게 잘하지 못했죠. 파티를 좋아하지 않았고 누가 접근하는 걸 좋아하지 않았어요.

접근한다. 무슨 말이죠, 같이 자자고 한다?

네.

남자애들한테 관심이 있었습니까?

한 아이한테 관심이 있었어요. 하지만 상호적인 감정이 아니었어요.

왜요? 게이는 아니었죠.

아니었어요. 종류가 다른 문제였어요.

나이가 더 많았군요.

거기서는 다 나보다 나이가 많았어요. 그게 문제가 아니었어요.

뭐가 문제였죠?

다른 거요.

알겠습니다. 대학에 갔을 때 익숙한 자들은 어떻게 되었죠?

두 주쯤 뒤에 나타났어요. 버스를 타고 왔죠.

그들이 정말로 버스를 타고 왔다고 믿나요?

그들이 정말로 버스를 타고 왔다고 믿느냐.

됐습니다. 이런 문제들을 두고 키드하고 이야기한 적은 있습니까?

있어요.

하지만 어떤 결론도 나오지 않았다는 거로군요.

네.

결론이라는 건 없을 듯하네요. 키드를 친구라고 생각합니까?

결국에는 키드가 나에게 있는 거의 유일한 친구였죠. 그다음에는 아무도 없었고. 하지만 만일 키드가 내 인생에 없다면 그리워할 것임을 깨달은 날은 나에게 충격으로 다가왔어요. 뭘 쓰고 계시나요?

그냥 나 혼자 보는 메모예요. 써도 괜찮나요?

그럼요. 우유 사기. 어머니에게 전화하기.

이걸 보고 싶나요?

아니요.

정말이요? 나는 괜찮은데.

정말이에요.

가끔 내가 귀담아듣지 않는다고 생각하는군요.

귀담아듣는다고 생각해요. 하지만 뭘 듣는지는 잘 모르겠어요.

여기에는 친구들이 있죠. 스텔라 마리스에는. 그 사람들은 어때요?

네, 뭐. 가끔 휴게실에서 어떤 사람을 골라 그냥 앉아서 이야기를 시작해요.

그 사람들이 무슨 말을 하나요?

대개 아무 말도 하지 않아요. 하지만 가끔 자기 머릿속에 있는 걸 이야기하기도 하는데 그러다 자기 강연 중간에 내가 한 말을 참조하곤 해요. 밤에 들리는 어떤 소리를 꿈에 합치는 것과 비슷하게. 하지만 내 생각이 그들의 독백으로 걸러져 들어가는 걸 보는 게 나에게는 약간 불안한 일일 수도 있다는 얘기는 해야겠네요. 나는 어딘가에 속하고 싶지만 속해 있지 않아요. 그리고 그들도 그걸 알아요. 최근 정신과의사 여남은 명이 자기 발로 다양한 정신 시설에 입원했어요. 실험이었죠. 그냥 어떤 목소리들이 들린다고 말하자 곧바로 조현병이라는 진단이 내려졌어요. 들어가니 입원 환자들이 그들에게 다가왔어요. 환자들은 그들을 훑어보고는 그들이 미치지 않았다고 말했어요. 기자나 뭐 그런 거 같다고. 그러더니 그냥 가버렸죠.

속하고 싶다고요?

나는 실험을 하러 여기 온 게 아니에요. 내가 여기 온 것을 두고 어떤 이유든 갖다붙일 수 있지만 결국은 이곳이 내가 있을 곳이에요.

그거 약간 이상한 말로 들리는데요.

나는 약간 이상한 아이예요. 테이프를 다시 돌려보세요. 다르게 들릴 테니까.

자신의 외모가 뛰어나다는 사실은 얼마나 의식하고 있나요?

나하고 좀 박아보겠다는 건가요, 선생님?

아니요. 나는 환자와 관계를 가진 적이 없습니다. 어쨌든, 나한테 불륜은 과거의 일입니다. 얼리샤를 유혹하려 한 상담자가 많았습니까?

유혹은 그들의 노력을 약간 별나게 표현한 말인 것 같기도 하네요.

얼리샤를 강간하려고 한 사람이 있었나요?

네. 한 명.

그래서 어떻게 했어요?

오빠가 와서 죽일 거라고 말했죠. 남은 목숨을 시간 단위로 셀 수 있을 거라고.

사실입니까? 오빠 이야기?

네.

의문의 여지 없이.

의문의 여지 없이.

버클리. 그 사람 책을 읽고 나서 실재에 관한 회의주의가 커졌습니까?

그 말의 뜻을 내가 알고 있는지 자신이 없네요.

그래도 말해본다면.

그래도 말해본다면. 실재에 대한 나의 이해에 의문을 품게 하는 쪽이었어요, 맞아요. 하지만 탐구의 철학적 역사에 더 믿음을 갖게 해주기도 했죠. 인식론을 정당한 학문으로 만들어주었어요. 심지어 인식론 자체가 낳은 질문들의 기만성을 보게 해주었다고도 생각해요.

실재가 늘 주제였군요.

그런 셈이에요.

그게 알 수 있는 건가요?

오 애야.

그 말은 취소하겠습니다. 우리가 모르는 것 가운데 알고 싶은 게 뭔가요?

그러니까 답이 없는 오래된 일반적 문제들은 빼고요.

우리는 누구인가, 왜 여기 있는가, 왜 아무것도 없는 게 아니라 뭔가가 있는가.

네.

그 가운데 아무거나 하나를 찍어서 이야기해볼래요? 아무것도 없는 게 아니라 뭔가가 있다는 건 어때요?

무라는 개념은 생각할 수 없는 개념이다.

지금도 물리학을 공부합니까?

아니요.

글루온이 뭔가요?

생각할 수 있는 개념이네요.

힘인가요, 입자인가요?

입자죠. 그 수준에서는 구별이 그렇게 분명하지는 않지만.

그게 뭘 하죠?

쿼크에서 쿼크로 소식을 전해요. 그렇게 복잡하지 않아요. 원자는 더 작은 입자들로 구성되죠. 핵자. 이 입자는 쿼크들로 구성되고요. 일반적으로 세 개로. 쿼크에는 멍청한 이름이 붙어 있어요. 톱 쿼크. 보텀 쿼크. 업쿼크와 다운쿼크. 양전자는 업쿼크 두 개와 다운쿼크 하나로 만들어지죠. 중성자는 다운쿼크 두 개와 업쿼크 하나로 만들어지고. 그런 식이에요. 이게 다 실제로 작동해요. 아무도 이유는 잘 모르지만. 글루온은 이 입자들에게 정보를 알려줘요.

양자역학은 왜 양자역학quantum mechanics이라고 부르죠?

메커니즘mechanisms을 설명하니까요. 물리학자들은 양자에 강세를 둬요. 그건 이 역학의 유형이 뭔지 알려주죠. 양자역학이 아니에요.

알겠습니다.

미심쩍어하는 표정이네요.

아니요. 괜찮습니다. 그게 왜 그렇게 기이한 거죠? 주위들은 겁니다만.

아무도 모르죠.

내 말은 어떤 식으로 기이하냐는 겁니다.

알아요. 할 수 있는 이야기가 많죠. 파인먼은 양자의 모든 기이함은 이미 이중 슬릿 실험*에서 다 드러났다고 말해요. 아마 그 말이 맞을 거예요. 파인먼의 말은 대개 맞죠. 몇 번인지 모를 만큼 반복된 그 실험은 하나의 입자가 두 개의 다른 구멍을 동시에 통과할 수 있다는 걸 보여줘요.

그걸 믿습니까?

아주 굳게.

그럼 그게 양자역학에 포함되나요?

그렇죠.

높이 평가받는 물리 이론이로군요.

네. 지금까지 만들어진 가장 성공적인 물리 이론이에요. 작은 입자들의 이론이죠. 원자와 그보다 작은 것들. 어쨌든 일반적으로는 그렇게들 생각해요. 하지만 그건 그냥 형편없는 수학일 수도 있어요. 어떤 물리학자들은 그 이론이 결국에는 우주 자체가 양자 현상이라는 이해에 도달할 수밖에 없지 않을까 생각해요. 양자역학이 궁극적으로 묘사하는 게 우주라고.

얼리샤도 그렇게 생각하나요?

네. 나도 그렇게 생각하는 사람에 속해요.

또 뭐가.

---

* 양자역학에서 물질의 파동성과 입자성을 구분하는 실험. 19세기 초 토머스 영이 최초로 시도했다.

또 뭐가?

기이한지.

사고실험이건 실제 실험이건 모든 실험은 우리의 적극적 관여를 요구한다는 점이요. 우리가 거기 없으면 제대로 작동하지 않아요. 추한 진실은 양자역학의 믿을 만한 설명 가운데 파인먼의 경로합 이론을 제외하면 인간 의식과 얽히지 않은 게 없다는 거예요. 이렇게 되면 당연히 우리가 발명되기 전에는 그게 우리 없이 어떻게 지낼 수 있었을까 하는 문제가 제기되죠. 하지만 그렇게 간단한 게 아니에요. 내 생각에 여기서 주목해야 하는 것은 인간 의식과 실재가 같은 게 아니라는 점이에요. 이건 우리가 오래전부터 알고 있던 사실이죠. 비록 칸트에 관해서 큰 확신이 없다 해도. 이 경우에는. 어쨌든, 실험의 증거는 무시할 수 없어요. 이중 슬릿에서부터 슈테른-게를라흐 자석을 가지고 하는 그 모든 이상한 짓*에 이르기까지. 그런 실험에서는 상당히 똑똑한 물리학자들도 나트륨 입자를 머리로 이길 수 없다는 걸 알게 되죠. 일각에서는 이런 탐구가 철학에 불과하다는 생각이 널리 퍼져 있어요. 그리고 이런 탐구에 대한 널리 퍼진 반응은 입 닥치고 그냥 계산이나 하라는 거예요.

---

* 1922년 오토 슈테른과 발터 게를라흐는 자기장에 통과시킨 은 원자 빔이 두 가닥으로 갈라지는 것을 발견했다. 양자역학 분야에서 중요한 실험 중 하나.

얼리샤는 그렇게 말하지 않죠.

그러지 않죠. 이 모든 계산은 편미분방정식을 만들어내요. 하지만 우주의 진실은 그런 방정식들 건너편에 있어요.

물리학자들은 그걸 두고 뭐라 합니까?

별말 없어요. 대개 눈알만 굴리죠. 그들은 칸트 같은 종류의 인간이 아니에요. 알 수 없는 절대적인 것의 문제는 실제로 그에 관해 뭔가 말할 수 있다면 그건 이미 알 수 없는 절대적인 것이 아니라는 점이에요. 우리는 의자에서 손끝 하나 까닥하지 않고 본질적인 것으로부터 현상적인 것으로 옮겨갈 수 있죠. 다시 말해서 절대적인 것은 지각할 수 있는 것으로 바뀌지 않으면 거기에서 아무것도 발췌할 수가 없어요. 잊지 말아야 할 것은 알 수 없는 걸 실재라고 주장하는 순간 이미 기독교인처럼 방언을 하는 꼴이 된다는 점. 완전하고 객관적인 세계—칸트의 것이건 다른 어떤 사람의 것이건—의 문제는 그게 정의상 알 수 없는 거라는 점이에요. 나는 물리학을 사랑하지만 그걸 절대적 현실과 혼동하지는 않아요. 물리학은 우리의 현실이에요. 수학적 관념은 유통기한이 상당히 길어요. 하지만 그것들이 절대적인 것 안에 존재할까? 그게 어떻게 가능할까? 나는 자문했어요. 그러다가 나 자신이 다른 자아가 되어버렸어요. 당연한 거죠. 그게 수학을 가져가버렸어요. 그 생각이. 긴 불확실성의 시기였죠. 내가 다시 하나로 정리가 되었을 때 나는 다른 어떤 장소가 되어 있었어요. 마치 나 자신의 빛원뿔에서 빠져나온 것처럼. 전에는 절대적인 다른 곳이라고 일컬어지던 것 속으로 들어간 거죠.*

이해 못하겠습니다.

알아요. 나도 못해요. 그저 내 관점은 뭔가를 절대적인 것으로부터 가져오려면 반드시 절대적인 것으로부터 가져와야 한다는 거예요. 현상적인 것으로 전환하지 말고. 전환해버리면 그건 온통 우리 지문이 묻은 우리 소유가 되고 절대적인 것은 아무데서도 찾을 수 없게 되죠. 지금은 그렇게까지 자신하지는 못하지만.

키드 이야기를 할 수 있을까요?

물론이죠. 뭐 어때 씨발.

내가 아픈 데를 건드렸군요.

그렇진 않아요. 그냥 무례해지고 싶었을 뿐이에요.

키드가 어떻게 생겼나요?

키는 삼 피트 이 인치예요. 얼굴은 이상하게 생겼죠. 표정이 이상하다고 하는 게 나을 것 같네요. 나이는 딱 집어서 말할

---

* 물리적인 사건의 공간좌표와 시간좌표를 함께 나타낸 것이 '세계점'이며, '세계점'이 시공에서 그리는 궤적이 '세계선'이다. 이 '세계선'이 만드는 곡면이 '빛원뿔'로, 존재할 수 있는 모든 과거와 미래를 표시한다. '절대적인 다른 곳'은 원뿔 표면의 공간과 어떠한 영향도 주고받지 않는 영역이다.

수 없고. 그 물갈퀴가 달려 있어요. 완전 대머리는 아니지만 머리가 벗어지고 있고. 아마 오십 파운드쯤 나갈 거예요. 웃고 계시는군요.

키드가 카론*의 배에 타는 생각을 했습니다.

네. 나도 그런 생각 한 적이 있어요. 단테는 스스로 배에 탄 뒤 배가 좀 가라앉는다고 느끼고 나서야 그 생각을 해요.**

그건 몰랐네요.

네 뭐. 씨발은 미안합니다.

우리가 그 정도는 감당할 수 있죠. 키드가 삼 피트 이 인치라는 건 어떻게 아나요?

재봤어요.

재라고 가만히 있던가요?

아니요. 탈레스가 피라미드를 재던 식으로 쟀어요. 카펫 위에 드리운 키드의 그림자 길이를 적어놓고 그걸 내 그림자 길이와 비교했는데 우리 그림자의 상대적 길이는 우리 각각의 키와 등가였어요.

---

* 그리스신화에서 죽은 자를 스틱스와 아케론 강 너머 지하세계로 데려다주는 나루지기.
** 단테는 『신곡』에서 지옥의 강을 건너려고 플레기아스의 배에 올라타며 무게가 없는 죽은 자와 달리 자신이 탄 배는 약간 가라앉는 것을 느낀다. 앞에서 닥터 코언은 얼리샤가 키드의 몸무게를 말하는 것을 듣고 키드가 그런 배를 타면 과연 배가 가라앉을지, 즉 키드가 환영인지 아닌지 궁금해한다.

왜 키드의 정확한 키를 알고 싶었나요?

그냥 키드에게 키가 있는지 알고 싶었던 것 같아요.

또 뭐가 있습니까?

키드는 눈썹이 없어요. 그리고 약간 흉터가 있는 것처럼 보여요. 어쩌면 화상인지도 몰라요. 머리에 흉터가 있어요. 마치 사고를 당한 것처럼. 아니면 난산으로 태어난 것처럼. 그게 무슨 말이든. 기모노 같은 걸 입고 있어요. 그리고 늘 어슬렁거려요. 두 물갈퀴로 뒷짐을 지고. 스케이트 타는 사람 비슷하게. 늘 무슨 말을 하는데 틀림없이 스스로 이해하지도 못할 관용구를 사용해요. 마치 어딘가에서 그 언어를 발견했는데 그걸 어떻게 해야 할지 잘 모르겠는 것처럼. 그럼에도—또는 어쩌면 그래서—가끔 아주 놀라운 이야기를 하곤 해요. 하지만 키드는 꿈속 존재라고 하기는 힘들어요. 모든 디테일에 일관성이 있어요. 완벽해요. 완벽한 한 사람이에요.

인물. 그렇게 말했던 것 같은데요.

그럼 인물.

몇 년 거슬러올라가서. 소라진*을 복용하자 이 익숙한 자들의 방문이 중단되었다는 사실. 그게 그들의 현실성의 본질에 관해 뭔가 암시하지 않나요?

---

* 정신안정제인 클로르프로마진의 상표명.

또는 내가 그것을 지각하는 능력에 관해.

흠. 그렇게 말할 수도 있겠군요.

그렇게 말할 수도 있겠죠. 방금 그렇게 말했고. 약은 지각을 바꿔요. 그걸 무엇에 일치시키려고? 예전에는 이 모든 일에 관해 약간 더 확고한 신념이 있었어요. 하지만 현실성의 본질에 관한 확고한 신념은 동시에 그것의 지각과 관련된 한계를 나타낼 수밖에 없어요. 그래서 그냥 그 걱정은 하지 않게 됐죠. 내가 있었던 곳이 도대체 어디인지 정말로 알지 못한 채 죽을 거라는 사실을 받아들였고 그건 괜찮았어요. 뭐. 완전히는 아니지만. 나는 레너드에게 현실은 기껏해야 집단적 육감이라고 말했어요. 하지만 그건 내가 어떤 여성 코미디언에게서 훔친 대사에 지나지 않았죠.

레너드?

여기에 있는 친구예요.

그랬더니 웃음을 터뜨리던가요?

아니요. 아주 진지하게 받아들였어요.

키드가 다른 사람들도 자기를 볼 수 있다고 한 적이 있다면서요? 얼리샤가 그렇게 말했죠?

다른 사람들 몇 명.

그게 무슨 뜻이라고 생각합니까?

모르겠어요. 정신과의사는 선생님이잖아요.

이제 다시 볼 일은 없겠군요. 키드를.

또 낚시를 하시는군요.

하지만 얼리샤가 키드에게 작별인사를 했잖아요.

네.

뭐라던가요?

별말 없었어요. 내가 자기를 보고 싶어할지 궁금해했어요.

자기를 보고 싶어할지.

네. 시 한 수를 외워주더군요. 놀라운 일이었어요. 나는 그
게 무슨 뜻인지 몰라요.

어떻게 흘러갔는지 기억나요?

네. 아주 빨리요.

내 말은 시의 내용을 기억하냐는 겁니다.

무슨 말인지 알고 있었어요.

그냥 그 시 내용을 이야기해주겠냐고 물어야 할 것 같군요.

아니. 이야기하지 않을 거예요.

알겠습니다. 키드를 일종의 악한 정령으로 보는 건—이게
얼리샤를 상담한 사람들 대부분의 관점이었던 걸로 아는데—
얼리샤의 관점은 아니죠. 또는 얼리샤는 그냥 그건 사실case이
아니라고 말할지도 모르겠네요.

아니죠. 네.

그렇다면 얼리샤는 키드를 어떻게 보는지 말해줄 수 있나

요?

내가 키드를 보는 방식이 사례case*라고 생각해요. 안 그런가요?

알겠습니다.

선생님은 사실 키드에 관해 묻고 있는 게 아니죠. 나에 관해 묻고 있는 거지. 그리고 나는 선생님이 알고 싶어하시는 걸 말할 수가 없어요. 설사 말할 수 있다 해도 아마 말하지 않을 거예요.

알겠습니다. 미안합니다.

그러실 필요 없어요. '논고'** 아세요? '말할 수'가 어디에서 나왔는지 알고 계셨죠.

한번 봤습니다. 무슨 말인지 잘 모르겠던데요.

키드에 관해 사실case인 것은 그냥 자기가 할 수 있는 최선을 다하고 있었다는 점이라고 생각해요. 다른 모든 사람들처럼.

키드가 자비롭다고 보나요?

만일 내가 그를 자비롭다고 본다면 그건 저 밖에 다른 뭐가 있는지 알기 때문이에요.

---

* case라는 단어의 의미를 사용한 말장난으로, 여기서 사례는 환자나 병의 사례를 가리킨다.
** 비트겐슈타인의 『논리철학논고』를 가리킨다.

그리고 그것에 관해 나는—예를 들어—아마도 알지 못하겠군요.

그냥 알면 놀랄 거라고만 해두죠.

사람들에 관해서는 어떻게 생각합니까? 그냥 일반적인 사람들.

그게 정말 질문인가요?

질문이면 안 되나요?

나는 사람들에 관해 생각. 하지 않으려고 하는 것 같습니다.

정말입니까?

아니요. 내 마음에는 사랑이 있다고 생각해요. 다만 그게 연민으로 나타날 뿐이죠. 나는 세상의 참상을 봤다고 상상하지만 그게 사실이 아니란 걸 알아요. 그럼에도 본 걸 안 본 걸로 되돌려놓을 수는 없어요. 이 세기만큼 섬뜩한 세기는 없었어요. 하지만 이제 더는 우리가 이런 걸 볼 일이 없을 거라고 진지하게 생각하는 사람이 있을까요? 그렇지만 자기 문제도 감당하지 못하는 사람에게 세상의 문제가 뭘 의미할 수 있겠어요?

가끔은 모든 걸?

네. 그 말이 맞을지도 모른다고 생각해요.

미안합니다. 마음 상하게 하려는 건 아니었어요.

마음 상하지 않아요. 앞으로 나올 게 얼마나 많은데 이 정도로는.

좀 쉬는 게 좋겠군요.

좋아요.

*

괜찮습니까.

괜찮아요.

아직 이십 분 남았습니다.

알아요. 질문하세요.

좋아하는 게 뭔가요? 뭐가 즐겁나요?

책에 나오는 질문처럼 들리네요. 선생님이 들은 가장 괴상한 대답이 뭐였어요?

그걸 말해도 되는지 잘 모르겠는데요. 하지만 환자들은 사람을 놀라게 하죠.

크라프트에빙*도 놀랄까요?

좋은 뜻으로 한 말입니다. 가끔 관심사가 꽤 세련된 경우도 있어요. 물론 종종 소중하게 여기는 걸 포기하고 자신을 비참하게 만드는 걸 택하는 경향이 있지만. 수학 외에 얼리샤의 주

---

* Richard von Krafft-Ebing(1840~1902). 독일의 신경학자로 정신병에 관한 저술로 유명하다.

된 관심사는 음악이었을 것 같네요.

네.

바이올린 연주 실력은 어느 정도였어요?

상당히 잘했어요. 콘서트 연주자는 절대 되지 못했겠지만.

그 정도로 잘하지는 못했군요.

연습을 하지 않으려 했어요. 한 번에 몇 주씩 연주를 쉬었고요. 그럼 안 되거든요.

그렇게 연습할 만큼 관심이 있었던 건 아니었네요.

아니요. 사랑했어요. 하지만 수학을 더 사랑했어요. 아마 수학에 이만 시간은 썼을걸요.

정말 많은 시간인데요.

네.

그걸 다 기억하나요?

네. 기억해야 해요.

또 뭐가 있을까요.

모르겠네요. 선생님 목록에서 하나 골라보세요.

어머니와의 관계가 이거하고 어떤 관련이 있을 수도 있다고 생각하세요?

일라이자 우스개를 하시는군요.

네. 어차피 얼리샤한테 정신과의사에 대한 의견을 묻고 싶기도 했어요. 얼마나 나쁘게 보느냐는 쪽으로.

그게 목록에 있나요?

왜 없겠어요?

나는 늘 스스로 약간 불안정해야만 정신의학을 하고 싶은 마음이 들 거라고 생각했어요. 실성한 사람들에 대한 관점이 너무 임상적이면 불리한 점이 있을 거라고요. 반면 그냥 완전히 돌아버려도 안 되겠죠.

늘 그렇게 생각했군요.

네.

그런데 지금은?

뭘 물어보시려는 거죠?

아마 나보다 그들을 잘 알 것 같아서요.

모르겠어요. 선생님은 머리 고치는 의사 무리하고 어울려 다닐 사람처럼 보이진 않는 것 같아요. 하긴 누구하고 어울리는지 나야 모르죠.

실제로 의사보다는 환자가 재미있다고 생각하는 쪽인 것 같아요.

나도 그래요.

우리가 하는 건 과학으로 보이지 않죠.

네. 의사들은 신경과학은 대체로 기피하는 것 같아요. 랜턴과 클립보드를 들고 내려가 대뇌의 열구裂溝들을 천천히 돌아다니는 일은. 이유는 쉽게 알 수 있죠. 정신병이 그냥 시냅스 몇 개가 오발하는 거라면 왜 그냥 뇌가 정지하지 않는 걸까요? 실제로는 그렇게 되지 않죠. 전에는 보지 못했던 세계, 세심하게 만들어진데다 상당히 또렷한 세계를 얻게 돼요. 누가 이런 일을 하는 거죠? 대롱거리는 전선들을 새롭고 특별한 방식으로 연결하며 돌아다니는 게 대체 누군가요? 그걸 왜 하고 있는 거죠? 그가 따르는 알고리즘은 뭐죠? 왜 우리는 알고리즘이 있다고 생각하는 걸까요?

모르겠는데요.

의사들은 미친 사람들의 세계가 구성되는 세심한 방식을 고려하지 않는 것 같아요. 자기들이 그 세계에 질문을 던지고 있다고 상상하지만 물론 실제는 다르죠. 사제가 죄의 가장자리만 스쳐가는 것처럼 정신병 의사alienist들은 광기의 가장자리만 스쳐가요. 자신이 위임받은 일의 문간에서 오도 가도 못하면서. 입술을 비튼 채 아무런 지위도 가지지 못하는 현실을 연구하면서. 외계인alien의 나라를 연구하면서. 질문을 또하나 던지고. 이론을 만들고. 의사들이 하는 일의 적은 절망이에요. 죽음이에요. 현실세계에서와 똑같이. 내 말을 받아들이지 않는군요.

열심히 듣고 있습니다.

십육 분.

그 시간을 채울 방법을 찾고 있습니까?

아니요. 나는 언제든 원하는 때에 멈출 수 있어요.

그러는 건 우리 모두 가능하죠.

그거 좀 초서* 말투 같네요. 그러는 건 우리 모두 가능하죠.

치료 전문가의 치료 능력이 그렇게 대단하지는 않다고 생각하는군요.

나는 대부분의 사람이 생각하는 대로 생각해요. 돌봄이 치료지 이론이 치료가 아니다. 세상 어디서나 유효한 말이죠. 심지어 결국에는 모든 문제가 영적인 문제일 수도 있어요. 카를 융은 달나라에 사는 사람이었지만 그 점에서는 아마 그의 말이 옳았을 거예요. 독일어는 정신과 영혼을 구별하지 않는다는 걸 염두에 두어야 하지만. 제도에 관해 말하자면, 스텔라 마리스 같은 시설은 어느 정도 생각을 하면서 대비하고 있었다는 느낌이 들어요. 다만 누가 올지 몰랐을 뿐이죠. 이곳의 돌봄은 아주 훌륭하다고 생각하지만 모든 곳의 돌봄이 그렇듯이 절대 요구를 따라잡을 수는 없어요. 아주 긴 세월이 흐르면 심지어 벽돌에도 독이 침투해요. 치료법은 많지만 치료는 없어요. 특별한 고통을 수용한 곳들은 결국 불타 사라지거나 신전이 될 거예요.

얼리샤의 관점은 다 그렇게 우울한가요?

---

* Geoffrey Chaucer(1342?~1400). 『캔터베리 이야기』를 쓴 영국의 시인.

우울하다고 생각하지 않는데요. 그냥 현실적이라고 생각해요. 정신의 병은 병이에요. 달리 그걸 뭐라고 부르겠어요? 하지만 그건 우리가 지금 이해하는 수준으로는 차라리 화성인에게나 있을 법한 기관과 관련된 병이라고 할 수 있어요. 일탈 행동은 아마 일종의 만트라*일 거예요. 이런 행동은 드러내는 것보다 감추는 게 많죠. 치료 전문가가 마주하는 문제 가운데 하나는 환자가 치료받기를 원하지 않을 수도 있다는 거예요. 말해주세요, 선생님, 나는 그러면 어떻게 될까요?

미친 사람들에게 정의감이 있나요?

그거 진지하게 물어보신 건가요? 그 사람들은 부글부글 끓고 있어요. 불의야말로 그들이 주로 몰두하는 대상이죠. 선생님 눈이 흐려지기 시작하는 것 같네요.

괜찮습니다. 평소 시계는 전혀 안 보네요, 그렇죠?

볼 필요 없어요.

지금 어떻게 되고 있죠? 시간 면에서timewise.

놀라운 생각인데요, 그거. 지혜로운 시간time wise이라니. 십사 분 남았어요. 하루하루는 길지만 한 해는 짧죠.

얼리샤의 삶 가운데 일반적인 기준으로는 불안정하다고 표현할 수 있지만 그…… 뭐더라? 호트? 그것과는 관계가 없는

---

* 기도나 명상을 할 때 되풀이하는 주문.

부분이 있나요?

내가 그 질문을 다시 정리해볼게요.

그러시죠.

공짜로 해드릴게요. 내가 늘 미쳐 있는가 아니면 내 작은 친구들이 있을 때만 미치는가.

좋습니다.

그게 무슨 의미인지 모르겠네요. 나는 키드가 내 눈에 보이지 않을 때는 존재하지 않는다고 생각하지 않아요. 예를 들면. 양자역학적 키드. 넘어가는 게 좋겠네요.

좋습니다. 얼리샤한테 중요한데 내가 모르는 게 뭐가 있죠?

책에 나오는 질문인가요?

아닌 것 같은데요.

나는 레즈비언이에요.

그렇게 생각하지 않습니다.

어떻게 아세요?

그냥 압니다. 얼리샤는 나한테 관심 있는 척 행동하죠. 그것만 봐도.

내가 선생님을 매력적이라고 여긴다 생각하시는군요.

네. 그렇다고 말해야 할 것 같습니다.

음. 미안합니다. 그건 사실 관심 있는 척 행동하는 문제가 아니에요.

그럼 뭐가 문제인가요?

어쩌면 핵심은 그냥 선생님 삶에 아무도 없다는 걸지도 몰라요. 선생님이 작별인사를 하려는 대상이 무엇이건 그게 선생님한테 똑같이 인사해주지 않을 것이란 사실을 받아들이게 되는 거.

오빠에 관해 할머니한테 이야기를 했나요?

네. 말해야만 했어요.

뭐라시던가요?

울음을 터뜨렸어요. 계속 오빠 이름을 불렀어요.

다른 말씀은 없었나요?

내가 이탈리아에서 전화하는 거냐고 물었어요.

할머니가 이탈리아로 갈 건가요?

아니요. 어떻게 가야 하는지 모르실 거예요.

얼리샤가 모시고 갈 수 있잖아요.

아니요. 없어요.

알겠습니다.

하지만 알겠다고 하고 넘어갈 문제가 아니잖아요. 안 그래요?

오빠 이야기를 하고 싶지 않다면 그건 이해할 수 있습니다. 모르겠네요. 오빠한테 혹시 어떤 이야기를 했나요? 오빠가 얼리샤가 하는 말을 들을 수 있을지도 모른다고 생각했나요?

오빠 없이 살아 있는 것보다 오빠와 함께 죽는 게 낫다고 말했어요.

그건 사전 경고로 받아들이겠습니다.

삶은 개처럼 우리를 타고 앉아 있어요.

인용인가요?

내가 아는 바로는 아니에요.

어쨌든 유대적인 것은 아니고.

아니에요.

유대인 집안답게 교류가 많았습니까?

아니요. 우리는 유대인으로 자라지 않았어요.

하지만 본인이 유대인이란 건 알았죠.

아니요. 뭔가를 알기는 했어요. 어쨌든, 딸깍거리는 뚜껑이 달린 접시에서 동전을 세던 선조들이 나를 삶에서 이런 자리에 데려다놓았죠. 유대인은 인구의 이 퍼센트이지만 수학자 중에서는 팔십 퍼센트예요. 만일 그 수의 차이가 조금이라도 더 커지면 우리는 그들을 별도의 종으로 간주하게 될 거예요.

그건 좀 너무 나간 거 아닌가요?

아니요. 제대로 하려면 더 나가야 해요. 같은 집에도 별개의 여러 역사가 있을 수 있어요. 다윈의 질문에는 아직 답이 없죠. 우리는 어떻게 역사적 선례가 없는 정신적 능력을 획득하는가? 도대체 어떻게 뇌는 다가오는 것에 대비하는 것처럼 보이는가? 모르죠. 뇌의 회로 가운데 얼마나 많은 부분이 사용되지 않고 그냥 새로운 기회가 오기를 기다리고만 있는가? 그런 부분이 있기는 한가? 시장에서 잔돈을 거슬러주는 게 어떻게 손자들을 양자역학에 대비시키는가? 위상수학에?

손자?

앞에 '증'이라는 말을 넣으셔도 돼요.

모르겠습니다. 내가 제대로 이해를 하고 있는 건지 모르겠군요. 얼리샤 이야기로 돌아가는 게 어떨까요?

이게 내 이야기예요.

얼리샤의 개인사요. 여기 오기 전에는 어디에 있었나요?

휴게실에요.

네, 잘난 척하는 알렉*이시군요.

이탈리아에 있었어요. 오빠가 죽기를 기다리면서.

얼마나 오래 있었나요?

두 달. 그보다 조금 더.

의료진이 두 달을 기다린 뒤에 생명 유지 장치를 뗄 테니 허락해달라고 요청했습니까?

아니요. 그냥 요청 강도가 더 높아졌죠.

이탈리아어를 하세요?

---

* smart aleck. '잘난 척하는 사람'을 뜻하는 관용어.

웬만큼 해요. 어쨌든, 어쩌면 그게 오빠가 원하던 거였는지도 몰라요. 모르겠어요. 다만 나는 그럴 수 없다는 걸 알고 있었을 뿐이에요. 나는 필사적으로 도망쳤어요.

지금은 마음이 좀 편해졌나요?

아니요. 선하신 하느님.

여기 왔을 때 돈이 아주 많았죠.

그렇게 많지는 않았어요. 오빠와 나는 우리 친할머니한테서 돈을 물려받았어요. 오빠가 내 몫을 주었을 때 나는 사실 원하는 게 아무것도 없었어요. 그래서 꽤나 특별한 아마티*를 샀어요. 그 악기를 알고 있었죠. 관련된 책 두 권을 읽은 적이 있고 또 물론 크리스티** 카탈로그에서도 보았어요. 마지막으로 팔린 건 1863년이었고 나는 그게 이른 시일 안에는 다시 시장에 나오지 않을 거라고 생각했어요.

바이올린이요.

네.

지금 우리가 얼마나 비싼 바이올린 이야기를 하고 있는 건가요?

이십만 달러보다 조금 더 많이 줬어요.

---

* 16세기부터 18세기까지 이탈리아 크레모나 지방의 바이올린 제작 명가였던 아마티 가문에서 만든 바이올린.
** 영국의 유서 깊은 경매 업체.

놀랍군요. 유산을 얼마나 물려받았는데요?

내 몫은 오십만이 좀 넘었어요. 나는 바이올린이 좋은 선택이라고 생각했죠. 그걸 내 방에 놔두는 건 사실 걱정이 됐지만. 그걸 베개 밑에 보관하곤 했어요. 돈은 한동안 진짜로 옷장 구두 상자에 넣어두었죠.

돈을 현금으로 갖고 있었습니까?

네. 오빠가 그걸 알고 안전 금고를 빌리게 했어요.

투자할 생각은 하지 않았나요?

우리는 돈을 물려받았고 세금은 전혀 낼 필요가 없었어요. 하지만 그걸 증명할 수는 없었죠. 돈은 할머니 지하실에 묻혀 있었거든요. 할머니는 그게 어디 있는지 알려주고 우리에게 가져가라고 했어요. 하지만 물론 그와 관련된 서류는 없었죠.

할머니가 돈을 지하실에 묻어두었군요.

우리 할아버지가 묻었어요. 이십 달러짜리 금화로. 긴 납 파이프 안에 쌓아두었어요.

이야기가 이상한 동화로 바뀌고 있군요.

사람들은 이상한 행동을 해요.

크리스티. 바이올린을 경매에서 샀나요?

네. 바인 앤드 푸시*를 통해 샀어요. 시카고에서. 사실 당시 그 회사는 아직 정식 사업을 시작하지도 않은 상태였죠. 하지만 내 대리인 역할을 해주었어요.

그런 악기를 재고로 갖고 있지는 않았겠군요.

네. 사실 재고 자체가 없었어요. 신생 회사였거든요.

얼리샤가 그 악기를 얼마나 걱정했을지 짐작이 되네요.

크레모나는 도난당하면 영원히 찾지 못할 수 있어요. 두 번 다시 발견되지 않을지 모르는 몇 점에 하나가 더 추가되는 거죠. 거기에 페인트를 칠할까 생각도 했어요. 광택에 해를 주지 않고 쉽게 벗겨낼 수 있는 어떤 수용성 페인트. 황금색으로 칠하는 거죠, 예를 들면. 싸구려 케이스에 넣고. 하지만 콰인이 인용한 이 말이 생각났어요. 겉면을 지키면 모두 지킬 수 있다. 어쨌든 내가 차마 그렇게까지는 못할 건 나도 알고 있었어요.

콰인이 누구죠?

철학자예요. 어떤 사람들은 현존하는 최고라고 하죠.

얼리샤도?

어쩌면. 물론 콰인은 자기가 수학을 이해한다고 생각해요. 그걸 가만 내버려두지 못하는 것 같아요.

하지만 그건 인용이잖습니까, 방금 말했다시피.

네. 그의 책의 제사題詞죠.**

---

* 1976년에 문을 연 미국의 고급 악기상.

** 위의 슬로건을 제사에 인용한 『진리의 추구』는 1990년에 처음 출간되었으므로 얼리샤가 1970년대에 그 책을 알았을 수는 없다. 다만 이 슬로건은 20세기 초부터 사용되었고, 책에 인용하기 전부터 콰인이 애용했을 가능성은 있다.

누가 한 말인지는 밝혔나요?

네. 셔윈윌리엄스.

페인트 회사로군요.

네.

농담이군요.

아니요. 농담하는 게 아니에요. 콰인도 마찬가지고. 음. 어쩌면 약간은. 지금 생각해보니 어쩌면 많이.

바인 앤드 푸시. 내가 맞게 들었나요?

네. 바이올린을 받은 날 버스를 타고 집으로 가져갔어요. 층계를 올라 방으로 들어간 다음 침대에 앉아 무릎에 올려놓았죠. 그냥 케이스를 바라봤어요. 케이스는 독일제였죠. 아마 18세기 말에 제작된. 하지만 거의 새것처럼 보였어요. 은으로 만든 독일제 걸쇠가 달린 검은 송아지 가죽. 엄지로 걸쇠를 하나씩 풀고 뚜껑을 들어올렸어요. 그때 내가 쉰 숨 하나하나가 다 기억나요.

하지만 그전에 봤잖아요. 중개상 가게에서 봤죠.

아니요. 본 적 없어요. 그 사람들이 카운터에 올려놓고 걸쇠를 풀기 시작했지만 내가 중단시켰어요. 물론 사진은 봤죠. 크리스티 카탈로그의 사진이 아마 최고일 거예요. 단풍나무 결이 정말로 촘촘하고 고불고불해요. 뒤판은 두 조각인데 거의 펼친 책처럼 양쪽이 똑같아요. 아주 특별하죠. 마감 칠은 악기의 목부터 아래쪽 나무에 이르기까지 사실 많이 사라졌는데, 카탈로그에는 그런 말이 없지만 나는 처음부터 그랬을 수도 있다고 생각했어요. 그 바이올린이 내가 본 가장 놀라운 거라고 생각했어요.

현물을 보지도 않고 샀군요.

네. 쇼핑백에 돈을 담아서 바인 앤드 푸시에 갔어요.

버스를 타고.

네. 내가 돈을 줬더니 그걸 뒷방으로 가져가 세어보더군요. 그 사람들은 그걸 어떻게 처리해야 할지 몰랐고 경매는 닷새 뒤였어요. 현금으로 물건을 사는 게 뭐가 문제냐고 생각하겠지만 이제는 그게 그렇게 쉬운 일이 아닌가봐요. 그 사람들은 내가 쇼핑백에 백만 달러의 삼분의 일을 들고 돌아다녔다는 걸 믿지 못했어요. 나는 잘 보이는 데 있는 게 더 찾기 어렵다고 말했지만 그게 오히려 그 사람들한테는 그저 혼란만 주었나봐요.

백만 달러의 삼분의 일.

음, 사실은 삼십만이었어요.

크리스티에서는 그게 얼마에 팔릴 거라고 생각했나요?

그쪽에서도 알지 못했을 거예요. 아주 특별한 물건이었거든요. 크리스티에서는 적어도 이십만은 될 거라고 짐작하고 있었지만 바인 앤드 푸시 사람들은 더 올라갈 거라고 생각했어요.

하지만 얼리샤는 삼십만을 통째로 밀어넣을 준비를 하고 있었군요.

네. 그 사람들한테 그걸 그냥 사버리라고 말했어요.

그 가치대로 팔릴 거니까. 당연히.

네.

그래서 얼마까지 가던가요?

이십삼만.

경매가 어디서 열렸어요? 뉴욕?

네.

그리고 얼리샤는 심지어 물건을 보지도 않겠다고 했고요.

네.

그 사람들은 이미 얼리샤가 좀 이상하다고 생각했을 것 같은데요.

그 사람들이 무슨 생각을 했는지는 몰라요. 어쨌든 거액의 수수료는 받았죠. 그쪽에서는 남은 돈을 수표로 주려 했지만 나는 현금만 받는다고 말했어요. 보비의 규칙이죠.

그러니까 뭐랍디까?

깔깔대며 바닥을 굴러다니면서 서로 소리를 지르더군요.

알겠습니다. 그걸 보지 않겠다고 한 건 그냥 그걸 실제로 볼 때 그 악기와 단둘이 있고 싶었기 때문이겠죠.

네.

그래서 버스를 타고 그걸 집으로 가져갔군요.

네. 집에 가서 침대에 앉아 그걸 무릎에 얹고 케이스를 열었어요. 삼백 년 된 바이올린 같은 냄새는 전혀 나지 않았어요. 현들을 튕겨보았더니 놀랄 만큼 제 음에 가까웠어요. 나는 그걸 케이스에서 꺼내 그 자리에서 바로 조율했어요. 이탈리아인이 흑단을 어디에서 구했는지 궁금했죠. 줄감개에 쓰는 거. 물론 지판에도. 줄걸이판에도. 이윽고 활을 꺼냈어요. 독일제였어요. 상아로 멋지게 상감 장식을 했더군요. 활을 조인 다음 그냥 그 자리에서 앉은 채로 바흐의 샤콘을 연주했어요. D단조던가? 기억 안 나네요. 어쨌든 그렇게 생생하고 귀기 서린 곡이라니. 바흐는 그걸 자기가 없는 동안에 죽은 부인을 위해 작곡했어요. 그런데 나는 연주를 끝낼 수 없었어요.

왜요?

그냥 울음이 터져나왔거든요. 울음이 시작되었는데 그칠 수가 없었어요.

왜 울었죠? 왜 지금 울고 있습니까?

미안해요. 말씀드릴 수 있는 것보다 많은 이유로. 가문비나무로 만든 아마티의 머리에서 눈물을 닦아낸 다음 그걸 옆에 내려놓고 욕실에 들어가 얼굴에 물을 끼얹은 기억이 나요. 하지만 울음이 그냥 다시 시작되었어요. 나는 계속 그 대사를 생각하고 있었어요. 인간은 얼마나 대단한 작품인가.* 울음을 멈출 수가 없었어요. 그러다 이런 말을 한 기억이 나요. 우리는 무엇인가? 아마티를 안고 거기 침대에 앉아서. 아마티는 너무 아름다워 진짜 같지가 않았어요. 내가 본 가장 아름다운 것이었고 어떻게 그런 게 가능하기라도 한지 이해할 수가 없었어요.

그만할까요?

네. 미안합니다.

---

* 셰익스피어 『햄릿』 2막 2장에 나오는 햄릿의 독백 중 일부.

III

잘 잤어요? 어떻게 지냈습니까?

이렇게 좋은 적이 없었네요.

익살을 부리는 게 분명하군요. 괜찮아요?

네.

지난번 면담에서 다시 짚어보고 싶은 게 있나요?

아니요. 서류철 갖고 계시지 않나요.

안에 뭐가 있는지 나도 아주 잘 알죠. 그냥 바로 시작하는 게 어떨까 생각하고 있었습니다.

좋아요.

무슨 이야기를 하고 싶으세요?

벨 부등식.*

네?

선생님이 고르세요. 나는 상관없어요. 날씨weather 이야기 할까요.

아버지father 이야기를 해주시죠.

일라이자.

미안합니다. 그 프로그램을 개발한 사람들도 치료 상담을 신청했다는 게 사실인가요?

그렇게 들었어요.

얼리샤의 아버지는 어머니가 돌아가시고 나서 얼마 뒤에 돌아가셨죠.

사 년쯤 뒤에요.

오랜 투병 끝에.

아버지를 죽일 만큼 오랜.

약간 가혹하게 들리네요.

보세요. 신문 부고란에서 인용한 걸 들려주면 나는 반응을 잘하지 못한다고요.

미안합니다. 명심하도록 하죠. 그때 몇 살이었나요?

열다섯이요.

그 무렵 아버지를 자주 봤나요?

---

* 양자역학의 이론 가운데 하나.

아니요. 산속 오두막에 살고 계셨어요. 타호호수 위쪽에 있는.

아버지와 사이가 틀어졌나요?

아니요.

아버지는 맨해튼 프로젝트*의 물리학자였죠. 아버지가 그 이야기를 한 적이 있나요?

주로 보비한테 했어요. 슬슬 의회 청문회처럼 들리기 시작하네요.

그냥 떠오르는 걸 아무거나 말해주셔도 될 것 같습니다.

아니요. 계속하세요. 아버지가 자신이 폭탄을 만든 것에 죄책감을 느꼈는지 알고 싶으신 것 같네요. 느끼지 않았어요. 하지만 지금은 죽었죠. 그리고 오빠는 뇌사 상태고 나는 또라이 집합소에 와 있어요.

알겠습니다. 또?

또. 아버지는 전쟁 뒤에 피해 상황을 조사하기 위해 히로시마에 간 과학자 그룹의 일원이었어요. 거기서 본 광경에 정신이 번쩍 들었던 것 같아요. 사실 내가 대신 이야기할 수는 없지만요. 누가 그 폭탄을 만들든 그들은 그걸로 뭔가 날려버릴 작정이었고 아버지는 그럴 거면 그들보다 우리가 터뜨리는 게

---

* 2차세계대전 중 미국 육군의 원자탄 개발 계획.

낫다고 생각했을 게 틀림없어요. 그들이 누가 되든 간에. 트루먼의 폭탄 투하 결정에 관한 논거는 일반적으로 지상 공격시의 인명 손실을 중심에 두고 있죠. 아버지는 다른 식으로 접근했어요. 아버지는 일본이 지상 공격으로 패했다면 전후 재건의 기적은 없었을 거라고 생각했어요. 한 나라로서 수모를 당하여 오랜 쇠퇴에 들어섰을 거라고. 하지만 실제로는 전투에서 패한 게 아니죠. 그들은 마법에 패배한 거였어요.

그건 좀 자기중심적인 생각으로 보이지 않나요?

좋으실 대로 생각하세요. 하지만 그게 사실일 수도 있죠.

얼리샤는 그게 사실이라고 생각합니까?

모르겠어요. 가설이죠. 아버지가 발명하고 특허를 받은. 나는 아무런 정치적 입장이 없어요. 그리고 나는 뼛속 깊이 평화주의자예요. 오직 나라만 전쟁을 할 수 있고─근대적 의미의 전쟁이요─그래서 나는 나라가 싫어요. 나는 달아나는 게 좋다고 믿어요. 버스가 다가오는 길에서 물러서는 것처럼. 우리에게 자식이 있었다면 나는 아이를 데리고 전쟁이 가장 일어나지 않을 만한 곳으로 갈 거예요. 물론 역사가 어찌될지 짐작할 도리는 없지만. 그래도 노력은 할 수 있죠. 아니요, 선생님의 다음 질문에 답하자면.

아버지를 탓하지 않는군요.

네.

방금 우리한테 자식이 있다면, 이라고 말했는데.

나한테 자식이 있다면.

우리가 누구죠?

아실 거 없어요.

아버지가 폭탄 때문에 잠을 못 이루거나 하지는 않았다고 생각하는군요.

아버지는 폭탄 전에도 잠을 자지 않았고 이후에도 자지 않았어요. 과학자들은 대부분 앞으로 일어날 일을 그렇게 많이 생각하지는 않았던 것 같아요. 그냥 즐거운 시간을 보내고 있었죠. 맨해튼 프로젝트에 관해서는 모두 똑같은 얘기를 했어요. 인생에 그렇게 재미있는 일은 없었다고. 하지만 맨해튼 프로젝트가 인류 역사상 가장 의미심장한 사건 중 하나라는 걸 이해하지 못하는 사람은 누구든 제대로 주의를 기울이지 않은 거예요. 불과 언어의 발견와 함께 맨 위쪽 자리를 차지하고 있는데. 적어도 삼등은 될 거고 어쩌면 일등일 수도 있어요. 우리가 아직 모를 뿐이죠. 하지만 알게 될 거예요.

아버지가 정말로 그 프로젝트가 초래할 결과를 깊이 생각하지 않았다고 생각하나요.

깊이 생각은 했을 거예요. 그리고 아버지가 그 점에서 특별했다는 것도 알죠. 아버지는 히로시마 사태 이후 다들 손을 부들부들 떨며 쩔쩔매는 것에도 별로 공감하지 않았어요. 아버지는 프로젝트에 참여했던 과학자 대부분보다 나이가 많았어요. 평균 나이는 아마 스물여섯 또는 스물일곱이었을 거예요. 심지어 몇 명은 십대였고. 그들이 갑자기 평화 장사꾼이 되었을 때 아버지는 그냥 그들이 위선자 무리라고 생각했어요. 아버지는 전쟁 뒤에 텔러*와 함께 일했죠. 그들은 알려진 세계의 아주 큰 부분을 무너뜨려 사람이 살 수 없는 잡석더미로 만들 수 있는 폭탄을 터뜨렸어요. 모두 텔러를 싫어했고 아버지를 싫어했어요. 정말 안된 일이에요. 아버지의 잠에 관해서는 무슨 말을 해야 할지 모르겠네요. 나도 잠을 전혀 자지 않았어요. 하지만 나는 누구에게도 폭탄을 터뜨리지 않았죠.

얼리샤는 로스앨러모스에서 태어났죠.

네. 복싱데이에요. 1951년.

복싱데이? 그게 뭐죠?

크리스마스 다음날이에요.

그걸 왜 복싱데이라고 부르죠?

크리스마스에 받은 쓰레기 가운데 원치 않는 걸 상자box에 넣어서 가게에 돌려주러 가는 날이기 때문에 복싱데이라고 불러요.

사실이 아니로군요.

---

* Edward Teller(1908~2003). 헝가리 태생의 미국 물리학자로 수소폭탄 개발을 지휘했다.

아니죠. 전통적으로 선물을 교환하는 날이었어요. 쿠키나 뭐 그런 게 든 상자를. 그날 육군 상사 하나가 전쟁 때 쓰던 그 탁한 녹색 세단으로 어머니를 병원에 데려갔어요. 주위에 아무도 없었거든요. 어머니는 원래 테네시로 가기로 했지만 결국 여행이 허락되지 않았죠.

아버지는 어디 있었나요?

아버지는 프로비던스에 있었어요. 로드아일랜드에 있는 프로비던스.

왜 프로비던스에 있었던 거죠? 가족을 만나러 갔나요?

브라운대학에서 쿠르트 괴델*이 미국수학협회의 기브스 강연을 하는 걸 들으러 갔어요.

아버지는 어머니와 크리스마스를 보내지 않았군요.

보내지 않았죠.

두 분이 소원했나요?

소원이라는 말을 정의해줘야 답할 수 있겠는데요. 완전히 소원했던 건 아니라고 생각해요. 하지만 그때 나는 없었으니. 어쨌든, 나는 아버지가 괴델 강연을 들으러 간 걸 탓하진 않아요. 나라도 그랬을 거예요. 괴델이 그냥 단조로운 목소리로 논문을 읽기만 했을 뿐이라 해도. 그 논문은 수학의 기초에 관한

---

* Kurt Gödel(1906~1978). 오스트리아 태생의 미국 수학자이자 논리학자.

것이었어요. 주로 플라톤주의의 옹호였죠. 아버지가 그 주제에 그렇게 관심이 있었는지는 모르겠지만 괴델에게는 관심이 있었어요.

그 논문을 읽어봤나요?

네. 물론이죠.

물론?

괴델 논문은 거의 다 읽었어요. 메모도 대부분. 가벨스베르거로 쓴 것도 포함하여.

그게 뭐죠?

괴델이 사용한 속기법이에요. 그의 다른 기벽에 어울리죠. 19세기 독일어예요. 어쩌면 18세기. 모르겠어요.

그걸 배우는 데 얼마나 걸렸나요?

내가 예상했던 것보다 오래요. 괴델은 똑똑했지만 무엇보다도 수학적 플라톤주의자였고 나는 이유를 알고 싶었어요. 내가 보기에 그 생각은 단연코 일관성이 없었어요. 하지만 나는 정말이지 괴델이 얼마나 똑똑한지 잘 몰랐던 거예요.

자 나는 사실 그게 무슨 뜻인지 안다고도 말할 수 없는데요. 수학적 플라톤주의자라는 거.

어떻게 들려요? 요즘에는 대개 사실주의라고 부르죠. 인간 정신과는 별개의 독립적인 수학적 실체가 존재한다는 믿음을 표현한다고 해요. 나이든 세대의 수학자들에게는 흔한 믿음이지만 내 눈에는 그냥 구멍이 가득해 보였어요. 수학적 대상이 인간의 사고와 별개로 존재한다면 달리 또 뭐에 독립적일까요? 우주, 나는 그렇게 생각해요. 어떤 문제를 풀면 해법은 늘 존재했던 거고 나는 그걸 발견했을 뿐이라는 강력한 느낌이 있죠. 게다가 다른 수학자들이 그 답이 맞는다고 동의해줄 것이라는 점에서 어떤 경험적 무게도 얹히게 되죠. 맞는다면.

그게 얼리샤의 현실 일반에 대한 이해와 적어도 약간의 관계는 있을 것 같은데요.

음. 여러 현실을 범주화하면서 많은 시간을 보낼 수도 있죠. 그들의 상호관련성. 아마 그 방향으로는 출발하지 않는 게 우리한테 좋을 것 같은데요.

알겠습니다. 나는 괴델에 관해서는 잘 알지 못해요. 그 사람이 유명한 이론을 제시했는데 거기서 나오는 문제를 수학자들이 다 풀지는 못했다는 것 정도만 알죠. 뭐 그 비슷한 얘기.

뭐 그 비슷한 얘기, 맞아요. 두 개의 불완전성정리. 1931년.

얼리샤가 동의하는 이론인가요?

물론이죠. 그걸 설명하는 논문은 눈부셔요. 논란의 여지가 없어요. 괴델은 말년에 수학에서 철학으로 표류해 들어가요. 그런 다음에 미쳤죠.

얼마나 미쳤죠?

아주 심하게. 뭘 먹으려 하지 않았어요. 음식에 독이 들었다고 생각했죠. 죽었을 때 몸무게는 칠십 파운드 정도였어요. 당시 IAS 우두머리였던 오펜하이머가 병원으로 그를 만나러 가곤 했죠. 어느 날 의사가 들어왔어요. 의사는 괴델이 누구인지 몰랐는데—그냥 어떤 또라이 대학교수 정도로만 생각했죠—오펜하이머가 의사한테 아리스토텔레스 이후 가장 위대한 논리학자이니 괴델을 잘 돌봐달라고 말했어요. 그러자 의사는 고개를 끄덕이더니 문 쪽으로 슬금슬금 물러나기 시작했고 오펜하이머는 의사가 무슨 생각을 하는지 알아챘어요. 선하신 하느님, 또라이가 이제 둘이로군.

그의 이론. 그게 수학의 정통성을 의심한다는 게 사실인가요? 그래서 유명한가요?

아니요. 다 터무니없는 소리예요. 그건 아마 폰 노이만한테서 시작된 얘기일 거예요. 그 사람은 괴델이 '빈 서클'*에서 발표할 때 그 자리에 있었고 괴델이 논문을 다 읽자 말했어요. 다 끝났군.

폰 노이만이 그런 말을 했다고요.

네.

하지만 끝나지 않았고.

맞아요. 끝나지 않았어요. 음, 어떤 건 끝났죠. 특히 1900년

---

* 1924년부터 1936년까지 빈대학을 중심으로 활동한 논리실증주의 학파.

의 힐베르트 문제들 가운데 많은 수는.

폰 노이만은 유명한 수학자였죠.

이건 유명해지기 전이에요. 하지만 그 사람은 유명해지고 싶은 마음이 간절했죠. 그 사람이 그런 말을 한 이유는 자기가 괴델의 논문을 이해했다는 걸 모든 사람에게 보여주기 위해서였어요.

하지만 그 사람이 한 말은…… 뭐죠? 부정확했던 건가요?

아마 거기에서 수학 자체가 의문의 대상이 되었다고 생각한 사람은 폰 노이만뿐이 아닐 거예요. 때로는 상황이 정리되는 데 시간이 좀 걸리죠. 수학은 늘 의문의 대상이 되고 있어요. 그래서 수학이 있는 거죠. 훌륭한 수학자 몇 명은 이 학문을 떠났어요. 심지어 미치광이 수용소에 처박히게 된 수보다도 많아요.

왜 그런 거죠?

우리가 여기 있는 것과 같은 이유죠.

얼리샤는 이제 수학을 하지 않죠.

안 해요. 음, 어쩌면 문제 중의 문제는 푸는지도 몰라요. 그건 사라지지 않으니까.

그게 뭐죠?

기초가 되는 문제. 프레게*를 어떻게 할 것인가? 기초Grundla-gen. 시작과 끝. 우리가 무엇을 하고 있으며 우리는 어떻게 아는

가. 통찰. 사물이 아는가? 그게 가능할까? 안다면 그게 우리한 테 말하게 하기 위해서 우리는 무엇이 되어야 하는가? 랭글랜 즈 프로젝트.** 절대 나에게 내가 알고 싶어하는 걸 말해주지 않을 사물들.

무슨 말인지 알겠습니다.

아실 것 같지 않은데요. 수학은 궁극적으로 믿음에 기초한 기획이에요. 그런데 믿음이란 불확실한 거죠.

내가 제대로 이해하는지 모르겠습니다. 어떤 수학을 말하는 거죠? 일종의 영적인 일?

그냥 내가 그걸 달리 부를 말이 없을 뿐이에요. 나는 오랫동 안 수학의 기본적 진리들은 수를 초월하는 게 틀림없다고 생 각했어요. 수학은 사실 금방이라도 무너질 듯한 것에 가깝죠. 상당히 아름답기는 하지만. 수학의 법칙은 논리의 규칙들로부 터 파생한다고 여겨지죠. 하지만 논리의 규칙들의 논거 자체 가 그 규칙들을 전제하고 있어요. 수학을 영적인 것에 비유하 게 되는 한 가지 이유는 최고의 영적 통찰이 어둠 속에 불안정 하게 서 있는 사람들의 증언에서 파생되는 것처럼 보인다는

---

* Gottlob Frege(1848~1925). 독일의 수학자이자 논리학자, 철학자. 1884년에 『산수의 기초』를 썼다.
** 캐나다의 수학자 로버트 랭글랜즈가 제안한, 수학의 여러 분야를 연결하여 통합하는 기획.

사실을 이해하기 때문인 것 같아요.

수학적 진리들이 어떻게 수를 초월할 수 있는지 잘 파악이
되지 않네요.

알아요.

하지만 그럼에도 얼리샤는 괴델의 팬이죠.

네. 엄청난 팬이죠. 나는 오펜하이머와 의견이 같아요.

얼리샤의 영웅들은 대부분 수학자인가요?

네. 여자 영웅도 있죠.

또 누구를 존경하나요?

명단이 긴데요.

괜찮습니다.

칸토어, 가우스, 리만, 오일러. 힐베르트. 푸앵카레. 뇌터.
히파티아. 클라인, 민코프스키, 튜링, 폰 노이만. 아직 제대로
시작도 안 한 거예요. 코시, 리, 데데킨트, 브라우어르. 불. 페
아노. 처치는 아직 살아 있죠. 해밀턴, 라플라스, 라그랑주. 물
론 고대인들도. 이 이름들과 이 이름이 대변하는 작업을 보면
요즘의 문학과 철학은 이와 비교하여 이루 말할 수 없을 만큼
불모라는 걸 깨닫게 돼요.

그 이름들은 내 귀에는 익숙하지 않네요.

알아요.

거기에 여자도 있나요?

에미 뇌터. 훌륭한 수학자였죠. 최고로 꼽을 만해요. 수리물리학의 기초를 놓은 사람으로 꼽혀요. 또 있죠. 여자들요. 물론 아직 필즈상은 받지 못했지만.

그게 수학에서 최고의 명예죠.

네.

얼리샤의 친구 그로텐디크가 명단에 없다니 놀랍네요. 그 사람을 잊었나요?

나는 그로텐디크를 잊지 않아요. 내가 지금 말한 사람은 모두 죽었어요.

그게 위대해지기 위한 필요조건인가요?

내일 아침에 깨서 뭔가 엄청나게 멍청한 말을 하지 않기 위한 필요조건이죠. 선생님은 왜 그로텐디크가 수학을 떠났느냐고 물었죠. 그 이유에 광기가 포함되어 있다는 생각은 매혹적일지는 몰라도 아마 완전히 옳지는 않을 거예요. 지난 반세기의 수학 대부분을 다시 쓰는 작업을 하면서도 그의 회의주의는 거의 줄지 않았다는 게 분명한 진실로 보여요. 비트겐슈타인은 어떤 것도 그 자체의 설명이 될 수는 없다고 말하기 좋아했어요. 그게 사물에는 궁극적으로 그 자체에 관한 정보가 담겨 있지 않다고 말하는 것과 얼마나 거리가 먼지 잘 모르겠어요. 하지만 안을 들여다보려면 밖에 있어야 한다는 건 진실일 수 있어요. 심지어 묘사가 무슨 의미냐고 물을 수도 있죠. 입방체의 구성을 묘사하는 것보다 입방체를 더 잘 묘사할 수 있나요? 모르겠어요. 어떤 속성에 관해 그게 어떤 것과 닮았고 어떤 것과는 닮지 않았다는 것 외에 무슨 말을 할 수 있을까요? 색깔도. 형태도. 무게도. 한 가지로만 이루어진 범주와 마주하면 문제가 보여요. 꼭 시간이나 공간처럼 거창한 것일 필요는 없어요. 아주 일상적인 것이라도 상관없어요. 음악을 구성하는 부분들. 음악적 대상들이란 게 있나요? 음악이 음표로 이루어지나요? 그게 맞나요? 수학은 그 복잡성 때문에 사물이나 사건의 묘사에서 추상적 연산자operator가 가지는 힘으로 옮겨갔어요. 어느 지점에서 시스템의 기원이 그것이 하는 묘사와, 그것이 하는 연산operation과 관련성을 잃게 되는 걸까요? 누구도, 아무리 플라톤주의로 기울어도, 수가 우주 작동operation의 필요조건이라고 실제로 믿지는 않아요. 수는 그런 작동에 관해 이야기를 할 때만 유용한 거예요. 맞나요?

모르겠습니다.

수학이 유효한 것은—어떤 사람들은 이렇게 주장할 거예요—그게 우리의 한계이기 때문이에요. 수학은 수학화할 수가 없어요. 믿지 못하는 표정이군요.

미안합니다.

아주 단순한 동물도 셈을 할 수 있어요. 셋이 둘보다 많다는 걸 이해해요. 동물은 그게 무슨 의미인지 모른다? 모르는 건 나도 마찬가지예요. 그로텐디크에 관해 물어보셨죠. 그가 제시한 위상이론은 위상수학과 대수와 수학적 논리를 넣고 끓인 마녀의 수프예요. 분명한 정체성도 없어요. 이 이론의 힘은 여전히 사변적이에요. 하지만 힘이 있는 건 분명하죠. 아직 아무도 묻지 않은 질문에 대한 답을 갖고 조용히 기다리고 있다는 느낌이 들어요.

약간 플라톤적으로 들리네요.

그렇죠? 우리 종이 우리가 아직 발견하지 못한 뭔가를 이미 창조했다는 상쾌할 만큼 새롭고 불행한 전망도 그렇고. 키드는 디랙의 이름이 패멀라Pamela라고 생각했어요.

패멀라?

디랙은 가끔 자기 이름을 PAM 디랙이라고 썼어요. 폴 에이드리언 모리스Paul Adrien Maurice의 약자죠. 어쨌든 이들이 내 가족이에요. 다른 사람은 없어요.

슬퍼 보이네요. 그 말을 할 때.

그 말을 할 때 나는 슬퍼요.

그건 지능과 관계가 있겠군요.

네. 또 마찬가지로, 지능에 관해 이야기한다는 건 곧 수에 관해 이야기하는 거예요. 수학을 모르는 자는 금세 얼굴을 찌푸린다는 주장. 핵심은 계산과 계산의 본질이에요. 말의 지능으로 도달할 수 있는 범위에는 한계가 있죠. 거기에는 벽이 있지만, 수를 이해하지 못하면 벽을 보지도 못해요. 그들에게는 그 너머에서 온 사람들이 이상해 보일 거예요. 그 사람들이 주는 폭넓은 자유를 절대 이해하지 못하죠. 그 사람들은 본성에 따라 다정하기도 하고 그렇지 않기도 하겠죠. 물론 지능은 악의 기본적 구성요소라는 말을 덧붙일 수도 있어요. 멍청할수록 해를 끼치는 능력도 줄어들죠. 아마 어설퍼서 부지불식간에 끼치는 해는 예외겠지만. 크레틴병 환자cretin*라는 말은 기독교인을 뜻하는 프랑스어 크레티앵chrétien에서 왔어요. 멍청이에 관해 좋은 말을 할 게 떠오르지 않으면 선한 기독교인이라고 말하면 된다는 거겠죠. 반면 악마적이라는 말은 기발하다는 말과 거의 동의어예요. 사탄이 정원에 내놓고 파는 게 지식이니까요.

수학의 아름다움.

네.

그게 수학에 대한 묘사 가운데 일부인가요? 그게 그걸 진실로 만드는 겁니까?

심오한 방정식은 종종 아름답다고 해요. 맥스웰**이 한 말 같네요. A를 대신하는 E와 B 벡터퍼텐셜을 눈감아준다면 그

---

* '바보' '백치'라는 뜻으로도 자주 사용된다.
** James Maxwell(1831~1879). 스코틀랜드 태생의 물리학자이자 수학자로 전기장과 자기장을 연구했다.

렇겠죠. 만일 최소작용의 원리를 들여다보면 좀 엄숙하게 침묵하게 될 가능성이 크고요.

방정식 자체가 아름다운가요?

그 의미를 모른다면 아니죠.

$E=mc^2$은 아름다운 건가요?

색깔로 보면요.

넘어가죠.

넘어갑니다.

아버지는 괜찮은 사람이었습니까?

그렇게 생각해요. 나한테는 잘해줬어요.

실제로 히로시마에 떨어뜨린 폭탄을 만드는 일을 했죠.

네. 어머니도 마찬가지예요.

오크리지에서. 어머니는.

네. Y-12에서.

하지만 사실 자신이 뭘 하고 있는지는 몰랐죠.

아마도. 매일 여덟 시간 계측기 앞에 앉아 있었어요. 그 안에서는 아무도 말하는 게 허락되지 않았죠. 히로시마 사태 다음날에야 그 사람들은 알았어요. 그 결과 그중 누군가가 자신들이 전시에 한 일에 대해 부정적인 의견을 갖게 되었는지는 몰라도 나는 그런 얘기는 들어본 적이 없어요. 사실 아주 자랑스러워했을 거라고 생각해요. 하지만 선생님이 이번에는 또

이 가운데 어느 것인가가 에드워드 7세 시대 난쟁이들이 새벽 두시에 내 방에서 찰스턴을 추는 일과 관계가 있을 거라고 생각하신다면 기꺼이 선생님의 설명을 들어보겠어요.

넘어가는 게 좋을 것 같군요.

좋아요.

좋습니까?

그럼요. 다시 미심쩍다는 표정을 짓고 계시네요. 이 환자가 무슨 말을 하는 걸까? 이 환자가 뭘 감추고 있을까? 내가 생각하는 것보다 상태가 더 심각하면 어쩌나?

그렇습니까?

더 심각하냐고요?

네.

아마도. 우리는 계속 아버지 이야기로 돌아오고 있어요. 문제가 뭔지 모른다는 게 아니에요. 하지만 잠시 그걸 좀 그냥 미루어두어야 할지도 모르겠네요. 아버지는 죽었고 나는 아버지가 죽지 않았기를 바라요.

가족이 워트버그에는 얼마나 오래 살았습니까?

1943년부터요. 프로젝트* 때문에 우리 농장을 떠나야만 했어요.

---

* 맨해튼 프로젝트.

오크리지.

네. 농장은 테네시주 클린턴 바로 바깥에 있었죠. 클린치강 부근에. 우리 가족은 내전 이후 거기 살았어요.

그럼 얼리샤는 농장을 한 번도 보지 못했겠네요.

내가 태어났을 무렵에는 호수 밑바닥에 있었죠. 할머니가 그 이야기를 하곤 했어요. 기둥과 들보로 지은 오래된 집이었어요. 바닥에는 우리 가족이 세운 증기 동력 제재소에서 톱으로 자른 호두나무를 깔았는데 할머니 말이 접객실에는—그렇게 불렀어요—삼 피트 폭의 널빤지들이 깔려 있었대요.

그런데 무슨 일이 있었던 건가요?

미합중국 정부에게 수용 선고를 받았죠. 불도저들이 밀어버렸어요. 핵연료 농축을 위한 공장을 짓기 위해서.

얼리샤에게는 고통스러운 일이로군요.

아마도요. 한때는. 한때는 거기 사는 내 모습을 그려볼 수도 있었어요. 우리 증조부가 지은 집이었죠. 사진을 봤는데 아주 아름다웠어요. 증조부는 그전에는 집을 지어본 적도 없었어요. 남들이 짓는 걸 본 적이나 있었는지조차 모르겠어요. 그들이 팔십 년 후 미래를 볼 수 있었다면? 그건 그리 긴 시간이 아니에요. 가장 단순한 일도 아무런 보장 없는 미래에 근거를 두고 이루어지죠.

맨해튼 프로젝트가 주요한 역사적 사건이라고 했죠. 그걸 어떤 큰 그림 속에서 보는 게 가능할까요? 우리는 핵전쟁 없이 산 지가 오래됐잖아요.

네. 음, 아마도 파산과 비슷할 것 같아요. 뒤로 미룰 수는 있지만 그럴수록 더 나빠지는 거. 다음 대전은 지난 대전을 기억하는 모든 사람이 죽고 나서야 도래할 거예요.

핵전쟁이 불가피하다고 생각하나요.

오직 죽은 자만 전쟁의 끝을 본 것이라는 플라톤의 말에 동의해요. 그리고 사람들은 총이 있으면 돌로 싸우지 않죠. 등등 또 기타 등등.

우리는 바보의 낙원*에 살고 있다는 거군요.

나는 우리가 어디에 살고 있는지 몰라요.

알겠습니다. 가족사. 어머니가 그 집에서 성장했다고 알고 있는데요.

네. 그랬어요.

하지만 집에 관해 물었을 때 얼리샤는 할머니가 기억하는 걸 말해줬어요.

어머니는 전쟁이 그곳에 이르렀을 때 고등학생이었어요. 세상이 끝날 거라고 생각했을지도 몰라요. 모르겠어요. 할머니는 그때를 돌아보며 기억을 더듬곤 했고 어머니는 울곤 했어

---

* 거짓된 행복이나 희망을 가리킨다.

요. 최근의 역사는 모두 죽음이 중심이에요. 19세기 말에 찍은 사진들을 보면 우리에게 떠오르는 생각은 그 모든 사람이 죽었다는 거예요. 조금 더 거슬러올라가면 그때의 사람들도 모두 죽은 건 똑같지만 그건 상관없어요. 그 죽음들은 우리에게 그렇게 중요하지 않으니까. 하지만 사진 속 갈색 인물들은 달라요. 심지어 그들의 미소조차 애처로워요. 후회로 가득해요. 비난하고 있어요.

그건 그저 얼리샤 자신의 감상적인 관점이라고 생각하지 않나요?

아니요.

이 드라마에서 가족들이 아버지를 악당으로 보지 않았나요?

봤어요. 물론 그랬죠. 할머니는 어머니가 Y-12에 일하러 갔을 때 겁에 질렸어요. 그게 뭐하자는 건지는 몰랐지만 뭔가 좋은 일일 가능성은 제로에 가깝다고 생각했어요. 하지만 그게 단지 오백 마일 내에서 가장 보수가 좋은 일자리이기만 했던 게 아니에요. 유일하게 보수를 주는 일자리였어요. 어머니는 고등학교를 갓 졸업해서 드라이브인 식당에서 웨이트리스로 일하고 있었죠. 정말 똑똑해서 당연히 대학에 가야 했지만 돈이 전혀 없었어요. 주 미인대회에서 장학금을 받을 걸 기대했지만 삼등을 하고 말았죠. 민망한 일이었던 것이 다 짜고 하는 대회인 걸 모두가 알고 있었기 때문이에요. 어머니는 미적지

근한 축하를 받은 우승자가 안쓰러워 친구가 되려 했지만 사실 잘되지는 않았어요. 어머니는 전과목 A를 받는 학생이었고 졸업생 대표로 고별사를 했지만 결국 미스 테네시 대회에서 삼위 입상자가 되고 말았어요. 아슬아슬하게 장학금을 놓친 거예요. 그래서 그걸로 끝이었어요. 어머니 말이 테네시 이스트먼 채용 사무실은 합판으로 지은 오두막이었고 어머니는 캄캄한 새벽 다섯시에 거기 도착했는데 줄이 이미 풋볼 운동장 길이만큼 늘어섰고 진흙에 발목까지 빠졌대요. 하지만 일자리를 얻었죠.

뭘 했나요?

어머니는 칼루트론 담당녀였어요.

칼루트론이 뭔가요?

얼마나 알고 싶으세요.

모르겠습니다. 생각하시는 대로.

알겠어요. 우라늄 폭탄을 만들려면 먼저 자연에서 발견되는 U-238을 U-235와 분리해야 해요. 천연우라늄 천 파운드에 U-235가 고작 칠 파운드 정도 있으니 출발점에서부터 엄청나게 삽질을 해야 하죠. 그걸 분리하는 데는―다들 농축이라고 부르기 좋아하죠―몇 가지 방법이 있는데 전자기 시스템은 가장 좋다기보다 단지 맨 처음 등장한 것일 뿐이에요. 칼루트론calutron은 E.O. 로런스가 발명했는데 기본적으로는 질량분

석계이고 농축우라늄 수집 장치 역할을 했어요. 칼cal은 캘리 포니아California를 줄인 말이었어요. 트론tron은 그냥 그리스어에서 온 거고요. 측정 규모, 또는 어쩌면 도구를 가리키죠. 처음에는 우라늄을 염소와 결합시키고 그 결과 발생하는 사염화우라늄은 이온화해서 일련의 전자석을 이용해 이른바 경주 트랙을 달리게 해요. 경주 트랙은 백 피트가 넘는 길이이고 자석들은 이십 피트 높이예요. 크게 생각해야 해요. 그 사람들은 전쟁 때문에 자석의 코일, 즉 전도체를 만드는 데 필요한 구리를 충분히 구하지 못하자 미합중국 재무부에 가서 은 만사천 톤을 빌려 그걸 트럭으로 싣고 와서 사용했어요.

빌려서.

빌려서. 전쟁 뒤에 돌려줬죠. 그 사람들이 설계한 첫번째 트랙, 즉 알파 트랙은 그리 효율적이지 못해서 거기서 나온 물질을 베타라는 새로 설계한 장치에서 다시 달리게 했고 그랬더니 실제로 무기급 결과물이 나왔어요. 사실 베타는 알파와 크게 다르지는 않았어요. 훨씬 작았죠―알파의 반쯤 되는 크기에, 십 피트짜리 자석들이 달려 있고. 칼루트론 자체는 경주 트랙 안에 옆으로 눕혀서 삽입했고 수집기는 주기적으로 떼어내 안을 비웠어요. 물론 이 시스템 전체가 작동할 수 있었던 것은 U-238이 U-235보다 중성자 셋만큼 무거워 자기장에서 더 큰 호를 그린다는 점 때문이었죠.

물론 그렇죠.

예수여.

미안합니다. 계속해주시죠.

정말로요?

네. 부탁합니다.

결국 이 모든 게 들어갈 거대한 벽돌 건물 아홉 채가 생겼어요. 아마 지금도 거기 있을지 몰라요. 꼭 거대한 구두 공장처럼 생겼어요. 알파 트랙 다섯 개와 베타 네 개. 칼루트론은 모두 합해 천백쉰두 대였어요. 그게 계속 돌아갔고 여자들은 각각 칼루트론 한 대씩을 맡아서 살펴봤어요. 말은 없었죠. 긴 복도의 스툴에 앉아 눈금판을 살피면서 빔 전류가 최대치를 유지하도록 손잡이를 조정했어요. 히로시마를 박살낸 '리틀 보이' 폭탄을 만들 U-235는 정장 차림의 육군 장교가 서류 가방에 몇 파운드씩 넣어 기차를 타고 샌타페이로 운반했어요. 육십사 킬로를 확보하자 만족했죠.

방사능에 노출되지 않았을까요? 그 정장을 입은 친구.

아니요.

위상수학을 뭐랄까 좀 간단하게 설명해줄 수 있나요?

지금 익살을 부리는 거 아니죠?

아니요. 아닙니다.

나도 그렇게 생각해요. 전자기 분리 과정은 아주 단순한 기

계적 작업이에요. 열 살짜리한테도 설명해줄 수 있죠. 위상수
학은 형태의 수학이에요. 푸앵카레 추측은 구$_{球}$와 다르게 보이
는 형태에 내재된 구의 성격과 관련이 있다고 말할 수 있겠네
요. 대체로. 하지만 그건 좋은 예가 아닐지도 몰라요. 특히 그
추측이 틀린 거라면. 흠. 푸앵카레에게 그건 추측도 아니었어
요. 의문에 가까웠어요.

그게 틀렸다고 생각하나요?

아니요. 하지만 증명하기는 어려울 수도 있어요.

그런데 아버지는 Y-12로 사찰을 나갔다가 어머니를 본 건
가요?

네. 아버지가 어머니한테 쪽지를 슬쩍 건넸어요.

연락하라고.

네.

연락했나요?

아니요. 아버지가 이틀 뒤에 다시 와서 메모지와 연필을 건
넸고 어머니는 그걸 잠시 보다가 자기 전화번호를 적었어요.
이름하고. 그건 그냥 기숙사 복도에 있는 전화기 번호였어요.
어쨌든 다음날 아버지가 어머니한테 전화를 했죠.

그래서.

그래서 내가 여기 있는 거죠.

로런스는 사이클로트론*을 발명한 사람이었죠.

네. 그 사람은 Y-12에 와서 앉아 크랭크를 돌려 칼루트론 한 대의 게인gain을 올린 다음 모든 사람에게 그러면 얼마나 더 생산할 수 있는지 보여주고는 일어나서 떠났어요. 오 분쯤 뒤에는 전체에 불이 붙곤 했죠. 아버지 말이 로런스가 버클리에서 사이클로트론을 개발할 때 그 커다란 구리 스위치를 잡아당기곤 했는데 마치 프랑켄슈타인 영화 같았대요. 불길이 활활 타며 실험실을 빠르게 가로지르고 그러고 나면 캠퍼스 전체가 어두워졌다는 거죠. 사람들은 오크리지를 도그패치라고 불렀어요. 릴 애브너 만화에서 가져온 이름이죠.** 전쟁이 끝날 무렵 K-25에 기체 확산 공장이 세워지고 운영되자 알파 트랙은 폐쇄됐지만 여전히 K-25에서 베타 기계로 모든 걸 돌렸어요.

어머니가 얼마나 오래 그 일을 했어요?

이 년. 아마 약간 모자랄 거예요.

아버지를 만났을 때 몇 살이셨죠?

열아홉. 아마도. 어쩌면 스물.

그럼 아버지는?

삼십대 초. 아버지가 정확히 언제 태어났는지조차 잘 몰라

---

* 원자의 핵변환이나 동위원소 제조에 쓰는 이온가속기.

** 〈릴 애브너〉는 1930년대부터 1970년대까지 신문에 연재된 풍자만화로 '도그패치'는 주인공 릴 애브너가 사는 켄터키주 산속 도시이다.

요. 아버지는 어린 시절에 관해 이야기하는 걸 별로 좋아하지 않았어요. 어머니와 만나기 전에 결혼한 적이 있고요. 보비가 알아냈죠.

어머니도 그걸 알았습니까?

아니요. 만일 알았다면 결혼하지 않으리란 걸 아버지는 알고 있었죠.

첫 결혼에서는 자식이 없었군요.

어린 아들이 있었어요. 네 살 때쯤 폴리오로 죽었죠. 나는 그 아이 생각을 해요.

그 아이 생각을 한다고요?

네. 내 오빠니까요.

부모님은 언제 이혼하셨습니까?

내가 만나러 갔어요. 별로 반기는 기색이 아니더군요.

네?

내가 만나러 갔다고요. 아버지의 첫 부인. 캘리포니아에 살고 있었어요.

얼리샤를 보고 놀라던가요?

아닌 것 같았어요. 나에 관한 소문을 들었고 조만간 내가 나타날 거라 생각하고 있었어요.

아버지가 죽은 뒤의 일이군요.

네.

뭐라던가요?

이랬어요. 음. 괜찮게 자랐구나. 그분이야말로 매력이 넘쳤어요.

또?

별말 안 했어요. 무슨 의미가 있겠느냐고 하더군요. 오빠 이름은 에런이었어요.

그분 유대인이었군요.*

네.

유대인 여자들을 아주 좋아했네요. 아버지가.

아버지는 어머니가 유대인이란 건 몰랐어요.

물리학자였나요? 첫번째 부인.

아니요. 의사였어요. 심장 전문의. 하지만 연구실에서 일했죠. 왜 아버지가 이혼했는지는 몰라요.

두 번.

두 번. 네. 그분들 생각은 아니었어요.

부인들.

부인들. 네.

아버지가 바람둥이였는지 물어봐도 될까요?

몰라요. 바람둥이가 아니었는지 몰라요. 담배 가져왔어요?

---

* 에런(Aaron)은 구약성경에 나오는 모세의 형 이름이다.

네. 상자에 있어요. 어딘가에. 여기.

감사합니다.

라이터는 샀는데 재떨이는 생각 못했네요.

컵을 쓰면 돼요.

알겠습니다. 부모님이 싸웠나요?

아니요. 끝에 가서는 아버지가 집에 별로 나타나지 않았어요. 아버지는 남태평양에서 뭘 터뜨리며 많은 시간을 보냈죠.

상당히 비판적으로 들립니다.

비판이 아니에요. 남자애들은 뭘 터뜨리는 걸 좋아하죠.

진담이군요.

네.

두 분이 갈라설 때 얼리샤는 몇 살이었죠?

모르겠어요. 갈라서는 게 점진적이었던 것 같아요.

또 무슨 일이 있었습니까? 두 분 다 재혼은 하지 않았죠.

안 했어요. 둘이 서로 사랑했던 것 같아요. 그냥 점점 더 어려워졌을 뿐이에요. 어머니는 예민해 보여요. 담배를 더 빨리 피워요. 물론 이건 가짜 버릇*일 수 있어요. 어머니는 사악한 작은 암캐거든요.

내가 또 헤매는 것 같네요. 가짜 버릇.

---

* 포커 용어. 상대를 교란하기 위해 가짜로 꾸며내는 버릇을 가리킨다.

중요하지 않아요. 또 무슨 일이 있었냐 하면 어머니는 당시 신경쇠약이라고 부르던 것을 겪었어요.

신경쇠약.

당시 표현이에요. 어머니는 입원했죠. 두 번. 우리는 할머니 한테 가서 함께 살았고요. 그 일은 절대 입에 올리지 않았죠.

얼리샤는 몇 살이었나요?

네 살이요. 녹스빌의 세인트메리초등학교에 다니기 시작했을 때 나는 여섯 살도 안 되었어요. 하지만 첫 주가 끝날 때 반에서 일등을 하자 모두 입을 다물었죠.

절대 입에 올리지 않았는데 무슨 일이 벌어지는지 어떻게 알았나요?

꿰어맞추는 건 어렵지 않았어요. 식탁 옆에 어머니가 의식을 잃고 누워 있고 나는 어쩔 줄 몰라 쩔쩔매다가 보비가 울기 시작하는 바람에 나도 따라 울기 시작했던 게 기억나요. 내 감정이 어떤 건지도 잘 모르면서.

보비가 울기 시작했나요?

네.

몇 살이었죠?

열 살이었을 거예요.

로스앨러모스에 있을 때 일이로군요.

네.

어머니가 겪은 감정적 문제의 성격이 뭐였다고 생각합니까?

모르겠어요. 암 진단을 받고 나자 다른 증상들은 사라졌어요. 그리고 죽었죠.

어머니에게 물어본 적이 있나요?

한 번. 모든 걸 부정하더군요. 거의.

내 생각으로는 그걸 부정하기는 어려울 것 같은데.

이 업계에 들어오신 지 얼마나 됐다고 하셨죠?

알겠습니다. 오빠한테 그 일을 얘기했나요?

네.

뭐라던가요?

어머니가 신경쇠약에 걸렸다고 했어요. 지금 특정되지 않고 또 어쩌면 존재하지도 않을 병의 유전적 기질을 찾고 계시는 것 같네요.

어쩌면 그냥 가족에 관해 얼리샤가 어떻게 느끼고 있는지 감을 잡고 싶은 건지도 모르죠.

이걸 어디에 놓으면 되죠?

몇 모금 안 빨았는데.

알아요.

나한테 주세요. 얼리샤의 그 평범하지 않은 경험들이 어머니가 죽은 무렵에 시작되었다는 생각이 드네요. 어머니와 아주 가까웠나요?

괜찮은 사이였어요. 하지만 어머니는 의사들 말에 귀를 기울였고 자기 딸이 미쳤다고 생각하면서 무덤으로 갔죠.

그게 얼리샤한테 고통스러웠습니까?

네. 그랬어요. 어머니가 죽은 뒤에는 더. 어머니 인생이 어땠는지 보였고 그것 때문에 마음이 안 좋았어요. 나한테는 할머니가 필요했고 그래서 사실 할머니에게는 나 자신이 전혀 필요하지 않다는 걸 고려하지 않았어요. 할머니가 막 딸을 잃었다는 사실을 고려하지 않았죠. 그러다 얼마 안 있어 꿈을 꾸었어요. 어머니 꿈. 꿈에서 어머니는 죽었고 군중의 어깨 위에서 보트에 실린 채 거리를 통과하고 있었어요. 보트에는 꽃이 쌓여 있었고 음악이 있었어요. 거의 밴드 음악 같은 거. 트럼펫. 장례 행렬이 모퉁이를 돌 때 꽃들 사이로 가면처럼 창백한 어머니 얼굴이 보였어요. 그게 거리를 따라 내려와 내 앞을 지나갈 때도. 그렇게 지나서 계속 움직였어요. 그러다 잠에서 깼어요.

그게 뭐에 관한 꿈인지 아세요?

아니요.

괜찮아요?

네. 괜찮아요.

그 꿈을 다시 꾸진 않았고요.

네.

반복되는 꿈들이 있습니까?

네. 가끔 무의식은 어떤 꿈들을 가지고 계속 작업하고 수정하는 것 같아요. 내가 그걸 이해하길 바라면서. 하지만 재미있는 부분은 그게 아니에요.

뭐가 재미있는 부분이죠?

재미있는 부분은 무의식이 내가 그걸 이해하지 못했다는 걸 안다는 거예요. 무의식은 사실 그렇다고 판단할 근거가 없죠. 독심술이라도 쓰는 걸까요? 가끔은 그냥 같은 이야기를 자꾸 반복하려고만 해요. 거기서 막혀 있죠. 갈 데가 없어요. 나의 반복되는 꿈은 또 아주 특이해요―사실, 들어보지 못했어요―꿈을 꾸는 사람이 그 안에 없다는 점에서.

원래 얼리샤는 자신이 꾸는 모든 꿈에 나옵니까?

네.

사람들이 자기가 나오지 않는 꿈은 꾸지 않는다고 생각하는군요.

사람들은 타인에게 관심이 있어요. 하지만 무의식은 그렇지 않죠. 또는 타인이 나에게 직접적으로 영향을 줄 가능성이 있을 때만 관심이 있어요. 무의식은 아주 구체적인 일을 맡아서 하고 있죠. 절대 자지 않아요. 하느님보다 충실해요.

그 꿈이 뭡니까?

왜 내가 선생님한테 말해야 하죠?

농담하는군요.

그럴 수도 있고. 아닐 수도 있어요.

누구한테 말한 적이 있습니까?

아니요.

그러니까 얼리샤하고 내가 이 식역하識閾下의 이야기를 아는 단 두 사람이네요.

아기가 태어난 뒤로 아주 부드러워지셨네요.

네?

미안합니다. 오빠 친구의 표현이에요. 나는 무슨 뜻인지도 잘 몰라요. 괜찮아요. 그 꿈에는 나에 관한 어떤 비밀이 담겨 있지 않아요. 어쨌든 나는 그렇게 생각해요. 그냥 꿈일 뿐이에요. 운명적인 말. 사실 오래된 우화에 더 가까워요. 아니 어쩌면 심지어 오래된 역사. 상당히 반복되는.

하지만 얼리샤는 안 나오고.

안 나오고요. 하지만 나는 지금으로부터 몇 세대 뒤에 꿈을 꾸는 사람으로서 모닥불가에서 노인 옆에 앉아 귀에 들리는 걸 이것저것 꿰맞춰서 재구성하고 있는 건지도 모르죠.

집단 무의식을 믿습니까?

융 박사 소유의 개념이 아니었다면 더 믿었을 가능성도 있죠.

꿈으로 가보는 게 좋을 것 같군요.

말한다고 한 적 없는데요.

할 거라는 걸 알고 있잖아요.

좋아요. 여자들이 빨래를 하다가 고개를 들고 그 순간 자신들이 사랑하고 양육하던 모든 게 무로 돌아갔다는 걸 이해해요. 순식간에 과거도 없고 미래도 없어진 거죠. 그들이 자식들에게 가르친 모든 것이 세상에서 흔적도 없이 사라졌고 그들은 이제 과부이고 노예예요. 그들이 본 것은 난데없이 모여들어 마을 위 언덕에 줄지어 서 있는 말 탄 군인들이에요. 기수들은 가죽옷을 입었고 그들의 말은 날가죽을 방패삼아 둘렀는데 거기에 그려진 원형의 기하학적 무늬는 먼지로 흐릿해요. 마을 남자들이 도끼와 창을 들고 오두막에서 나왔지만 곧 함께 흘린 피의 웅덩이에 눕게 될 거고 여자들은 강간을 당할 거고 마을은 횃불로 불이 붙어 타버릴 거고 그들은 곧 울고 피를 흘리며 가축처럼 멍에를 쓴 채 본 적도 없고 상상도 못한 나라로 걸어갈 거예요.

꿈치고는 아주 정교해 보이는군요.

반복되면서 더 자세하게 알게 돼요.

그래서 그게 뭘 의미한다고 생각합니까?

무슨 의미인지 모르겠어요. 늘 그 여자들 가운데 하나가 우리 어머니라고 생각했어요.

하지만 얼리샤 자신은 거기 들어가 있지 않고.

네.

또?

물론 내가 어머니 안에 있지 않다면요. 그건 생각해보지 않았어요. 또? 모르겠어요. 지금까지 누구한테 이야기한 적이 없어요.

얼리샤가 읽은 뭔가와 관계가 있다고 생각하나요?

선생님은 읽은 뭔가하고 관계가 있는 꿈을 마지막으로 꾼 게 언제예요?

그런 일은 일어나지 않는다고 생각하는군요.

네. 선생님은 다르게 생각하세요?

모르겠어요. 생각해봐야 할 것 같은데요. 사람들이 얼리샤를 처음 의사한테 데려간 때가 기억납니까?

미쳤다는 이유로?

그렇죠.

네. 나를 녹스빌로 데려갔어요. 네 살이었고요.

네 살에 미쳤다고요.

악화된 사례였다고나 할까요. 나를 안과의사한테 데려갔어요. 사시증이 있었거든요.

미쳤다는 이유로 안과의사한테 데려간 게 아니었군요.

네. 내가 미쳤다고 말한 게 안과의사였어요. 주위 가족은 내가 별종이라고 생각했지만 그것 때문에 나를 의사한테 데려갈 생각은 한 적이 없어요. 나를 돌려받지 못할까 두려웠던 건지도 모르죠. 아니면 돌려받을까 두려웠는지도. 어쨌든, 그게 머리 고치는 의사들과 함께하는 인생의 시작이었어요.

그날 일 가운데 기억나는 게 뭐예요?

예를 들어?

그냥 일반적으로.

그냥 일반적으로.

네.

알겠어요. 일곱시쯤 일어나 아래층으로 내려갔더니 할머니가 부엌에 있었고 나한테 오렌지주스를 한 잔 준 다음 올라가서 어머니를 깨우라고 말했어요.

그게 일곱시라는 걸 어떻게 알았죠?

부엌 벽시계를 봤죠.

시계를 볼 줄 알았군요.

네.

네 살에.

네.

계속하세요.

나는 개 무늬가 있는 파자마를 입고 있었고 위층으로 올라가 어머니를 깨웠더니 몇시냐고 해서 시간을 말해주었고 다시 부엌으로 내려왔더니 그랜엘런이 나를 의자에 앉혀주었어요.

할머니 말이죠.

네. 할머니가 아침을 차리고 있었고 라디오가 나오고 있었고 창밖이 보였어요. 그랜엘런의 차가 진입로에 주차되어 있는 게 보였어요. 차는 파란색이었는데 할머니가 그 무렵 구한 거였어요. 그게 할머니의 겨우 두번째 차였을 거예요. 겨울이었고 스토브에는 불이 있었고 바깥 나무들은 헐벗었고 소들이 진입로 맨 밑의 담장까지 와 있었고 개울을 따라 늘어선 나무들은 회색으로 죽은 것처럼 보였어요. 나는 콘플레이크를 한 그릇 먹었고 어머니가 내려오더니 커피를 좀 마시고 나서 나를 데리고 위층으로 올라가 옷을 입혔어요. 어깨끈이 있는 녹색 코르덴 스커트에 녹색 스웨터를 입고 발등 스트랩에 똑딱 단추가 달린 폴 패럿* 신발을 신었어요. 우리는 여덟시 조금 전에 녹스빌로 출발했어요.

좋습니다. 무슨 말인지 알 것 같습니다. 그냥 의사가 뭐라고 했는지만 말해주시면 어떨까요.

의사는 안녕 이름이 뭐야? 하고 말했어요

검안사optometrist 말이죠.

안과의사ophthalmologist요. 그런데 나는 그게 특이하다고 생각했어요. 사실 우리는 그냥 거리에 있는 아무 병원에나 들어

---

* 상표명.

간 게 아니거든요. 어머니가 전화해서 약속을 잡은 거였어요. 그래서 나는 이게 전부 처음부터 완전히 가짜라는 걸 알았지만 이름을 말해주고 나서 나 말고 기다리던 사람이 있었느냐고 물었죠.

뭐라던가요?

아무 말도 안 했어요. 사람들은 네 살짜리 말에 귀를 기울이지 않아요. 의사는 어머니를 보고 웃었는데 수상한 웃음이었기 때문에 그냥 거기서 당장 나가버릴 수 있으면 좋겠다고 생각했어요.

어머니가 미리 약속을 잡았기 때문에 얼리샤가 누구인지 의사는 알고 있을 거라고 생각한 거로군요.

네.

그런데 의사는 얼리샤에게 뭔가 특별한 게 있다고 생각했고.

음. 대화가 좀 나쁘게 흘러갔어요. 하지만 네. 의사는 나한테 무슨 문제가 있다고 생각했어요.

그런 느낌을 받은 게 처음이었나요?

아니요. 다만 누군가가 어머니한테 말을 한 건 처음이었어요.

뭐라고 했어요?

모르겠어요. 좋은 얘기는 아니었겠죠.

어머니가 전혀 아무 말도 해주지 않았나요?

내가 의사한테 무례하다고 했어요. 차에 탄 뒤에. 어머니는 종종 내 머리를 검사해봐야 한다고 말하곤 했어요. 하지만 그건 그냥 가족끼리 사용하는 표현 같은 거였어요. 진짜 의미는 내가 너와 생각이 다르다는 거였죠. 하지만 이번에는 정말 갈 거라고 말했어요. 검사하러. 어머니는 화가 나 있었죠.

의사한테 무례하게 굴어서요?

어머니는 의사가 정말로 뭘 알고 하는 소리라고 생각했어요. 이유를 모르겠어요. 그 의사는 염병할 안과의사였거든요. 하지만 거기서 나올 때 어머니가 걱정하는 게 보였어요. 주로 자기 걱정, 내 생각에는. 눈이 먼데다 미쳐버린 아이를 떠안는 자기 모습이 눈앞에 보였던 것 같아요.

그때 그런 걸 다 생각하고 있었어요?

대부분은 생각했어요. 더 나이든 정신으로 돌이켜보는 것이기는 하지만. 어쨌든 그 생각들은 여전히 그대로예요. 기억에는 내용이 있죠. 아무것도 아닌 게 아니에요.

그래서 어머니는 얼리샤를 정신과의사에게 데려갔군요.

사실은 심리학자였어요.

어떻게 되었습니까?

아무 일도 없었어요. 나는 네 살이었어요. 네 살짜리한테서 정신장애를 진단하는 건 어려운 일이죠.

얼리샤한테 어려운 시기였나요?

아니요. 그들에게만 그랬죠. 나는 할머니를 사랑했어요. 아침이면 할머니가 비스킷을 만드는 동안 부엌에 앉아 있곤 했어요. 할머니는 대리석 밀방망이로 반죽을 밀어서 폈고 나는 거기 앉아 그림을 그리고 색칠을 했어요. 겨울을 사랑했죠. 땅에는 눈이 있고 스토브에는 불이 있었어요.

그러는 내내 아버지는 어디 있었습니까?

아버지는 남태평양에서 뭘 터뜨리고 있었어요.

얼리샤는 한 명 이상의 분석가한테 자폐 진단을 받았습니다. 그게 뭔지 제대로 이해하기 전 시대의 일이지만. 음, 조금이라도 이해하기 전 시대 이야기. 물론 지금도 이해하지 못하기 때문에 그렇게 말한 겁니다.

그래요. 이해가 되지 않는 상태에 처한 환자가 있으면 마찬가지로 이해가 되지 않는 장애 탓으로 돌리면 되는 거 아니겠어요? 자폐는 여성보다는 남성에게 많이 생겨요. 더 높은 수준의 수학적 직관도 마찬가지죠. 우리는 생각해요. 이게 도대체 뭔가? 모른다. 그 핵심에는 뭐가 있나? 모른다. 내가 유일하게 말할 수 있는 건 내가 수를 좋아한다는 거예요. 나는 그 형태와 그 색깔과 그 냄새와 그 맛을 좋아해요. 그리고 사람들의 말을 곧이곧대로 받아들이는 걸 좋아하지 않아요. 어머니가 병을 앓던 마지막 몇 달 동안 아버지가 마침내 우리와 함께 있

148

게 되었죠. 집밖 뒤쪽 훈연실에 아버지 서재가 있었어요. 아버지는 바깥의 들판과 그 너머 개울을 볼 수 있도록 벽에 커다란 사각형 구멍을 뚫어 창을 냈어요. 톱질용 모탕에 나무문을 얹어 책상으로 사용했고. 말총으로 속을 채운 낡은 가죽소파도 거기 있었죠. 소파는 바싹 마르고 금이 가 말총이 삐져나왔지만 아버지는 그 위에 담요를 덮어두었어요. 하루는 거기 들어갔다가 책상에 앉아 아버지가 풀고 있던 문제를 봤어요. 나는 이미 수학을 좀 알았죠. 아주 많이 알았어요, 사실은. 그래서 그 논문이 무슨 말인지 알아내려고 했지만 어렵더라고요. 나는 방정식을 사랑했어요. 합계를 위한 기호들을 거느린 커다란 시그마를 사랑했어요. 수식으로 전개되는 서사를 사랑했어요. 아버지가 들어와서 내가 거기 있는 걸 보았고 나는 혼날 거라는 생각에 벌떡 일어섰지만 아버지는 내 손을 잡더니 의자로 다시 데려가 앉히고 함께 그 논문을 검토했어요. 아버지의 설명은 분명했어요. 단순했고. 하지만 그 이상이었어요. 은유로 가득했어요. 아버지는 파인먼 다이어그램 두 개를 그렸는데 나는 그게 아주 멋지다고 생각했어요. 그건 아버지가 설명하려 하는 아원자입자의 세계를 지도로 보여주었어요. 충돌. 가중 경로. 나는 그 방정식들이 그걸 묘사하는 페이지의 상징들 안에서만 생명이 유지되는 어떤 형식을 가정하고 있는 것이 아니라 거기 내 눈앞에 실재한다는 걸 이해했어요—정말로 이해했어요. 그게 현실 속에 있다는 걸. 그건 종이 안에, 잉크 안에, 내 안에 있었어요. 우주 안에. 그게 보이지 않는다고 해서 절대 그것 또는 그 존재에 이의를 제기할 수는 없었어요. 그것의 나이. 그건 현실 자체의 나이였어요. 현실 자체도 눈에 보이지 않았고 늘 그래왔어요. 아버지는 내 손을 놓아주려 하지 않았어요.

괜찮아요?

네. 미안합니다.

담배 더 드릴까요?

아니요. 좋아하지도 않아요. 그만하죠.

알겠습니다. 뭐 좀 물어봐도 될까요?

그럼요.

그냥 오빠와 관련된 기억을 약간 들려주시면 어떨까요?

오빠요.

네.

오 얘야. 알겠어요. 노스캐롤라이나의 해변 집. 아침에 일어나 오빠 방에 갔더니 오빠는 이미 나가고 없었고 그래서 차를 보온병에 담아 어둠 속에서 해변으로 나갔는데 오빠가 거기 모래밭에 앉아 있었고 우리는 차를 마시며 해가 뜨기를 기다렸어요. 선글라스를 끼고 해가 붉은빛을 뚝뚝 흘리며 바다에서 솟아오르는 걸 지켜봤어요. 그 전날 밤에는 해변을 걸었는데 달과 그 광륜에 나타난 무리달이 있어서 우리는 환월幻月*에 관해 이야기했고 나는 오직 빛으로만 이루어진 것을 두고 문제가 있다거나 어쩌면 잘못 본 거라거나 심지어 잘못 알고 있는 거라거나 현실성이 미심쩍은 거라고 말하는 건 나에게 늘 일종의 배신처럼 보였다는 취지의 이야기를 했어요. 오빠는 나를 보더니 배신? 하고 말하더군요, 그래서 응, 하고 말했어요. 빛으로 이루어진 것들. 우리의 보호가 필요한 것들. 그러다 아침이 왔을 때 우리는 모래에 앉아 차를 마시고 해가 뜨는 것을 지켜봤어요.

---

* 달 근처에 또다른 달이 뜬 것처럼 나타나는 빛. 무리달과 같은 말.

IV

잘 잤습니까.

안녕하세요.

어떻게 지내세요? 좀 우울해 보이네요.

우울.

필요한 건 다 있나요?

더 구체적으로 말씀해주실래요?

미안합니다. 그냥 대체로 편안하냐고 묻고 싶었던 건데. 내가 뭐 해드릴 수 있는 게 있는지 해서.

그냥 시작하는 게 어떨까요.

예의로 하는 얘기 아닌데.

알겠습니다. 그럼 탁구 네트는 어때요?

탁구 치세요?

아니요.

환자가 다칠 가능성을 최소화하자는 게 일반적 규칙입니다. 그래서 사실은 기준이 아주 까다로울 수밖에 없어요. 벨트나 줄이나 그런 건 다 안 되죠. 유리, 날카로운 물건.

고로 ergo 스테인리스스틸 거울도.

네.

탁구 네트에 목이 매달린 환자 많이 보시나요?

아니요. 하지만 아마도 있었을 겁니다. 어딘가에서. 내가 큰 문제 일으키지 않고 요청할 수 있는 다른 건 어떨까요?

거래 불가. 네트 아니면 없어요.

미안합니다. 무슨 이야기를 할까요?

모르겠어요. 나한테 세 가지 질문을 하시면 나도 세 가지 질문을 할게요.

좋습니다.

좋다고요?

그럼요.

누가 먼저 할까요?

얼리샤가 먼저 하시죠.

알겠어요. 아무거나?

그래도 될 것 같은데요.

좋아요. 부인 이름이 뭐예요?

에드위나.

농담이죠.* 오 젠장. 미안해요. 하지 말았어야 할 말을.

괜찮습니다.

별명은 있나요?

에드.

부인을 에드라고 부른다고요?**

네. 질문 세 개 끝났습니다.

왜 이러세요.

알겠습니다. 그럼 하나만 더.

결혼한 지는 얼마나 됐죠?

십일 년이요. 다 합해서. 이혼한 뒤에는 삼 년간 독신이었습니다. 그러다 재혼했고 그뒤로는 쭉 결혼생활을 유지하고 있어요. 이제 질문이 몇 개죠?

왜 이혼했어요?

그건 전에 물어봤잖아요.

알아요. 선생님이 나빴나요?

그건 좀 개인적인데요.

나빴나요?

---

* '에드위나'가 예스러운 느낌이 나는 이름이기 때문에 나온 말.
** '에드'는 보통 남자 이름이다.

끝입니다. 내 차례.

대답 안 했잖아요. 부인하고 외출도 하세요?

네. 물론이죠.

어디 가세요?

식사하러 가요. 가끔 친구들도 같이. 영화 보러도 가고. 우리는 교향악단 회원이에요. 볼링 치러도 가고요.

볼링 치러 안 가시잖아요.

안 가죠. 이제 틀림없이 내 차례입니다.

알았어요. 던져보세요.

그냥 장난이었습니다. 볼링 얘기는.

볼링은 장난이 아니에요. 나는 볼링을 사랑해요. 볼링은 내 인생이에요.

아니라고 생각합니다만. 일기 쓰나요?

아니요.

일기를 쓴 적이 없나요?

쓴 적이 없다고 하지는 않았어요.

하지만 최근에는 없다.

최근에는 없어요. 환자 일기를 읽어본 적이 있나요?

아니요.

유용할지도 모른다는 생각이 드네요.

그냥 내가 정직한지 알고 싶은 거겠죠. 읽기를 몇 살 때 배웠습니까?

네 살이요.

어머니가 가르쳐주었나요?

꼭 그렇진 않아요. 잠자리에서 엄마가 책을 읽어주는 걸 보고 배웠어요. 내가 읽을 수 있다는 걸 알고 어머니는 무서워했어요. 하지만 그건 선생님 탓이 아니었죠, 맞죠?

이혼이요.

네.

아니요. 내 잘못이었습니다.

그럼 부인이 선생님을 다시 받아준 거네요. 삼 년 뒤에.

네. 자비롭게도.

무릎을 꿇고 간청했나요?

아니요. 이제 내 차례라고 생각하는데요.

하지만 아주 헌신적인 구애였죠, 맞죠?

네.

좋아요.

얼리샤는 친구가 없죠. 이게 사람들을 지루하게 여긴다는 뜻입니까?

아니요. 사람들은 늘 나를 놀라게 해요.

내가 얼리샤를 놀라게 하나요?

그건 물어보신 것 같은데요. 그냥 선생님 때문에 깜짝 놀라지는 않았다고 해두죠.

누군가를 만나고 있습니까?

예수여. 만나요?

네.

나는 사람들 안 만나요.

절대.

네.

그게 얼리샤의 의식적 결정이라고 받아들이겠습니다. 어떻게 그런 결정을 내리게 됐는지 물어봐도 될까요?

물어보세요. 나는 선생님의 피조물이에요.

그렇게 생각하지 않는데요.

내가 원했던 남자는 나를 받아주려 하지 않았어요. 그래서 그걸로 끝이었어요. 나는 그 사람을 사랑하는 걸 그만둘 수 없었거든요. 그래서 내 인생은 거의 끝났죠.

그 수수께끼의 남자.

네.

내가 아는 사람일 가능성은 거의 없군요. 내가 아는 사람입니까?

이야기하지 않는 게 좋겠어요.

그래도 구혼자들이 틀림없이 있었을 텐데.

예스럽네요, 그거. 구혼자. 거기에 댄스 플로어에서 몸을 더 듣으려고 하는 술 취한 촌뜨기도 포함되나요?

아닌 것 같습니다. 불편한 표정이네요.

나의 평상시 표정보다 더?

그런 것 같습니다. 얼리샤가 사랑한 남자. 그게 언제 얘기죠?

지금도 사랑해요.

얼마나 된 건가요, 그럼.

그 이야기는 그만하는 게 좋을 것 같아요.

알겠습니다.

나는 선생님이 생각하는 것만큼 관심을 받은 적이 없어요. 남들 보기에 내가 약간 무섭다는 사실을 받아들여야만 했죠. 거기에 물론 광기라는 짐까지 얹어서. 왜 선생님이 이 문제를 그냥 내버려두지 않을 거라는 느낌이 드는 걸까요?

미안합니다. 얼리샤가 자신을 광인이라고 묘사하는 걸 듣고 놀랐다는 말은 해야겠는데요.

내가 나 자신을 그렇게 묘사한다고는 말하지 않았어요. 그렇다 해도 내가 제정신이라고 우긴다면 선생님은 그 주장의 출처를 고려하셔야만 해요. 그리고 물론 고무 방*에 들어간 사람들의 세계관이 그들을 거기에 넣은 사람들의 세계관과 어긋

---

* 정신 질환자를 안전하게 가두기 위해 벽에 쿠션을 덧댄 방.

난다 해도 그게 놀랄 일은 아니겠죠.

설마 두 세계관이 동등한 타당성을 갖고 있다고 주장하는 건 아니겠죠.

좋아요.

뭐가 좋습니까?

그게 선생님한테 문제가 된다면 주장하지 않겠다고요.

우리가 계속 주제에서 벗어나고 있다는 느낌이 드네요.

그게 뭔데요?

얼리샤죠.

흠.

자기 자신이 이질적 존재alien라는 감각은 단순히 소외된다는alienated 느낌과는 구별되는 것이고 정신 질환자들에게 상당히 흔하다고 생각해요.*

또는 이질적 존재들에게.

살인자가 거울에서 자신의 모습을 흘끗 보는 고전적 비유가 있죠. 갑자기 피범벅이 된 채 도끼를 높이 들고 있는 미친 인물이 보이는데 그게 자기 자신이라는 걸 깨닫는 겁니다. 그 이야기에서 그 장면은 보통 감추어진 양심과 연결되는 걸 암시

---

* alien은 외국인이나 외계인(실제로든 비유적으로든)을 가리키는 말로도 쓴다. 이 말 자체가 정신 질환자를 가리키지는 않지만 alienist라는 단어는 과거에 정신의학자를 가리키는 말로도 쓰였고, 앞에서 얼리샤도 사용했다.

해요. 얼리샤는 이걸 어떻게 해석하겠어요. 여기서 뭐가 드러나고 있는 걸까요?

신파 취향? 뭐 좀 물어볼게요.

좋습니다.

왜 내가 선생님을 괴롭히도록 놔두는 거죠?

모르겠습니다. 내가 그러나요?

그건 중요하지 않아요. 선생님이 사는 세계는 합의의 공동체에 의해 뒷받침되고 있다. 그게 선생님이 생각하시는 건가요? 세상의 진실이 어떤 식으로든 세상에 대한 공통의 경험 안에 있다는 게 희망사항이죠. 물론 과학과 수학, 심지어 철학의 역사는 그런 관념과 상당히 어긋나요. 혁신과 발견은 정의상 공통의 이해와 맞선 전쟁이죠. 방심하면 안 돼요. 어떻게 생각하세요?

모르겠습니다. 얼리샤의 관점이 뭔지 잘 모르겠네요.

나는 관점이 없어요. 전에는 있었죠. 지금은 없어요. 유아론이 늘 상당히 논란의 여지 없는 입장으로 보였다는 이야기는 해야겠지만—이미 했죠.

약 복용을 재고해보겠습니까? 얼리샤가 고려하지 않은 선택지들이 있다고 믿는데.

마른땅에서 우물을 파고 계시네요.

사실 얼리샤가 반대 의사를 분명히 표현한 적은 없죠.

선생님이 만족할 만큼은 없다는 거죠.

그렇게 생각하신다면.

선생님은 항정신병약이 뭔지 모르고 그것이 어떻게 작용하는지 몰라요. 또는 왜 작용하는지. 결국 우리가 알고 있는 건 지연성운동장애 환자가 벽을 따라 더듬거리며 나아가는 광경뿐이죠. 경련을 일으키고 침을 흘리고 중얼거리면서. 물론 공허를 향해 걸어가는 이 사람들에게는 아주 갑자기 한층 더 냉혹한 소식이 들려오는 간이역들이 있죠. 갑작스러운 한기라고 해야 하나. 세상에는 비참함이 어떤 수준에 이른 사람들만 이용할 수 있는 자료가 있어요. 스스로 그 바닥까지 가보지 않으면 그 바닥에 뭐가 있는지 몰라요. 기쁨은 그와 반대로 고마움조차도 가르치지 않죠. 사려 깊은 침묵인가요.

그냥 침묵입니다.

행복에는 거기서 일반적으로 나타나는 멍청함은 둘째 치고 천장이 있는 것 같아요. 내 추측으로는 오직 어느 선까지만 그렇게 행복할 수 있는 것 같아요. 반면 슬픔에는 바닥이 없는 것 같고. 매번 그전에는 상상도 못할 만큼 더 깊어진 불행이 찾아오죠. 따라서 그때마다 다음에는 더 심한 게 온다는 걸 느끼게 되고.

이보다는 좀 명랑한 분위기에서 시작한 걸로 기억하는데.

미안해요.

얼리샤를 가장 괴롭히는 걸 말로 표현할 수 있는지 궁금해요. 우리가 이렇게 많은 이야기를 나누었어도 나는 아직도 얼리샤의 삶을 거의 알지 못하거든요.

애쓰지 마세요, 선생님. 우리는 완전히 가설적인 세계로 향하고 있어요, 우리 둘은. 거기에 이르면 더 행복해질 거예요.

그 점은 얼리샤의 말을 믿을 수밖에 없겠네요. 지금도 바이올린 연주합니까?

아니요.

전에는 연주했나요?

간헐적으로.

연습할 시간을 낼 수 없었죠.

내지 않으려 했어요.

얼마나 잘해야 한다고 생각했습니까?

적어도 10위 안.

세계에서?

네. 세계에서. 달리 또 어디가 있나요?

수학을 그렇게 잘한다는 건 어떻게 알았습니까?

그냥 알게 돼요. 의문의 여지조차 없어요.

음악이 치료 효과가 있다고 생각하나요?

내가 그렇게 머나먼 시절까지 거슬러올라가야 하는 건가요?

그냥 질문입니다.

음악에 따라 다르다고 생각해요.

사나운 짐승 beast을 달래는 힘.

가슴 breast.

뭐라고요?

사나운 가슴을 달래는 힘이라고요. 달래는 마력이죠. 사실은.*

정말입니까?

예수여.

미안합니다. 바이올린이 아쉽나요?

네. 아주 많이.

인생에서 실제로 자신을 지탱하는 것들을 스스로 없애는 경향이 있을지도 모른다고 생각합니까?

이건 심리학인 것 같네요. 선생님 질문에 대한 답을 모르겠어요. 누가 그렇다는 거죠? 내가? 아니면 우리가? 그런 성향이 있다 한들 바로 그런 걸 어떤 사람에게서 박탈하고자 하는 세상 자신의 욕망과 비교하면 아무것도 아니겠죠. 선생님 질문이 이해는 되는 것 같아요. 그건 전에도 다룬 적이 있죠. 그런데 우리가 좋아하는 걸 스스로 포기해버리면 우리가 진짜로

---

* 윌리엄 콩그리브의 희곡 『비탄에 잠긴 신부』에 "음악은 사나운 가슴을 달래는 마력이 있다(Music hath charms to soothe a savage breast)"라는 구절이 있는데, 흔히 "사나운 짐승을 달래는 힘"으로 잘못 인용된다.

사랑하는 건 세상이 빼앗지 않고 놔둘 거라는 생각은 우리의 미신일 수도 있어요. 물론 그건 어리석은 생각이죠. 세상은 우리가 뭘 사랑하는지 잘 알아요.

흥미롭군요.

나는 나 자신에 대해 사과하는 것을 오래전에 그만두었어요. 내가 뭐라고 해야 하나요? 내가 나여서 미안하다고? 내가 이런 사람인 건 나하고 상관도 없는 일인데. 선생님 질문에 관해 말하자면—모든 것을 뭉뚱그려 일반화하기 좋아하는 나의 취향을 인정하면서—난제의 낌새를 보이는 건 대체로 잘못 진술된 명제에 불과하다고 말할 수도 있을 것 같아요. 전에도 그렇게 주장한 것 같지만. 사실 이건 비트겐슈타인을 약간 노골적으로 끌어온 거예요. 모르겠어요. 다른 이야기를 하는 게 좋을지도 모르겠네요.

나는 이게 좀 마음에 드는데.

오 얘야.

그냥 놀린 겁니다. 미스 비비언이 누군가요?

나이가 많은 편인 여자였어요. 마르고. 특이하고. 옷을 야하게 입고 떡칠하듯이 화장을 했죠. 추레한 모피를 어깨에 두르고. 기다란 손잡이가 달린 그 인조 다이아몬드 안경으로 사람을 보고 상아 파이프에 담배를 꽂아 피웠어요.

과거 시제로 말하네요.

한동안 보지 못했거든요.

키드의 예능인 가운데 한 명인가요?

아니요.

이야기는 해봤어요?

그럼요. 앉아서 잡담을 나누곤 했죠. 그 여자는 아주 불행했어요. 우는 바람에 화장에 줄무늬가 생겼죠. 아니 골이 파였어요, 그 여자의 경우에는.

무엇 때문에 불행했나요?

아기들 때문에 불행했어요. 아기들 때문에 울곤 했어요.

아기들?

네.

어떤 아기들?

모르겠어요. 아마 모든 아기들이었던 것 같아요.

그게 왜 얼리샤한테 특별히 흥미로웠나요?

나는 내 인생의 첫 두 해 동안 쉬지 않고 울었으니까요.

충분한 이유가 되는군요, 내 생각에는. 왜 그 여자가 아기들 때문에 울었는지 알았습니까?

말을 안 해줬어요. 아기들이 불행하다는 사실 말고는. 정말 이 이야기를 계속하고 싶으세요?

얼리샤한테 달렸죠. 네. 하고 싶습니다.

그 여자는 사라진 지 오래예요. 그랬는데 그 여자가 보고 싶다는 생각이 드는 바람에 놀랐어요. 그 여자 꿈을 꾸었어요. 그 여자가 보고 싶고 또 그 여자와 이야기를 하고 싶다는 사실이 그 여자를 돌아오게 해줄 거라고 생각했어요. 하지만 그렇게 되지 않았죠. 그 꿈이 뭐였죠?

네?

그냥 선생님의 다음 질문을 내가 대신 해준 거예요.

알겠습니다. 그 꿈이 뭐였죠.

아이들이 우는 꿈이었어요. 잠을 깼는데도 아이들은 여전히 울고 있었어요. 그냥 멀어졌을 뿐이었죠. 울음이 멈추었다고 생각하지 않아요. 그냥 이젠 들을 수 없을 뿐. 나는 아기들 가까이에는 별로 있어본 적이 없어요. 하지만 왜 아기들이 내내 우는지 궁금해졌어요.

각자 다른 이유로 운다고 생각하는데요. 그렇지 않나요? 오줌을 쌌다거나, 배가 고프다거나.

그 이상의 뭔가가 있는 게 분명해요. 배가 고프거나 추우면 동물도 낑낑거릴지 몰라요. 하지만 소리를 지르지는 않죠. 그건 좋은 생각이 아니에요. 소리를 낼수록 잡아먹힐 가능성이 커지니까요. 탈출할 방법이 없으면 소리를 내지 않아요. 새는 날지 못하면 노래하지 않을 거예요. 방어를 할 수 없으면 자기 의견을 드러내지 않죠.

은유적으로 들리네요.

그냥 생물학이에요.

알겠습니다.

정말 놀라운 건 그 울음 속의 극심한 고통이에요. 나는 주의를 기울이기 시작했어요. 버스 정류장에는 늘 아기들이 있었는데 늘 울고 있었어요. 그건 가벼운 불평이 아니었어요. 나는 아주 작은 불편이 어떻게 그런 극심한 고통의 형태를 띨 수 있는지 이해할 수가 없었어요. 다른 어떤 생물도 그렇게 예민하지 않았어요. 생각할수록 내 귀에 들리는 건 분노라는 게 점점 분명해졌어요. 가장 특이한 건 아무도 이걸 특이하다고 생각하지 않는 듯하다는 사실이었어요. 미스 비비언을 빼면. 물론 아무리 자비롭고 친절하고 걱정이 많다 해도 그 여자는 여전히 늙은 미치광이라는 점을 지적할 수도 있겠죠. 문제적 현실 속에 존재하는. 그래서 그 점을 잘 새겨두기로 했어요. 우리가 실제로 그 이야기를 한 적은 없는 것 같아요. 그 여자는 다짜고짜 울면서 고개를 젓기 시작했으니까요. 그 여자가 나에게 그 모든 짐을 가져왔으니 내가 그걸 어떻게 해주기를 기대하는 게 틀림없다는 생각이 들었지만 문제는 더 복잡해지기 시작했어요. 나는 그 생각을 해봤어요. 아이들의 분노는 타고난 어떤 깊은 서약이 깨졌기 때문이라는 것 말고는 설명할 길이 없을 것처럼 보였고, 그건 세상이 마땅히 어때야 하는데 그렇지 않다는 사실과 관련이 있는 것 같았어요. 나는 아기들이 그렇게 생살 그대로 세상에 노출되어 있는 게 세상이라는 걸 이해했어요.

그게 다 좀 공상 비슷하다는 생각이 들지 않습니까?

그런 생각이 들긴 해요.

아이가 세상이 어때야 한다는 걸 어떻게 스스로 알겠어요?

처음부터 그렇게 태어나는 거겠죠. 정의에 대한 감각은 세상에 일반적인 거예요. 모든 포유동물에게는 당연한 거죠. 개는 뭐가 공정하고 그렇지 않은지 완벽하게 알아요. 그건 배운 게 아니에요. 가지고 태어난 거예요. 더 공상으로 가볼까요?

기왕 시작을 했으니.

더 공상적인 건 정의라는 관념과 인간의 영혼이라는 관념을 똑같은 생각의 두 가지 형태라고 이해하는 관점일 거예요.

지금 막 생각해낸 거 아니죠.

아니에요.

동물은요?

동물은 소리를 지르지 않아요. 물론 공상적이라는 거 자체가 실성했다는 신호일 수도 있죠. 어쨌든, 이건 다음 질문과 아주 직접적으로 이어졌어요.

그 질문이란?

아이의 인생에서 몇 살에 분노가 슬픔이 되는가?

모르겠군요. 피아제*가 그 질문을 다룰 거라는 생각은 들지 않네요. 왜라는 질문도.

왜는 내가 알 것 같아요. 아이들이 그렇게 괴로워하는 불의는 고칠 수가 없는 거예요. 그런데 분노는 고칠 수 있다고 믿는 것에 대해서만 터지는 거예요. 나머지는 모두 슬픔이죠. 어느 시점에 아이들은 이걸 이해해요.

내 생각에 타고난 정의 감각이라는 개념은 팔리기 어려울 수도 있을 것 같은데요. 아이들이 날 때부터 이런 감각을 가질 수도 있다는 개념.

아이들한테 다른 건 거의 없어요. 떨어지는 것에 대한 두려움. 시끄러운 소리. 젖가슴에 대한 사랑. 다른 모든 건 잠재적이죠. 윤곽은 있지만 아직 아무 내용도 채워져 있지 않아요. 선천적으로 잘 구성되어 있는 건 드물어요. 다 원시적이에요. 그리고 필수적이고. 흐느끼는 아이가 이건 공정하지 않다고 말하는 걸 들을 때마다 우리는 진실을 듣고 있는 거예요.

그럼 미스―비비언이었나요?

비비언.

미스 비비언. 그 여자는 얼리샤한테 그 말을 하려고 파견된 건가요.

모르겠어요. 나는 늘 우리가 다음 문제로 넘어갈 수 있으려

---

* Jean Piaget(1896~1980). 스위스의 아동심리학자.

면 그걸 이해해야만 한다고 생각했을 뿐이에요.

다음 문제가 뭔데요?

그게 그렇게 쉽지가 않아요. 내게 그 문제를 아주 잘 다룰 방법이 있다고는 못해요. 만일 누가 이 세상의 모든 골치 아픈 것에 대한 해독제가 바로 세상 안에 있다고 한다면 나는 그게 전적으로 틀린 말은 아니라고 말할 거예요. 하지만 그걸 뒷받침하는 건 늘 반복되는 세계에 인간이 끝도 없이 대처해나가야 한다는 난제와는 별개로 세계에 어떤 질서가 있다는 개념이에요.

무슨 말인지 잘 이해 못하겠는데요. 약간 플라톤주의적으로 들립니다.

알아요. 하지만 이 주장은 실재가 있고 그에 대한 인식은 그림자에 불과하다는 게 아니라 실재가 있고 그게 그 자체의 끝없는 실험을 뒷받침할 만큼 영속성이 있다는 거죠.

여기 올 때 칫솔을 가져왔죠. 왜 그랬어요? 음. 물론 현금도.

모르겠어요. 내 인생은 늘 아주 소박했어요. 보비를 따라 쇼핑하러 가곤 했지만 그런 뒤에도 새로 산 옷은 그냥 옷장에 걸려 있었죠. 그래도 아마티를 포기하는 건 힘들었던 것 같아요.

그걸 포기했나요?

모르겠어요. 아직도 연주하는 건 좋아할 듯해요. 그건 늘 그래요. 바흐를 처음 들었을 때 나는 몸에서 벗어나는 경험을 했어요. 아마 열 살이었을 거예요. 내가 거실 소파에 앉아 있는 걸 지켜보던 게 기억나요. 그걸 들으면서. 그게 이상하다는 생각도 들지 않았어요.

몸을 벗어난 경험이 또 있었나요?

음악에서는 없었어요. 하지만 그 한 번이 나를 바꿔놓았어요. 마치 열쇠를 돌린 것처럼. 신체적인 전환이었죠. 나는 다시는 전과 같은 사람이 될 수 없었어요.

음악에서가 아니면 뭐가 있나요?

한번은 말벌에게 쏘여 부엌으로 뛰어들어갔는데 그랜엘런이 들어와 내 몸 위로 허리를 굽히는 게 보였어요. 나는 바닥에 엎드려 있었고 내가 거기 엎드려 있는 걸 볼 수 있었죠. 이제 죽는 것인가 궁금했지만 그냥 막연한 생각일 뿐이었어요. 그랜엘런이 수건에 싼 얼음을 얼굴에 대주었고 잠시 후 나는 일어나 앉았어요.

누군가 예술의 원재료가 고통이라고 말한 적이 있죠. 음악에서도 그런가요?

모르겠어요. 나는 음악을 작곡해본 적은 없어요. 하지만 진실일 수도 있겠다고 짐작은 가네요.

수학은 어떤가요?

수학은 그저 땀과 노역이에요. 나도 그게 로맨틱하면 좋겠어요. 하지만 그렇지 않아요. 최악일 때는 귀에 제안들이 들려요. 하지만 따라가기가 힘들어요. 감히 잘 수가 없어 이틀째 깨어 있을 수도 있지만 안타까운 일이죠. 그러다 자기도 모르게 결정을 내리는데 그뒤에 두 가지 결정이 더 기다리고 있고 그다음에는 넷, 그다음에는 여덟이 돼요. 그냥 억지로 멈추고 돌아가야 해요. 다시 시작해야 해요. 아름다움을 추구하는 게 아니라 단순성을 추구하는 거죠. 아름다움은 나중에 와요. 스스로 만신창이가 된 뒤에.

그럴 가치가 있나요?

지상의 다른 어떤 것과도 비교할 수 없어요.

한 가지 불가결한 재능이 있다면 뭐라고 생각하세요?

믿음.

좀 활기가 도네요.

흠. 선생님 수에 넘어갔네요.

음악과는 분명히 다르다고 생각하시죠. 수학이.

바흐 같은 작곡가를 이끄는 음악의 규칙은…… 그래요. 바흐 같은 작곡가는 없어요. 그냥 바흐뿐이죠. 하지만 그 사실을 잠시 덮어두면 이 규칙은 일반인도 배울 수 있어요. 배우라고 있는 거예요. 아닐 수도 있고. 그건 음악의 첫 음이 쓰인 적이 있건 없건 그냥 존재해요. 이게 진실일까요?

플라톤주의적 음악처럼 들리는데요. 나한테는.

네. 적어도 그 정도로 형편없긴 하네요. 쇼펜하우어는 우주가 사라지면 음악만 남을 거라고 생각했어요. 규칙이 음악이죠. 규칙이 없으면 소음밖에 없어요. 틀린 음을 들으면 우리는 움찔하죠. 우리는 미소 짓기도 하고 울기도 하고 전쟁터로 행군하기도 해요. 그걸 설명할 수 있나요? 누가 춤을 추고 있다는 걸 어떻게 아나요? 그들이 음악과 박자가 어긋나게 춤을 추고 있다면 어떨까요?

모르겠는데요.

네. 하지만 이 일군의 규칙은—그걸 법칙, 음악의 법칙이라고 불러도 될 것 같아요—자족적이고 완전해요. 이미 모두 알려져 있고 절대 더 생기지 않을 거예요. 수학도 그럴까요? 수학의 대통일이론* 같은 게 존재할까요? 힐베르트의 제2명제? 칸토어의 꿈? 그건 가능성이 작다라는 말로는 부족해요. 랭글랜즈든 아니든. 하지만 적어도 수학의 묘사라는 건 분명 존재하지 않을까요? 현재 그대로와 미래의 모습 양쪽에서? 나는 수학을 하고 싶었어요. 하지만 그걸 이해하고 싶기도 했어요. 하지만 절대 안 될 거예요. 질문의 틀을 짜지도 못할 거예요.

얼리샤가 수학을 이해하는 게 불가능하다고 말하다니 놀랍네요. 그게 대부분의 수학자가 관심을 가지는 문제인가요? 아니면 다들 그냥 계산하는 일만 하나요?

---

* 물리학에서 자연계의 네 가지 힘 중 중력을 제외한 전자기력, 강력, 약력을 통합적으로 설명하려는 이론을 가리킨다.

대부분에게는 스쳐가는 관심사일 거라고 생각해요. 기껏해
야.

수학은 주로 고된 일이라고 말했죠. 하지만 아직도 얼리샤
가 그걸 어떻게 하는지 모르겠어요.

네. 처음 하는 일은 신발과 양말을 벗는 거예요. 십진법에
평행으로 접근하기 위해.

내가 그런 말을 믿지 않을 거라는 걸 어떻게 알죠?

믿지 말아야 한다는 건 어떻게 아시나요? 핵심 질문은 우리
가 어떻게 수학을 하느냐가 아니라 무의식이 수학을 어떻게
하느냐예요. 무의식이 우리보다 수학을 명백히 잘하는 건 어
찌된 일일까요? 우리는 어떤 문제를 풀다가 한동안 밀어둬요.
하지만 그게 사라지는 건 아니죠. 점심때 다시 나타나요. 또는
샤워를 하는 동안. 그 문제는 말하죠. 이것 좀 봐. 어떻게 생각
해? 그러다 왜 샤워기에서 나오는 물이 차가워졌는지 궁금해
지죠. 아니면 수프가. 이게 수학을 하고 있는 걸까요? 안타깝
지만 그래요. 그게 어떻게 수학을 하고 있을까? 우리는 모르
죠. 아주 훌륭한 몇몇 수학자한테 이 질문을 해봤어요. 무의식
이 어떻게 수학을 하나요? 이 문제를 어떤 사람들은 생각을 해
봤고 어떤 사람들은 해보지 않았어요. 대부분은 무의식이 우
리와 똑같은 방식으로 수학을 할 가능성은 작다고 생각하는
것 같았어요. 내가 놀랐던 건 그 사람들이 이 소식을 태평하게

받아들인다는 점이었어요. 마치 수학의 본질 자체가 방금 막 부두로 끌어올려진 게 아니라는 듯이. 몇 사람은 만일 무의식이 수학을 하는 나은 방법을 갖고 있다면 우리한테 그걸 알려줘야 마땅하다고 생각했어요. 뭐, 그럴 수도 있죠. 아니면 무의식은 우리가 그걸 이해할 만큼 똑똑하지 못하다고 생각할 수도 있고요.

그게 어떻게 가능한지 내 눈에는 보이지 않는 것 같네요.

다른 사람들도 다 마찬가지예요. 가끔 수학을 한다는 건 대체로 그저 변전소에 자료를 넣고 뭐가 나오는지 기다리는 것뿐이라는 분명한 느낌이 들죠. 나는 일을 기억에 맡기는 게 그렇게 현명한지조차 잘 모르겠을 때가 있어요. 기록하는 게 그대로 고정되어버리니까요. 반대로 고정되지 않는 게 무의식의 책략인 것처럼 보이고요. 나는 정말이지 뭘 적는 걸 좋아하지 않아요. 그게 쓸모가 있나요? 나는 모르겠어요. 그로텐디크는 모든 걸 적어요. 위튼*은 아무것도 적지 않아요. 하지만 사람들이 대부분 기록을 남기지 않는 것은 자기 생각이 새로운 유추를 찾아 자유롭게 두리번거리게 해주기 위해서라고 봐요. 그 생각은 자기 일을 하다가 가끔 돌아와 우리한테 보고를 하죠. 글로 쓴 진술—또는 방정식—은 일종의 표지판이에요. 간

---

* Edward Witten(1951~). 미국의 수리물리학자.

이역이죠. 우리가 어디 있는지 말해주고 출발할 새로운 장소를 제시해요. 디랙은 그림을 그려요. 빛의 입자를 대변할 수도 없을 만큼 작은 실체를 시각적으로 재현하는 것이 가능하다고 믿지는 않겠지만 그에게는 공학이라는 배경이 있기 때문에 그런 버릇이 생겨버렸어요. 특이한 걸 편리하게 이용하기도 하죠. 주판을 잘 다루는 사람들은 가상의 주판으로도 계산을 아주 잘해요.

그게 사실입니까?

아니요. 내가 지어낸 거예요. 예수여.

미안합니다. 무의식에 그런 종류의 자율성을 부여하는 묘사는 들어본 적이 없는 것 같네요.

음. 무의식은 오래전부터 혼자 움직였어요. 물론 사람의 감각중추를 통하지 않으면 세계에 접근할 수 없죠. 그냥 어둠 속에서 노동만 할 거예요. 마치 간처럼. 무의식은 역사적 이유 때문에 우리에게 말하는 걸 아주 싫어해요. 드라마, 은유, 그림을 더 좋아하죠. 하지만 우리를 아주 잘 이해하고 있어요. 그리고 다른 원인 없이 우리 자신이 제공하는 원인만으로 존재해요.

우리가 무의식과 함께 일하는 관계인가요? 그게 상호 협약입니까?

아니요. 그렇게 말하면 과장이겠죠.

우리가 자유롭게 그걸 무시할 수 있나요?

그럼요. 원한다면. 그걸 수동 우선*이라고 불러도 되겠네요. 물론 그게 언제나 썩 좋은 생각은 아니겠지만.

이런 생각을 두고 다른 치료 전문가와 이야기해본 적이 있나요?

딱히. 금세 지루해하더라고요.

뭐라던가요? 너무 지루해하지 않았을 때는.

아무 말도 없었어요. 내 말을 받아적곤 했죠. 아니면 다른 뭔가를 적거나. 아니면 내가 화제를 바꾸었죠.

지금처럼.

아니요. 우린 아직 괜찮아요.

영혼 의사들에 대한 얼리샤의 유보적 태도는 역사가 긴 것 같네요.

정당한 발언입니다.

가장 큰 불만은 뭡니까?

모르겠어요. 어쩌면 그들의 상상력 부족. 일반적으로 환자를 분류하는 범주의 혼동. 마치 명칭과 치료가 하나라는 듯이. 자신의 치료가 최소한의 효과를 보여준다는 증거조차 전혀 없다는 사실을 무시하는 태도. 그것 말고는 괜찮아요.

---

* 자동화 시스템에서 자동제어를 해제하고 수동으로 운영하는 것.

꽤나 마음이 놓이네요.

어쨌든, 자기들끼리 얼렁뚱땅 세워놓은 멋지고 작은 가내공업 업계예요. 당면한 주제가 현실이라는 걸 생각하면 그 자체가 아주 웃기는 일이죠. 그래도 아마 세상에 조금이라도 피해는 줄걸요. 환자들을 입히고 먹이고 그들이 거리에 떠돌지 않도록 도움을 준다면 그건 좋은 일이지만.

키드 말인데요. 얼리샤한테 영향을 주려고 합니까? 뭘 하라고 말하나요? 전에도 물어본 거지만 아직 분명치가 않아서.

그건 나중에 답을 드려야겠어요.

네?

전과는 다른 답을 생각해내야 하니까. 분명히 키드는 나에게 뭘 해야 하는지 조언했어요. 가끔씩. 나에게 영향을 주냐는 질문에 관해 말하자면, 그게 아니라면 키드가 왜 거기 있겠어요?

어떤 목소리가 사람에게 자살을 강요할 수 있다고 생각합니까?

키드가 소생을 조용히 가장자리로 몰고 가고 있다고 생각하시나요?

그냥 질문입니다.

어떤 사람이 환청을 듣는다면 그 목소리와 어떤 정의 가능한 관계를 갖겠죠. 대부분의 자살은 목소리가 필요 없어요. 선생님이 잠시 생각해봐야 할 건 동물의 왕국에서는 자살이 지능에 비례한다는 건데 그럼 그게 종만이 아니라 개체에게도 해당하지 않을까 궁금할지도 모르죠. 나라면 궁금할 것 같아요.

자살자에게 어떤 공통적인 요소가 있다고 생각하나요. 어떤 공통된 사고방식?

네. 여기 있는 걸 싫어하죠.

흠.

건방을 떨어봤어요. 지금 기분이 최상은 아니거든요. 이미 눈치채고 계시겠지만.

그만할까요?

괜찮아요.

알았습니다.

만일 세상이 인간의 구축물이라면 그 자체의 자율성이라는 맥락에서 세상을 논하는 건 불확실한 일이 될 거란 생각이 드네요. 세상은 인식이고. 그렇다면 그게 그 나름의 생명을 갖고 있다는 게 무슨 의미일지 나는 잘 모르겠어요. 나라면 그런 생명은 갖고 있지 않다고 말하겠어요. 세상은 우리의 생명을 갖고 있는 거죠. 그러다 생명이 없어지는 거고.

전에도 한 말이로군요.

그런 것 같아요.

다른 상담자들한테.

네.

어떻게 반응하던가요?

반응하지 않았어요.

그럴 때 얼리샤는 어떻게 하나요?

모르겠어요. 가끔 웃음을 터뜨렸어요.

하지만 진지하게 한 말이었잖아요.

네.

그러면 그 사람들은 어떻게 하던가요?

뭘 할지 알고 계시잖아요.

기록한다.

네.

뭘 기록할까요?

누가 알겠어요? 파괴성* 환자일 가능성, 아닐까요. 어쨌든, 이 모든 게 점점 관심에서 멀어졌어요. 나는 그 사람들을 진지하게 받아들일 수가 없었어요.

뭐 때문에 관심에서 멀어졌나요?

더 큰 관심사 때문에.

그런 말은 얼마나 진지하게 받아들여야 할지 전혀 모르겠습

---

* 파괴성 조현병.

니다.

알아요. 항정신병약을 복용하자 방문이 멈추었죠.

방문.

네.

종교적 경험처럼 들리네요.* 미안합니다.

약이 세계를 객관적 현실 같은 걸로 재구축해줄 수 있다는 건 객관적 현실 자체만큼이나 타당성이 거의 없는 주장이에요. 당시 내가 한 말은 내가 약을 먹지 않은 상태를 신뢰할 이유가 없듯이 약을 먹은 상태를 신뢰할 이유도 없다는 거였던 듯해요.

다른 약품을 시도해볼 마음은 없겠죠.

이미 물어보셨죠.

알겠습니다. 만일 키드가 방에 있을 때 다른 사람이 들어온다면 그 사람도 키드를 보게 될까요?

그것도. 아마 못 보겠죠.

하지만 절대적으로 못 본다는 아니네요.

모르겠어요.

만일 우리 나머지와 마찬가지로 현실이라는 약을 먹고 있다면 못 보겠군요.

---

* '방문(visitation)'은 '성모 방문 축일(the Visitation)'을 비롯해 성스러운 강림이나 출현의 의미로 가톨릭에서 많이 쓰는 표현이다.

그럴 것 같네요.

잠깐 쉴까요?

좋죠. 담배 한 대 어때요?

나쁘지 않죠.

담배를 가지고 다니지는 않으시죠.

네.

맨 아래 서랍에 보관하시죠. 아무도 가져가지 못하게.

지금까지는 괜찮았어요.

고맙습니다. 재떨이는 가져오셨어요?

네. 원한다면 다 가져가도 좋아요.

괜찮아요. 담배를 자주 피우지는 않아요.

긴장을 풀어주나요?

모르겠어요. 어쩌면 그냥 나쁜 짓을 해보는 건지도 몰라요.

정말요?

그럼요.

처음 담배를 피웠을 때 몇 살이었죠?

세 살.

사실이 아니군요.

네. 하지만 그보다 그렇게 많은 나이는 아니었어요. 커피 테이블에 있는 삼촌의 담뱃갑에서 한 대 훔쳐서 부엌에 있는 성냥을 갖고 훈연실로 가서 불을 붙였어요. 아마 여섯 살이었을 거예요.

구역질이 났나요?

기억나는 건 머리가 헤엄을 쳤다는 거예요. 그래도, 어른들이 이걸 한다면 틀림없이 이유가 있을 거라고 생각했어요.

그건 유통기한이 정해진 견해일 것 같은데요.

아이는 대부분 자기가 언젠가 어른이 될 거라는 사실을 진지하게 고려하지 않는 것 같아요. 그리고 자기가 이렇게 될 거라는 사실을.

얼리샤는 진지하게 고려했나요?

네.

그랬는데?

거기서 빠져나올 길을 찾지 못했어요.

언제 처음으로 자살이 선택지가 될 수도 있다는 생각을 했습니까?

진지하게?

진지하게.

어쩌면 나는 그게 무슨 의미인지도 잘 모르는 것 같아요. 어렸을 때—열 살, 열한 살—깨어 있는 상태에서 꿈 같은 걸 꾸었는데 그게 나한테는 무시무시했어요. 그러다 그게 깨어 있었던 것도 아니고 꿈을 꾼 것도 아니라는 걸 깨달았어요. 뭔가 다른 거였어요. 하지만 내가 본 것이 존재하지 않는다고 해서,

우리에게 알려지지 않은 영역이라고 해서 덜 위협적인 게 아니라 오히려 더 위협적이라고 믿지 않을 이유는 없었죠.

무슨 꿈이었죠? 또는 환상이든 뭐든.

문에서 밖을 내다보는 작은 구멍 같은 걸 통해 어떤 세계를 들여다봤는데 그 문 뒤에 보초들이 서 있었어요. 그 너머에는 뭔가 무시무시한 것이 있고 그것에 나를 지배하는 힘이 있다는 걸 알았어요.

뭔가 무시무시한 것.

네. 어떤 존재. 그곳에 자리잡고 있는 것. 우리가 피난처나 우리 사이의 서약을 찾는 이유는 그저 끝없이 두려움을 주지만 우리가 아무것도 알지 못하는 이 악의 가득한 존재를 피하려는 것이라는 사실도.

그때가 몇 살이었어요?

열 살. 열 살이었던 것 같아요.

그 환상을 다시 봤나요?

아니요. 더 볼 수 있는 것도 없었어요. 지키는 자들이 나를 보더니 자기들끼리 몸짓을 했는데 그 순간 모든 게 어두워지고 다시는 그걸 보지 못했어요. 나는 그걸 아카트론이라고 불렀어요.

문 너머에 자리잡고 있는 것.

문 너머에 자리잡고 있는 것.

그리고 그것이 뭔가에 덮이듯 사라졌고.

네.

하지만 아무것도 변하지는 않았고.

아무것도 변하지는 않았어요. 나는 그게 꿈이기를, 어서 깨어나기를 바라요. 그걸 잊기를 바라지만 그러지 못해요. 그전의 내가 되기를 바라지만 절대 그렇게 되지 않을 거예요.

또?

그게 다예요. 자살이라는 행동은 언제나 가능한 것임을 모두가 알아요. 하지만 그걸 선택하는 사람은 그렇게 많지 않죠. 니체는 그게 수많은 나쁜 밤을 견디게 해준다고 말해요.* 그냥 그 생각이. 하지만 행동은 오직 소수만을 위한 거죠. 사람들은 자기 생명에 큰 애착이 있어요.

하지만 모두는 아니고.

아니죠.

다른 침로로 가보죠.

아래 활대를 조심하세요.**

키드와 그의 동무들이 얼리샤에게 할당되었다는 느낌을 받은 적이 있나요?

---

* 니체의 『선악의 저편』에 나오는 말.
** 배가 침로를 바꿀 때 아래 활대가 돌면서 사람을 치거나 하지 않도록 조심하라는 뜻이다.

할당되었다.

네.

누가 할당하는데요?

모르죠. 어쩌면 이게 그들에게 다른 고객이 있느냐 없느냐 하는 문제와 어떤 식으로든 연결이 될 수도 있겠죠.

고객들에 관해 알아봐야 할지도 모르겠네요. 개인 광고란에 올려야 할까요.

어쩌면 얼리샤가 묘사하는 키드처럼 잘 형상화된 인물은 포트폴리오 같은 걸 갖추고 있을지도 모른다는 생각이 문득 들어서요. 나는 아직도 얼리샤가 키드를 어떻게 생각하는지 모르겠습니다. 뇌가 그런 구축물을 만들어내려면 아주 많은 에너지를 소비할 게 분명한데. 몇 년에 걸쳐 그걸 일관되게 유지하는 데 드는 에너지는 말할 것도 없고. 그런 지출이 무슨 가치가 있을 수 있다고 생각하세요.

모르겠네요. 거참 까다로운 년일세, 안 그래요?

음. 뭐 그런 셈이죠.

선생님과 이런 대화를 하기 위해서는—어떤 대화든, 내 생각으로는—선생님의 관점만이 아니라 선생님의 자리에서 보이는 세계의 실제 형태에 일련의 양보를 해야 해요. 나는 그럴 수 있어요. 하지만 문제는 선생님에게 그건 관점의 문제가 절대 아니라는 거죠. 선생님은 아주 특이한 것들을 자기도 모르게 상당히 정상적인 방법으로 이야기하면서 곤혹스러워해본 경험이 없어요. 어쩌면 선생님이 그냥 순진함만 들고 우리의 테이블에 온 걸 수도 있어요. 선생님은 이렇게 말할 수도 있어요. 그래, 달리 어떻게 그 이야기를 하겠어? 하지만 주제가 키메라라면 이미 약간 흔들거리는 지반 위에 서 있는 거 아닌가요? 예전부터 나는 키드가 있는 것은 뭔가를 주기 위해서가 아니라 뭔가가 다가오지 못하게 막기 위해서라고 생각했어요. 다른 한편으로 이 모든 건 단일한 현실이라는 항목 아래 포괄되어 있는데 그 현실 자체는 여전히 다룰 수가 없어요. 나는 밤에 방에서 잠을 깨면 그대로 누워 고요에 귀를 기울여요. 선생님은 그들이 어디 있느냐고 묻죠. 나는 그들이 어디 있는지 몰라요. 하지만 난데없는 곳은 아니에요. 난데없는 곳도 아무것도 없는 것과 마찬가지로 확인을 위해 증인이 필요한데 그 말 자체의 정의상 그런 증인을 내놓을 수가 없잖아요. 선생님은 이런 존재들에게 독자적인 의지를 부여하기 싫겠지만 만일 자율성 같은 걸 소유하고 있지 않다면 그들이 어떤 의미에서 존재한다고 말할 수 있겠어요? 나한테는 그들을 불러내거나 짐을 싸서 나가게 할 힘이 없어요. 나는 그들을 대변하지 않고 그들의 위생이나 입을 거리를 챙겨주지 않아요. 나는 그들이 살아 있는 존재들과 구별되지 않는다고 말했지만 진실은 어느 편인가 하면 그들의 현실이 더 시선을 끈다는 거예요. 키드만

이 아니라 그들 모두가. 그들의 움직임, 하는 말, 색깔, 옷의 주름. 그들에게는 꿈 같은 면이 전혀 없어요. 이런 이야기는 별 도움이 안 되죠, 그렇죠? 음, 사람들은 미치광이의 말에 귀를 기울이지 않아요. 뭔가 재미있는 말을 하기 전에는.

내가 얼리샤의 말에 귀를 기울인다고 생각해요?

선생님의 원형原型적인 미치광이의 말이에요. 전에 물어보신 거예요.

전에는 뭐라고 대답했죠?

담배 좀 끌게요.

여기.

고맙습니다. 괜찮게 하고 계세요. 그 질문에 답하자면.

저지하려는 게 도대체 뭘까요?

키드가?

키드가.

거기에는 간단한 답이 있다고 생각하지 않아요. 세상 자체가 공포라면 손쓸 수 있는 것은 아무것도 없고 키드가 막아줄 수 있는 유일한 건 그걸 보는 거겠죠.

그게 어떻게 도움이 될까요? 이해가 안 됩니다.

미안합니다. 하지만 정말이지 내가 할 수 있는 말은 그것뿐이에요.

잠을 깨면 그들이 어딘가에 있다는 걸 안다. 그 존재들이.

하지만 얼리샤의 설명은 약간 철학적으로 들려요. 그게 설명이라면.

알아요. 그냥 그 키메라들이 쉬는 날 도대체 뭘 하느냐고 물어보셔도 돼요.

네. 그럴 수도 있죠. 버클리는 여전히 얼리샤 삶의 한 부분인가요?

내 삶의 모든 게 내 삶의 한 부분이에요. 뭘 잊는다는 건 나에게는 사치예요. 아마 여덟이나 아홉 살이 되어서야 뭐가 사라지기도 한다는 걸 깨달았을 거예요. 그전에는 사람들이 기억나지 않는다고 하면 나는 그게 그냥 그 이야기를 하고 싶지 않다는 뜻이라고 생각했어요. 내가 사는 곳에서는 아무것도 사라지지 않거든요. 일어난 모든 일이 거의 그대로 여기 있어요.

그냥 정도의 문제 아닐까요? 우리 모두 기억의 집합체나 마찬가지니까.

알아요. 불확실한 영역이죠. 내가 사건들에 대한 내 기억을 신뢰하는 건 대체로 나의 기억 능력을 증명할 수 있는 증거를 내가 갖고 있기 때문인 것 같아요. 둘이 같은 건가요? 시詩의 행들에는 다른 실체가 없어요. 하지만 역사적 사건—개인사를 포함해서—에는 실체라는 게 아예 없죠. 그 사건들의 물질성은 흔적도 없이 사라졌어요. 내 경험에서 보자면 그런 문제에서는 기억력이 나쁜 사람들도 다른 누구와 마찬가지로 자기가 옳다고 나설 준비가 되어 있어요.

얼리샤의 세계는 지금쯤 꽤나 바글바글하겠네요.

그래요. 모든 게 환영받지는 못하죠. 뭘 들여놓을 때는 조심해야 해요. 하지만 그걸 바꾸지는 않을 거예요. 나는 절대 플라톤을 벗어나지 못할 거예요. 또는 칸트도. 비트겐슈타인은 약간 동시대인 비슷하게 여겨요. 동료 학생으로. 후설*은 사랑하게 됐어요. 그 사람은 수학자였고, 그래서 신뢰해요. 그 사람은 프라이부르크의 교수였는데 마르틴 하이데거라는 이름의 어린 학생을 받아들여 그의 선생이자 멘토가 되었고, 그러다 나치가 등장했을 때 사람들이 후설은 유대인이니 내보내야 한다고 말하니까 하이데거는 어 그렇지, 그게 당연히 옳다 하고 말했어요. 그래서 후설은 책상을 정리하고 집으로 가서 앉아 울었고 그러다 죽었고 하이데거가 그의 자리를 차지했어요. 따라서 우리에게 남은 질문은 내 생각에 이거예요, 만일 인간의 품위가 철학적 탐구의 기초 같은 걸 보여주지 못한다면 그게 무슨 소용일까? 비트겐슈타인은 평생 자기 영혼의 상태를 두고 몹시 괴로워했어요. 그런 의문이 하이데거에게는 떠오르지도 않았던 것 같아요. 내가 어쩌다 상담자가 된 거죠?

---

* Edmund Husserl(1859~1938). 독일의 철학자로 현상학의 창시자이다.

모르겠네요. 좋은 상담자가 될 수도 있을 것 같아요.

아마 아닐 거예요. 나라면 내담자들한테 그들의 따분한 낮 생활에 관해서는 듣고 싶지 않으니 그냥 바로 꿈으로 가자고 말했을 거예요.

우리도 그렇게 하나요?

바로 꿈으로?

모르겠습니다.

꿈에 관해 더 이야기했어야 하는 건가요?

우리는 끝난 게 아니니까요.

아마도. 하지만 그 여자는 교활한 작은 암캐예요. 한 마디 건너 거짓말이죠 틀림없이. 기만적인devious과 일탈적인deviant의 언어상 관련성이 뭐죠? 점심시간은 몇시예요?

정오일걸요. 이걸 좀 물어보겠습니다. 그 남자에게 거부당했다 해도 왜 그냥 본인의 인생을 살아가지 못하는 건가요? 그때 얼리샤 나이가? 열두 살?

네. 열두 살짜리 걸레였죠.

그건 있을 법하지 않은 일 같네요.

나는 그냥 내가 달아오른 아이였다고 말하는 것뿐이에요.

성적으로 활동적이었다고요?

아니요. 물론 아니었죠. 하지만 나 자신에 관해 받아들이지 못한 것이 있었어요. 가끔 사람을 잠에서 끌어내려면 약간 방향감각을 잃게 하는 경험이 필요해요.

그런 경험이 있었다는 말로 받아들이게 되네요.

있었어요.

그걸 말해줄 생각이 있나요?

사소해 보일 텐데.

괜찮습니다.

학교 쉬는 시간에 복도에서였어요.

고등학교.

네. 졸업반 남자애가 나를 멈춰 세우더니 뒤로 돌라고 했어요. 농구부 주장이었고 일반적으로 학교에서 가장 멋진 아이라고 여겨졌죠. 그애가 종이와 볼펜을 손에 들고 손가락을 빙빙 돌리는 동작을 하면서 말했어요. 네 등 좀 빌리자. 어떤 여자애가 그애와 함께 지켜보며 서 있었고 내가 몸을 돌렸더니 그애는 내 등에 종이를 대고 거기에 뭔가 썼어요. 뭘 썼는지는 몰라요. 어쩌면 그냥 자기 이름을 쓴 건지도 모르죠. 모르겠어요. 어쩌면 그애는 자기가 뭘 하고 있는지 알았을지도 몰라요. 그러니까 그냥 벽에 대고 쓸 수도 있었다는 거죠. 아니면 사물함 문에. 하지만 나는 몸을 돌렸고 그애는 내 등에 대고 썼고 나는 눈을 감았어요. 엄청나게 관능적이었어요. 처음에는 그게 그냥 어떤 사람의 손가락이 등을 타고 올라오는 것 같은 그 부르르 떨리는 느낌일 뿐이라고 생각했어요. 하지만 그 이상이었죠. 나는 그애가 나에게 뭔가를 쓰고 있다고 느꼈어요. 여자애가 나를 지켜보고 있는 것도 느낄 수 있었죠. 갑자기 호기심이 동한 것 같았죠. 여자애는 아마 열여섯 살이었을 거예요. 남자애는 다 쓰고 나서 고맙다고 했고 나는 눈을 떴고 두 아이는 복도를 따라 사라졌어요.

그게 다인가요?

그게 다예요. 네.

나한테 무슨 말을 해주려는 건지 잘 모르겠는데요.

알아요.

관능적이라고 했죠.

네.

성적이었나요?

네. 아주.

그래서 뭘 깨달은 겁니까?

내가 가망 없을 만큼 사랑에 빠져 있고 또 꽤 오래전부터 그래왔다는 걸 깨달았어요. 내 인생은 결정되었다는 걸. 내가 보고 있지 않은 사이에, 말하자면. 그렇게 드문 일은 아니죠.

그리고 그걸로 끝.

그리고 그걸로 끝.

얼리샤는 열두 살이었고.

네.

하지만 상대가 누구였는지는 말해주지 않을 거죠.

네.

어떻게 그게 사랑인지 알았습니까? 회의적인 태도는 용서해줄 거죠.

어떻게 모를 수가 있어요? 나는 그 남자와 함께 있을 때만 평화로웠는데. 평화가 적당한 말인지는 몰라도. 나는 그 남자를 영원히 사랑할 것임을 알았어요. 하늘의 법칙에도 불구하고. 그리고 다른 누구도 절대 사랑하지 않을 것임을.

그리고 실제로 그렇게 되었고.

네. 그렇게 되었고.

하지만 그 남자는 얼리샤를 사랑하지 않았고.

무척 사랑했어요.

음. 이해가 되지 않습니다.

알아요.

나이 차 때문이었던 게 틀림없군요. 그게 내가 생각할 수 있는 유일한 이유입니다.

나는 그걸 문제라고 본 적이 없어요. 나는 일 년을 더 기다릴 수 있다고 생각했어요, 그래서 그 사람이 더 편해진다면. 아니면 심지어 이 년이라도.

하지만 그래도 그 남자가 감옥행을 면하기에는 충분하지 않죠.

이듬해 여름에 우리는 서로를 아주 많이 봤어요. 그리고 그 다음 여름에도.

얼리샤는 열세 살이었군요.

그때는 열네 살이었죠. 만일 내가 몸과 영혼을 그에게 바치면 그는 아무런 유보 없이 나를 받아들일 거라고 생각했어요. 그런데 그러지 않더라고요.

네.

그래서 그럴 때는 어떻게 하나요? 자신에게 뭘 바라겠어요?

두번째 선택 같은 건 있을 수 없겠네요.

죽음을 암시하시는 게 아니라면 없죠.

그런 거 아닙니다.

이 특정한 사례가 그냥 어느 여학생이 누군가에게 잠시 홀딱 반한 것 이상의 일이 될 수 있다고 인정하기 망설여지신다는 걸 알아요. 나는 늘 특별한 권리와 면제를 요구해왔어요. 어떤 것들은 단지 내가 그 이유를 설명할 사람을 못 찾아서 얻지 못하기도 했어요. 하지만 과거와 미래 둘 중 하나를 버리는 선택을 하라고 요구하는 박탈은 그냥 어려운 수준을 넘어서요. 그래서 선생님이라면 어디서 다시 시작하겠느냐고 묻는 거예요. 선생님이 암시하듯이 다시 시작한다면. 또는 어떻게. 또는 더 핵심에 다가가자면, 왜?

압도적 다수의 사람이 실망을 감당하는 방법을 찾는다는 사실 앞에서도 재고할 생각이 없군요?

네.

그게 얼리샤가 주장하는 면제일 수도 있겠네요.

네.

대화가 상당히 이상한 쪽으로 방향을 틀기 시작했네요.

알아요. 좌절된 갈망은 그 충족이 꿈일 수밖에 없는 유산을 남겨요.

하늘의 법칙. 그걸 좀 자세히 설명해줄 마음이 있나요?

없어요.

알겠습니다. 아버지 이야기를 할 수 있을까요? 다시.

원하신다면.

하지만 별 의욕은 없군요.

괜찮아요. 하세요.

아버지한테 책임을 묻지 않는다고 했죠.

안 물어요. 그래 봐야 무슨 소용이 있겠어요. 역사는 모든 걸 삼킬 거고, 책임성도 마찬가지예요. 하지만 폭탄은 영원하죠.

트리니티*는 어디죠? 네바다인가요?

뉴멕시코요.

---

* 맨해튼 프로젝트에서 최초로 실시한 핵폭탄 폭파 실험의 코드명.

아버지가 거기 계셨나요?

네. 물론이죠.

그 이야기를 하시던가요?

별로. 일반 자료를 읽어봤어요. 아버지의 그룹은 폭심지爆心地*에서 약 육 마일 떨어져 있었어요. 아주 짙은 선글라스를 지급받았죠. 용접용 고글 비슷한 거였다고 생각해요. 하지만 아버지는 정부에서 지급하는 선글라스로는 많은 걸 볼 수 없다고 생각했기 때문에 자기 걸 가져갔어요. 그건 은유로 읽을 수도 있을 것 같아요. 어쨌든 모든 선글라스가 해야 할 일은 자외선 차단이었죠. 그들은 스피커로 카운트다운을 들었어요. 모두 아주 긴장했죠. 일부는 폭탄이 터질 거라고 생각했고 일부는 안 터질 거라고 생각했어요. 아버지가 했던 말 중에 기억나는 건 처음 빛이 확 번지기 직전 고글을 손으로 가렸는데 빛이 번지자 눈을 감고도 손가락뼈가 보였다는 거였어요. 소리는 없었죠. 그냥 그 태울 듯한 하얀빛뿐이었어요. 그다음에는 불그스름한 자주색 구름이 너울거리며 올라가다 꽃처럼 피어나면서 모두가 잘 아는 원뿔형 하얀 버섯이 되었고. 시대의 상징이죠. 그 전체가 천천히 솟아올라 만 피트 높이로 우뚝 섰어요. 충격파에서 나오는 바람은 초음파였고 아주 짧은 순간 귀가

---

* ground zero. 핵폭탄이 터지는 지점.

아팠죠. 그리고 마지막으로 물론 그 소리. 그 사악한 폭발 뒤에 느리게 우르릉거리는 소리, 타오르는 전원지대를 넘어 세계 속으로 굴러들어간, 태양 이편에는 전에 존재한 적이 없는 뒷소리. 소리 한 번 지르지 못하고 증발한 사막 생물들과 지켜보는 과학자들의 검은 고글 렌즈에 쌍둥이로 서 있는 이것. '악한 것은 보지 마라' 원숭이*처럼 손가락 사이로 그것을 지켜보는 우리 아버지. 하지만 그들은 다른 것은 몰랐다 해도 그걸 보지 않기에는 너무 늦었다는 건 모두 알고 있었어요.

그 사람들은 뭐라고 했나요? 과학자들은.

모두 일어서서 '거룩한 똥이여'** 하고 말했어요.

설마 그랬을 리가요.

아무 말도 하지 않았을 거라고 생각해요. 그냥 어리벙벙했죠. 우리 아버지의 친구, 프로그램의 우두머리였던 베인브리지라는 물리학자는 이제 우리 모두 개자식이 됐어, 하고 말했어요. 오펜하이머는 바가바드기타에 나오는 말을 인용했다고 하는데, 아마 '시간'을 나타내는 산스크리트어는 '죽음'에서 나왔을 거예요. 아니면 그 반대거나. 아니면 둘이 같을 수도 있고.***

---

* '악한 것은 보지 말고 듣지 말고 말하지 말라'를 표현하는 일본 전통문화의 세 원숭이 가운데 손으로 눈을 가린 원숭이.

** holy shit. 놀랍거나 경악스러운 것을 보았을 때 내뱉는 속어.

*** 오펜하이머는 힌두교 경전인 바가바드기타에 나오는 신 비슈누의 말 "나는 세계들의 파괴자, 죽음이 되었다"를 인용했다고 전해진다. 이 구절에서 죽음을

나라면 우리 시대를 대표하는 이미지로는 NASA가 우주에서 찍은 지구 사진이 낫다고 생각했을 것 같은데요. 공허 속에서 돌고 있는 그 아름다운 파란 구.

흥미로운 병치네요, 안 그래요?

그 사진이 감동적이라고 생각하지 않아요?

무시무시하다고 생각해요. 공허는 세상이 계속 존재하는 것에 아무런 지분이 없어요. 그곳은 동시에 수없이 많은 운석의 고향이기도 해요. 일부는 어마어마하게 크죠. 초속 사십 마일로 어둠을 가로질러 굴러가기도 하고. 만일 거기에 우리에게 관심을 가지는 게 있다고 한다면 지금쯤은 이미 관심을 가졌을 거라고 생각해요. 내 친구 하나는 이렇게 말한 적이 있죠. 우리 존재의 모든 자취가 사라지면 그때는 누구에게 이것이 비극이 될까? 그걸 다시 틀어보시나요 아니면 그냥 보관하시나요?

테이프?

테이프. 네.

가끔 어떤 건 틀어봐요. 그래도 되나요?

그럼요.

얼리샤의 아버지. 한 번도 가책을 드러내진 않았나요? 아니

_____

뜻하는 산스크리트어 '칼라(Kāla)'는 시간을 의미하기도 한다.

면 뭐 그 비슷한 거라도?

네. 하지만 많은 과학자가 드러냈어요. 다시 생각하게 됐죠. 우리 아버지는 그럴 거면 진작에 그 생각을 했어야 한다고 말했어요. 처음부터 생각을 했어야 한다고.

그랬다고 뭐가 달라졌을까요?

아니죠. 그게 아버지 말의 핵심이었어요. 어떻게 해도 달라질 건 없었을 거다. 일찍부터 과학자들에게 폭탄을 사용할 것이냐 말 것이냐에 관한 발언권을 주자는 운동이 있었지만 아버지는 그건 그냥 순진한 사람들의 주장일 뿐이라고 생각했어요. 아버지는 폭탄의 소유자는 개발에 돈을 댄 사람들인데 그게 당연히 과학자들은 아니라고 했어요. 그 사람들이 우리한테 돈을 주었지, 아버지는 말했어요. 게다가 우리는 몸값이 쌌어. 아버지는 그들에게 징징거리지 말라고 했어요.

부모님 두 분 모두 암으로 죽었죠.

네. Y-12의 일이 특별히 위험했다고 생각하지는 않아요— 할머니는 그게 어머니를 죽였다고 확신하지만. 반면 남태평양에서 아버지가 한 일은 아마 자살에 가까웠을 거예요. 물론 당시에는 방사능을 그렇게 잘 이해하지 못했어요. 아마 어떤 사람들은 거기에서 교훈을 얻겠죠.

얼리샤는 얻지 않을 거라는 뜻으로 받아들이겠습니다. 아버지가 타호호수 위쪽의 오두막에서 죽었다고 했죠.

아뇨, 거기서 살았다고 했어요. 아주 아름다웠어요. 바위들로 이루어진 뾰족한 곳이 있었는데 그리로 걸어나가면 아래쪽으로 아마 이십 마일은 떨어져 있을 호수가 보였어요. 하지만 아버지가 거기서 죽지는 않았어요. 아버지는 멕시코 후아레스에서 죽었어요.

멕시코에서 죽었군요.

네.

멕시코에서 뭘 하고 계셨나요?

암 치료를 받으러 갔어요.

멕시코 후아레스로?

네. 살구씨로 만드는 레이어트릴이라고 부르는 추출물이 있는데 그게 제삼세계 나라들의 병원에서 사용되고 있었어요. 그걸 비타민B17이라고 불렀던 것 같아요. 절박한 사람들이 그런 곳에 나타났죠. 적잖은 저명인사를 포함해서.

아버지는 돌팔이 의사들한테 암 치료를 받으러 멕시코로 갔군요.

네.

그건 좀 이상해 보이지 않나요?

물론 그래 보여요. 하지만 아버지는 다른 방법은 다 써봤어요. 그 치료에 특별히 희망을 걸었던 것 같지는 않아요. 확률적인 맥락에서 생각을 해봤을 테고 계산상 그 확률을 제로로 만들 방법을 찾지 못했을 거라고 생각해요. 그래서 간 거죠. 만일 아버지 추론에 결함이 있다면 그건 아버지에게 정보가 너무 많아서 실제로는 살구의 치료 효과에 별 믿음을 갖지 못했다는 거예요. 그게 효과를 발휘할 유일한 가능성은 효과가 있을 거라고 믿는 거였는데.

플라세보효과처럼.

그거처럼.

아버지는 멕시코에서 죽었군요.

네.

어디에 묻혔죠?

멕시코 어딘가. 아버지는 오빠한테 함께 가자고 했지만 오빠는 가지 않으려 했어요. 아버지는 혼자 가서 혼자 죽었고 멕시코 어딘가에 묻혔지만 우리는 어디인지 몰라요.

괜찮아요?

괜찮아요. 잠깐 시간을 좀 주세요.

*

됐나요?

됐어요.

왜 오빠가 아버지와 함께 가지 않으려 했나요?

그렇게 하면 아버지가 바보 같아 보일 거라고 생각했어요.

얼리샤는 오빠가 갔어야 한다고 생각했나요?

네. 오빠도 그렇게 생각했어요. 그때는 너무 늦었지만.

아버지가 무신론자였습니까?

이상한 질문이네요. 선생님은요?

가끔은. 아버지는요?

모르겠어요. 아마도. 아버지는 사람의 믿음이 성격의 일부라고 생각했던 것 같아요. 아버지는 하느님을 믿는 게─또는 믿지 않는 게─의식적 결정이라고 생각하지 않았을 거예요. 애초부터 믿는 사람 또는 믿지 않는 사람으로 나뉘어 있다는 거죠. 아버지가 자신이 죽기에는 너무 젊다고 생각했다는 건 분명하지만 신 없는 사람들이 죽음을 어떻게 상대하는지는 잘 모르겠어요.

거기에는 얼리샤도 포함되나요?

선생님은 내게서 그냥 특이한 응답들을 얻게 될 뿐이에요. 그게 무슨 소용이 있죠?

내가 얻을 수 있는 걸 가져갈 겁니다.

삶이 무엇인지 모른다면─실제로 모르죠─그렇다면 삶의 부재를 어떻게 규정해야 할지 잘 모르겠어요. 우리는 우리가 어디 있는지 안다고 생각하는 것 같은데 그건 분명 말도 안 되죠. 죽는 건 어렵지만, 지금까지 어디 있었는지 모르고 죽는다는 건. 또는 왜 있었는지. 뭐. 어쨌든, 아마도 선생님은 도대체 어떤 종류의 정신이 세계를 폭파하는 데 헌신하는가 하는 문제를 이해하려 노력하고 있다고 짐작이 되는데요.

내가 이해하려 노력하는 건 엘리샤입니다. 오빠는 아버지와 함께 멕시코로 가지 않은 걸 후회했겠네요.

후회가 사실 적당한 말은 아니에요. 아버지가 마침내 꿈에서 오빠를 찾아왔고 그뒤에 오빠는 아버지를 찾아보려고 멕시코에 갔어요.

아버지가 죽은 뒤에.

네. 아버지가 어디 묻혀 있는지 찾아보러 갔죠.

다른 이야기를 할 수도 있습니다.

어쩌면 오늘 그냥 날이 좀 그런 건지도 모르겠네요. 나는 괜찮습니다. 계속하죠.

오빠가 아버지 무덤을 찾았나요?

아니요.

멕시코에 얼마나 있었나요?

모르겠어요. 연락이 되지 않았어요. 마침내 내가 찾아냈을 때 오빠는…… 오빠는 끔찍한 고통을 겪고 있었어요. 엘패소에 돌아와 있었죠. 함께 식당에 가려 했지만 오빠는 울음을 그치지 못했고 식당에서도 계속 울었어요. 내가 팔에 손을 얹었더니 팔을 뒤로 빼더군요.

왜 그랬나요?

복잡해요.

알겠습니다.

오빠는 아버지가 있던 병원을 찾아냈는데 병원에서는 말을 해주려 하지 않았어요. 결국 멕시코 관리들에게 가진 돈을 다 주었는데도 아무 성과가 없었죠. 오빠는 몇 주 동안 거기에 있었어요. 삼 달러짜리 호텔에서 자면서. 오빠가 마지막으로 뭘 먹은 게 언제였는지 몰라요. 유령처럼 보였어요.

그게 엘패소에서 있었던 일이로군요.

네. 마침내 나한테 연락을 했을 때는 가드너호텔에 있었어요. 오빠는 또다른 꿈을 꾸었죠. 오빠는 그걸 꿈이라고 부르지 않았지만. 오빠 말은 아버지가 밤에 수의를 입은 채 자기를 찾아와 침대 발치에 서 있었고 계속 어디에 계시냐고 물어도 아버지는 모르더란 거였어요. 아버지는 자기가 어디에 있는지 몰랐어요. 오빠는 전화에 대고 울면서 그 이야기를 하더니 전화를 끊었고 나는 오빠가 자기 목숨을 버릴 거라고 생각했어요.

아버지가 어디 묻혔는지 결국 알아내지 못했군요.

네.

그 모든 일이 오빠한테처럼 얼리샤한테도 괴로움을 주었나요?

괴로운 것 이상이죠. 아직도 그래요. 하지만 나는 아버지를 돕는 걸 거부하지는 않았어요. 나한테는 요청이 없었죠. 내가 주로 걱정한 건 보비였어요. 끔찍한 상태였거든요.

정말로 오빠가 자살할지도 모른다고 생각했군요.

네. 거기 도착했을 때 뭘 보게 될지 미처 몰랐어요.

만일 오빠가 자살했다면?

모르겠어요. 아마 나도 가능한 한 빨리 자살해서 오빠를 찾으려 했을 것 같아요.

농담하는군요.

그렇게 생각하지 않는데요.

내세를 믿습니까?

현세를 믿지 않아요.

믿나요?

모르겠어요. 극히 가능성이 작다는 생각이 들어요. 하지만 역시 확률이 제로는 아니에요.

우리는 사실 얼리샤가 왜 스텔라 마리스로 돌아왔는지에 관해 이야기한 적이 없습니다.

달리 갈 데가 없었어요.

얼리샤가 어떤 도움을 구하고 있지 않았는데도 여기에 왔다고 믿기는 어렵습니다.

좋으실 대로.

이 대화에는 한계가 있습니다, 안 그래요? 숲속 산책을 위태롭게 만들고 싶지는 않죠? 웃고 계시네요.

미안합니다.

아니, 괜찮아요. 얼리샤에 대한 나의 관심이 무엇이든, 얼리샤를 살아 있게 하는 것이 내 목록의 맨 위에 있을 수밖에 없어요.

또 물어보실 건?

보비가 멕시코로 돌아갔나요?

아니요.

아버지가 다시 보비에게 온 적이 있나요? 그게 보비의 표현 방식이었던가요?

아니, 오지 않았어요.

전에도 물어본 거긴 하지만 얼리샤는 아버지와 가까웠나요?

아니요. 하지만 나는 아버지를 사랑했어요. 그때나 지금이나.

이제 몇 분밖에 안 남았네요. 자신의 이상한 점을 이야기해주세요.

이상한 점.

네.

내 이상한 점이 뭐냐고 물어보시는 건가요?

네. 내가 모를 수도 있는 것. 사소한 거라도 괜찮습니다.

알겠어요.

자?

생각하고 있어요.

좋습니다.

나는 시간을 뒤집어서 볼 수 있어요.

그게 무슨 뜻이죠?

거울에 비친 시계를 보고 몇시인지 알 수 있다는 뜻이에요.

나도 마찬가지입니다.

아니 그렇지 않아요. 선생님은 잠시 시간을 들여 답을 찾아
야 해요.

그런데 얼리샤는 그렇지 않다.

그렇지 않아요.

그렇게 하려고 훈련을 했군요.

그냥 생각을 해봤어요.

어떻게 생각을 했나요?

처음에는 그걸 그냥 반으로 접었어요. 시각적으로. 페이지
처럼.

마음속에서겠죠. 미안합니다.

그러다 얼마 후에는 접을 필요가 없게 됐어요. 그냥 보였어
요.

또?

또 뭐요?

모르겠습니다. 시계 이야기에 또 뭐가 있을지.

거울에서 3과 9는 위치가 반대지만 6과 12는 그렇지 않아요. 이건 아이 수준의 문제지만 어른들 가운데도 그걸 어려워하는 사람이 있어요. 작대기를 한줌 공중에 던지고 사진을 찍으면 수직보다 수평에 가까운 작대기가 훨씬 많아요. 왜 그럴까요? 사실, 작대기의 자유도는 다 똑같은데.

모르겠는데요.

수직으로 자전하는 작대기는 중간에 수평의 평면을 통과하기 때문이에요. 그래서 잠깐 수평으로 회전하는 것들과 같아지죠. 두 번. 하지만 수평의 작대기는 자전할 때 수직 평면에 전혀 기여를 하지 않아요. 공정하지 않은 거 같죠, 안 그래요? 닫히는 유리문에 비친 이미지들은 자전하는 것처럼 보이지만 사실 그게 구부러질 수는 없는 거죠. 광학. 손잡이성. 분자 비대칭성. 색깔. 어디에서나 문제를 만들 수 있어요.

왜 물리학자가 아니라 수학자가 되었나요?

수학자 되는 게 더 어려워서요. 어쩌면. 주된 이유는 물리적 현실은 다른 건 몰라도 어쨌든 유한하다는 거예요.

지금이 내가 본 가운데 가장 생기가 있는 것 같네요.

흠. 잘 보세요.

바이올린.

네.

연습할 시간을 낼 수 없었다, 그렇게 말했죠.

아마 사실은 내가 충분히 잘한다는 생각을 하지 못해서였을 거예요. 솔직히 말하자면. 어느 시점엔가 바이올린의 수학에 흥미를 갖게 됐어요. 뉴저지의 칼린 허친스라는 여자분과 서신 교환을 하게 되었는데 그분이 이 악기의 배음 지도를 그리려 하고 있더라고요. 칼린은 몇 대인지도 모를 진귀한 크레모나를 납땜용 인두로 분해했어요. 물리학자 몇 명과 함께 꽤 정교한 장비를 설치해서 바이올린 판의 클라드니 패턴*을 확정하는 작업을 하고 있었어요. 하지만 진동과 주파수가 너무 복잡해서 완전한 분석이 이루어지지 않았죠. 내가 그 주파수 패턴의 수학적 모델을 만들 수 있겠다는 생각이 들었어요.

그래서 만들었나요?

네.

뭘 알아냈습니까?

칼린이 기록을 잘해놨어요. 가장 오래되었다고 알려진 바이올린은 아마티인데 1564년 제품으로 추정되고 옥스퍼드의 애슈몰리언박물관에 있어요. 우리가 연구한 가장 오래된 악기는 1580년 제품이고 가장 최근 거는 아마 1960년대 독일 제품이었을 거예요. 두 악기는 목의 각도 빼고는 똑같았어요. 그동안

---

* 모래가 덮인 표면이 진동할 때 생기는 패턴.

210

아무것도 변하지 않은 거죠. 아무것도.

꽤 주목할 만한 일이네요.

네. 훨씬 더 주목할 만한 일은 바이올린에는 원형原型이 없다는 거예요. 그냥 난데없이 완벽한 모습으로 나타나요.

그걸 어떻게 생각합니까? 뭔가 이유가 있어서 그 이야기를 한 걸 텐데.

그냥 목록에 수수께끼를 하나 더 추가하려고요. 레오나르도는 설명할 수 없어요. 또는 뉴턴도, 또는 셰익스피어도. 또다른 사람들이 끝없이 이어지죠. 음. 끝이 없지는 않겠네요. 하지만 우리는 적어도 그들의 이름은 알아요. 하지만 신이 바이올린을 발명했다고 기꺼이 인정한다면 몰라도 그게 아니라면 앞으로도 영영 알 수 없을 어떤 인물이 있는 거죠. 아들과 함께 15세기 이탈리아 소빙하시대의 지지러진 숲으로 들어가 단풍나무를 톱질하고 쪼갠 다음 쪼개진 나무를 칠 년 동안 말린 뒤 어느 날 아침 점포 안으로 비스듬히 비쳐드는 빛 속에 서서 창조주에게 잠깐 감사 기도를 드린 다음—이게 완벽한 것임을 알고—연장을 들어 그걸 만들기 시작하는 어떤 작은 남자. 자 이제 시작이다, 하고 말하면서.

안타깝군요. 그 신사는 얼리샤의 심장에서 아주 가까운 곳에 있네요.

안타깝다. 네. 아주 가까운 곳에 있어요. 시간이 됐네요.

V

어쩌면 오지 않을 거라고 생각했습니다.

감시자들의 억제에서 풀려나는 데 생각보다 오래 걸렸어요.

억제를 당한 적이 있습니까?

아니요. 전기충격치료를 빼면.

전에는 한 번도 늦은 적이 없었는데.

없었죠. 그냥 결석만 있고.

그게 습관 비슷한가봐요.

시간 지키는 거요.

네.

맞아요.

다 괜찮습니까?

네. 그럼요.

화가 나거나 하진 않고요.

네. 어차피 불은 켜놓고 자요. 대부분.

뭐 때문에 켜놓는 겁니까? 불은.

그때 길에 뭐가 있느냐에 따라 다른 듯해요.

뭔가가 그 길로 오고 있다는 의미에서.

그런 의미에서.

그게 되풀이되는 환상인가요?

왜 그게 환상이죠?

어둠 속에서 뭔가가 다가오는 거니까.

네.

불을 켜놓으면 더 안전할 거라고 생각하는군요.

아니면 그들이 나를 찾기가 더 쉽거나.

진담은 아니겠죠.

아마도 아닌 듯하네요.

하지만 어둠 속에 해를 주려는 것들이 있을 수도 있다는 생각은 하는 거죠?

네. 선생님은 안 그런가요?

안타깝지만 안 그래요.

음. 사람들은 오래전부터 어둠을 두려워했어요. 모든 의미에서의 어둠. 악의를 품은 힘들에 늘 의지를 부여했죠. 그러다 우리 시대에 갑자기 전쟁과 기근과 역병이 그냥 무작위적 사건이 되어버렸어요. 그게 선생님한테는 위로가 되나요?

딱히 미신이 지배하는 세계에 살고 싶지는 않은데요. 나는 많은 게 나아졌다고 봅니다. 사실 상당히 나아졌다고 보죠.

과학 때문에.

다 과학 때문인지는 모르겠습니다.

그래요? 이 세상을 1900년의 세상보다 나은 곳으로 만든 것 가운데 과학 때문이 아닌 걸 한 가지만 대보세요.

생각을 해봐야겠는데요.

됐어요. 그냥 한번 맞서보고 있는 거예요.

지난번에는 죽음에 대한 강박에 사로잡힌 것처럼 보여서 자살 감시를 받았죠.

거기 적힌 바에 따르면.

닥터 호로위츠가 말한 바에 따르면. 그 선생이 경계를 하게 된 어떤 특별한 사건이 있었나요?

그냥 내가 그분 신경이 곤두서게 만든 것 같아요. 그 선생님이 무슨 생각을 했는지는 잘 모르겠어요. 별로 속을 털어놓는 분이 아니라서. 가끔 그냥 앉아서 나를 지켜보기만 했어요.

마치 얼리샤를 파악하려는 것처럼?

모르겠어요. 어쩌면 겁을 주려는 것에 더 가까울지도. 겁을 줄 게 전혀 없다는 걸 아예 이해 못하더라고요. 나는 그냥 뭐가 되었든 그때그때 내 생각을 말한 것뿐인데. 사실 달라질 게 없기는 했어요. 그분이 그 자리에 있어도. 또는 없어도. 치료 전문가는 환자가 의사라는 걸 믿어야 해요. 자신에 관한 진실을 안에 담고 있다는 걸. 선생님은 어떻게 생각하세요?

거기에 동의할 수 있을 것 같은데요.

닥터 호로위츠에게 나는 그저 좌절감을 안기는 경험일 뿐이었다고 생각해요. 선생님 친구인가요?

아는 사이죠. 잘 알지는 못하고. 얼리샤는 사실 사람들과 많은 시간을 보낸 적이 없죠.

예를 들어 누구와?

모르겠습니다. 누구든. 얼리샤가 관심을 가지는 사람들. 오빠와는 시간을 보냈습니까?

네. 최대한 많이. 나는 늘 뭐가 다가오고 있는지 알았던 것 같아요.

음. 가끔 사람들은 그런 생각을 하죠. 다가오고 있던 게 닥친 뒤에. 그걸 어떻게 알았다고 생각하세요?

그냥 알았어요. 사실이 있고 나서 꾸며낸 게 아니에요.

하지만 오빠 이야기는 하고 싶지 않죠.

네.

자신이 사람들한테 정직하다고 생각합니까?

선생님한테란 뜻이겠죠.

좋아요. 나한테.

선생님은 그렇진 않다고 의심한다고 받아들일게요.

음. 나는 사실을 추적하기보다는 얼리샤가 무슨 생각을 하는지 보려고 해요.

선생님은 나에게 그저 또 한 명의 호로위츠인가요.

그런 생각은 하지 않아요. 내가 품은 의심은 주로 문제가 생겼을 때 얼리샤가 나한테 털어놓지 않을 수도 있지 않을까 하는 거예요.

그게 보비가 하던 말이에요.

보비가 옳았나요?

네.

보비가 걱정하기를 바라지 않았군요.

보비가 걱정하기를 바라지 않았어요.

사람들이 얼리샤를 도와주고 싶어하면 화가 나는군요.

나는 사람들이 나를 고치고 싶어하면 화가 나요.

오빠도 그런 경우라고 말할 수 있을까요?

가끔은. 그렇다고 생각해요. 이렇게 말하는 게 고통스럽지만.

오빠가 얼리샤를 유럽에 데려갔어야 했다고 생각했습니까?

어쨌든 가긴 갔어요.

압니다. 하지만 질문은 그게 아니죠.

알아요. 하지만 답은 그거예요.

그 이야기를 하고 싶지 않군요.

그의 이야기.

그냥 오빠도 얼리샤의 비관주의를 공유하고 있는지 궁금했습니다.

그렇지는 않아요. 또는 나를 기분좋게 해주려고 노력하는 게 자기가 할 일의 한 부분이라고 받아들였을 수도 있지만. 어느 편인가 하면 나는 늘 오빠보다 형이상학적 사색에 빠져드는 경향이 강했거든요. 현실에는 전혀 지각력이 없는가? 모르겠어요. 하지만 오빠라면 그런 질문이 무의미하다고 생각할 거예요.

세상 자체가 의지 같은 걸 소유하고 있을지도 모른다는 뜻인가요?

그 비슷하죠. 그런데 그렇다면 그게 정말 좋은 소식일까요? 궁극적인 영원한 소멸을 향하여 고통과 결핍의 풍경을 가로질러 힘들게 걸어가는 게 자신의 존재 이유라는 것을 알게 되는 모든 멍청한 생물이 그 의지의 작품이라는 게?

하지만 그 답, 또는 해결책은 당연히 똑같겠죠.

당연히.

책을 얼마나 많이 읽었습니까?

에이.

에이?

모르겠어요. 그렇게 많지는 않아요.

대충.

아마 하루에 두 권. 평균적으로. 십여 년 동안. 어디 보자. 그럼 얼마죠? 칠천삼백 권. 그게 많은 건가요? 아마 더 되긴 할 건데. 아마 만에 가까울 거예요. 만이라고 하는 게 좋을 것 같네요. 가끔 하루종일 읽곤 해요. 열여덟, 스무 시간씩.

읽은 걸 다 기억하나요?

네. 아니면 왜 읽겠어요?

얼리샤가 아는 걸 키드도 아나요?

아니요. 그럼 선생님이 좀 편해질 텐데 말이죠, 안 그래요?

그럼 키드는 뭐에 관해 이야기를 합니까?

대부분 터무니없는 소리예요. 아주 흥미로운 말을 중간중간 에 끼워넣기도 하죠. 가끔은. 하지만 대개는 선생님이 조현증 이라고 규정할 수도 있는 이야기. 소리 연상. 운 맞추기. 그 가 운데 어느 것도 나 자신의 내면생활의 반영은 아니에요. 묻기 전에 미리 답하자면. 하지만 키드의 개와 조랑말 쇼*를 견디는 건 지치는 일이었어요. 좋게 말해도. 하지만 그게 나를 바꿔놓 았다는 건 확실해요. 주위의 현실이 삐딱해지면 자신도 약간

---

* '요란하지만 시시한 쇼'라는 뜻.

삐딱해지지 않을 수 없잖아요. 그게 파악이 되었을 때는 그걸 어떻게 하기에는 너무 늦었죠. 하지만 그런 일은 어차피 늘 늦기 마련이에요. 어떻게 해볼 수 있었다 해도. 없기는 했지만.

그래서 키드는 어떤 식으로 말하는 거죠? 예를 들어?

우유는 옳게 생각하는 모든 밤의 사람들 사이에서 최고의 음료라는 식으로 말하죠. 또는 어떤 게 진실이라면 지금쯤은 모두가 그걸 알고 있어야 하는 거 아냐? 하고 말할 수도 있고요. 또는 남들이 네 생각을 그렇게 자주 하는 게 아니니까 그 사람들이 너를 어떻게 생각하는지 걱정하지 마, 하고. 또는 혹시 네가 눈치채지 못했을까봐 하는 말이지만 우리는 빛의 피조물이라고 할 수는 없어, 하고. 또는 폭풍 직전이 가장 어두운 시간이야, 하고. 또는 네가 눈을 감으면 내가 사라져? 너는?

키드가 사라졌나요?

네. 나도요.

그게 일반적인 흐름이었습니까?

만일 선생님이 일반적 흐름을 파악하셨다면 나보다 훨씬 나은 거예요. 키드는 과학 이야기를 했지만 대개 엉터리였어요. 인용하기를 좋아했지만 그것도 엉터리로 하곤 했고요. 가끔 악센트를 흉내냈지만 완전히 엉망이었어요. 또는 존재하지 않는다는 걸 내가 뻔히 알고 있는 텍스트에서 어떤 구절을 인용

하기도 했어요. 『축축한 자들과 분노한 자들』이라고 키드가 몇
번 인용한 여성의 성에 관한 책이 있어요. 한번 찾아보세요.
키드는 곧 있을 연예물 이야기를 하곤 했죠. 하지만 한 번도
실현된 적은 없어요. 예스러운 표현이죠.

연예물.

네.

어떤 연예물이죠?

키드가 짜맞추는 거요. 보드빌 연예물. 쇼토콰.* 물론 전혀
공연된 적은 없고. '포킵시의 집시' 같은 거. 또는 '우스터의
루스터'**가 등장하는 '헛간 가금 시사풍자극'. 한 번도 본편이
나오지 않은 예고편. 내가 그 이야기를 꺼내면 키드는 어슬렁
거리면서 물갈퀴를 마구 흔들었어요. 이런 고급 연예물이 손
가락 한 번 튀긴다고 나타날 수는 없는 일이라고 말했죠. 그러
면서 손가락을 튀기려 했지만 물론 손가락이 없었고 그래서
그냥 물갈퀴를 퍼덕거렸어요.

또.

별거 없어요. 마지막에는 횡설수설하곤 했어요. 이런 장광
설에 진짜 자료가 암호화되어 있다고 생각하면 멋질 테지만

---

* 뉴욕 쇼토콰 지역에서 처음 시작된 문화 교육 운동으로 오락과 공연, 강연 등
을 아우르는 프로그램으로 진행되었다.
** '루스터(rooster)'는 '수탉'이라는 뜻이다.

내가 그걸 오래 들어서 아는데 튜링*이라도 그건 풀어내지 못할 거예요. 우리는 처음에는 실제로 민스트럴minstrel 쇼**를 하기도 했어요. 내가 열두 살 때요. 그걸 생리menstrual 쇼라고 발표하더군요. 초경 기념이라면서. 그 모든 게 말할 수 없이 형편없었어요. 그 대부분의 시간 동안 나는 그냥 침대에서 웅크리고 수학 문제를 풀었어요. 고개를 들어보면 모두 가버리고 없는 때도 있었어요, 키드만 빼고. 키드는 여전히 어슬렁거리고 있었죠. 책꽂이에 있는 책들을 훑어보고 추가로 읽을 걸 권해주기도 했어요. 물론 죄다 말도 안 되는 소리였죠. 어떤 건 웃겼고요. 아마 키드에게는 아니었겠지만. 확실히 키드가 웃음을 터뜨리는 건 한 번도 본 적이 없네요. 그냥 그 가짜로 끅하는 소리, 그 소리만 내곤 했죠. 한번은 키드한테 시간을 낭비하고 있다고 말한 적이 있어요. 나는 전사가 되고 싶다고. 정신의 존재가 아니라 육체의 존재. 나는 타고난 고전주의자이지만 나의 영웅은 절대 성자가 아니라 살인자다. 키드는 아주 심각한 표정이더니 바닥 깔개에 곰팡이가 핀 오랫동안 지켜온 요새에 관해서 장광설을 풀어놓더라고요.

키드를 후견인 비슷한 걸로 보게 되었습니까? 이상한 질문

---

* Alan Turing(1912~1954). 영국의 수학자이자 논리학자로, 2차세계대전에서 독일군의 암호를 해독하는 데 크게 기여했다.
** 백인이 흑인으로 분장하고 흑인 가곡 등을 부르는 쇼.

이네요. 내가 봐도.

결국에는 키드를 나에게 남겨진 존재로 보게 되었던 것 같아요. 별로 안심이 되지는 않지만, 안 그래요? 음. 아니야. 안심이 안 돼.

키드 꿈을 꾼 적이 있나요?

키드의 모의 현실이 그가 나의 꿈 풍경에 들어오는 것에 반대할 수도 있지 않겠느냐 하는 의미에서?

비슷합니다. 모의 현실?

다르게 부를 수도 있겠죠.

괴로운 꿈을 꾸나요?

안 괴로운 꿈도 있나요?

꾸나요?

네. 괴로운 꿈을 꿔요.

그 꿈에 관해 생각해본 적이 있습니까?

그럼요. 이 조그만 걸레는 모든 것에 관해 생각하거든요. 그리고 의견도 있고, 잊지 마세요.

내가 무슨 잘못을?

아니요. 그냥 나 혼자.

내가 아픈 데를 건드렸군요.

안 아픈 데도 있나요? 미안합니다. 그냥 우리가 내 꿈생활 이야기를 하려면 처음부터 다시 시작해야 한다는 거였어요.

어쩌면 일어나서 방을 나갔다가 다른 옷을 입고 돌아와야 할지도 모르죠.

뭘 입을 건데요?

속이 비치는 거. 옅고 투명한 파란색일 것 같아요. 선생님은요?

기억납니까? 꿈?

꽤 잘 기억나죠. 잠을 깨우는 꿈 말이에요, 물론.

왜 어떤 꿈은 잠을 깨울까요?

충분히 잤다고 생각하는 거겠죠?

아마 꿈한테서 어떤 이야기를 듣고 있을 겁니다. 하지만 그래서 그걸 어떻게 하라는 말은 못 듣고요, 안 그래요?

꿈이 우리를 깨우는 이유는 기억하라고 말해주려는 거예요. 어쩌면 그걸 어떻게 할 수는 없을지도 모르죠. 어쩌면 문제는 그 공포가 세계에 대한 경고냐 아니면 우리 자신에 대한 경고냐 하는 걸지도 몰라요. 침대에서 벌떡 일어나 앉아 숨을 헐떡거리고 땀을 흘리게 하는 밤세계. 선생님을 깨우는 건 전에 보았던 건가요 아니면 자기 자신의 어떤 모습인가요?

그거 질문입니까?

아니면 진짜 질문은 그저 정신은 왜 아무런 현실성이 없는 것의 현실성을 믿게 하려고 그렇게 애를 쓰는 듯 보이느냐, 하는 것인지도 몰라요.

언젠가 무의식은 우리와 언어로 소통하는 걸 망설인다고 말한 적이 있죠. 역사적 이유에서? 내가 맞게 기억하나요?

네.

그걸 더 설명해주시겠습니까?

별로 그러고 싶지 않은데. 정신과의사들은 직선적인 방법으로 무의식을 다루는 걸 어려워해요. 하지만 무의식은 순수하게 생물적인 시스템이지 마법의 시스템이 아니에요. 그게 생물적인 시스템인 것은 그게 존재하는 데 다른 뭔가가 필요하지 않기 때문이에요. 사람들은 무의식에 관해 이야기할 때 터무니없는 게 어느 정도 끼어들어야만 만족해요. 하지만 그런 건 없어요. 무의식은 그저 동물을 작동시키기 위한 기계일 뿐이에요. 그게 달리 뭐일 수 있겠어요? 우리가 하는 일 대부분은 무의식적인 거예요. 의식적 정신에 잡일을 넘기는 건 위험한 일이죠. 고래와 돌고래는 수면에 올라가는 시간에 맞추어 숨을 쉬어야 해요. 그래서 당연히 처음 수술을 위해 마취를 했을 때 그냥 죽어버렸어요. 그럴 거라고 예측했어야 하는 거였죠. 무의식은 종의 요구에 부응하기 위해 종과 함께 진화하는데 만일 거기에 무서운 점이 있다면 그건 무의식이 가끔 그런 요구를 예상하는 것처럼 보인다는 거예요. 무의식은 기습적인 일을 감당할 여유가 없어요. 그게 다윈을 골치 아프게 한 것 가운데 하나죠. 하지만 영혼 의사들은 이걸 전혀 이해하지 못해요. 뼛속 깊이 데카르트주의자예요.

그럼 어떻게 잡니까?

돌고래요?

네.

꽤 잘 자요, 내 상상으로는. 죄책감 없는 생물, 그게 그들이 거든요.

아니. 내 말은……

한 번에 뇌의 반구만 자요.

그게 사실입니까?

크리놀린*을 입은 그리스도여. 키드라면 그렇게 말했겠네요.

미안합니다. 자다가 바닥에 가라앉지 않나요?

돌고래는 비몽사몽 상태라는 사실을 잊고 계시네요. 그러니까 돌고래의 반은 깨어 있다는 사실을. 생각해볼 만한 흥미로운 점은 깨어 있는 뇌가 잠자는 뇌의 꿈을 아는 게 허용되느냐하는 거예요. 아니면 뇌량腦梁이 밤에는 꺼지는가? 아니면 왜죽어가는 돌고래의 마지막 숨은 자살행위가 아닌가? 사실은 마지막 숨의 다음 숨이지만. 돌고래가 거부하는 숨.

어쩌면 다시 낮세계로 출격하는 게 낫겠습니다.

---

* 과거에 여자들이 치마를 풍성하게 부풀리려고 안에 받쳐 입던 틀.

출격 좋죠.

우리가 형이상학적인 것을 어디에 두었는지 잊어버린 것 같네요.

아마 그게 나을 거예요.

자아에 대한 감각이 환각이라고 생각합니까?

음. 신경 쪽 사람들 사이의 합의는 그렇다는 걸 알고 계실 것 같은데요. 나는 그게 멍청한 질문이라고 생각해요. 일관성 있는 실체가 수많은 별개의 부분들로 이루어져 있다 해서— 일반적으로 말해서—그 실체의 정체성이 훼손되었다고 보지는 않아요. 나도 그게 우리가 스스로를 단일한 존재라고 느끼는 감각을 무시하는 것처럼 보인다는 건 알아요. '나'라는 감각을. 나는 그냥 이렇게 바라보는 건 어리석다고 생각해요. 스스로가 작동하는 방식에 대한 지속적인 인식을 통해 우리가 구성된다면 우리는 작동하지 않을 거예요. 심지어 자아가 정말로 환각이라면 그게 누구에게 환각이냐, 하고 물어볼 수도 있을 거고요. 우리가 정신에 관한 얘기는 잠시 제쳐두기로 한 줄 알았는데요?

타당한 지적입니다. 얼리샤가 할머니 손에서 자란 게 몇 살 때부터? 열둘?

네.

할머니와는 지금 소원해졌나요?

아니요. 당연히 아니죠.

하지만 생각이 다른 부분도 있었죠.

할머니는 나를 어째야 할지 몰랐어요. 그건 할머니 잘못이 아니었어요. 나도 나를 어째야 할지 몰랐으니까. 내가 대학에 가면 할머니가 안도의 숨을 내쉴 거라고 생각했어요. 나는 나 자신의 문제에 너무 몰두해서 할머니의 문제를 보지 못했어요. 할머니는 나를 녹스빌의 버스 정류장까지 태워다주셨죠. 나는 옷가방 하나를 들고 갔는데 대부분 책이었어요. 플랫폼에서 몸을 돌려 할머니를 끌어안으려 했는데 할머니는 울고 있었고 나는 할머니가 겁에 질렸다는 걸 깨달았어요.

겁에 질렸다.

네.

얼리샤 때문에.

나 때문에. 맞아요.

얼리샤는 몇 살이었는데요?

열네 살이었어요.

이 년 뒤에는 대학을 떠났죠.

네. 졸업했어요.

이 년 만에.

거기에 여름학기 두 번. 그건 어렵지 않았어요. 그뒤 박사과정에 합격했지만 짐을 싸서 애리조나주 투손으로 갔어요. 밤에는 바에서 일하고 낮에는 종일 수학을 했어요.

언제 잤어요?

하루에 다섯 시간쯤 잤어요. 네 시간.

바에서 일할 수 있는 나이가 아니었는데요. 심지어 바에 들어갈 수 있는 나이도 아니었을 텐데.

가짜 운전면허증이 있었어요.

키드는 어디 있었나요?

얼마 후에 나타났어요. 나의 작은 악령과 그의 친구들. 오빠가 나한테 차를 줘서 그걸 몰고 산속으로 들어가 개울에 발을 담그고 대수적 위상수학 문제를 공부하곤 했어요. 뇌터의 논문을 읽었는데 그건 아주 명료했어요. 물론 푸앵카레도. 베티군群이 실제로 뭘 의미하는지. 호몰로지군에 대해서도. 하지만 뇌터가 거기에 도달한 방식이 문제였어요. 물론 뇌터는 추상대수학을 그 누구보다 잘 알기는 했지만. 나는 뇌터가 한 일을 해내기 위해서는 우선 그걸 믿어야 한다는 걸 알았어요. 하지만 이번 것은 달라 보였어요. 직관은 깨기 힘든 견과예요. 위상수학의 멋진 점은 작업하는 문제가 다른 어떤 대상에 관한 게 아니라는 거예요. 왜 우리가 그걸 묻고 있는지 그걸 풀다보면 그 안에서 다 설명될 거란 희망을 가질 수 있죠. 우리는 아핀 변환을 따라가요. 정말로 표면을 원하는 방식으로 어떤 식으로든 늘릴 수 있을까요? 그걸 무한까지 늘리면 어떻게 될까요? 폭이 무한히 좁아질 거예요. 극소의 한계에 영원히 접근할 수 있을까요? 수학은 예, 라고 대답할지 모르지만 우리는 그걸 믿지 않죠. 무한 확장은 그냥 다른 것과 비슷하지만 무한 수축은 다른 일군의 문제를 제시하는 것 같아요. 고전적인 이해에서. 우리는 제논의 땅에 들어와 있는 거예요. 다시 시작하고 집중해요.*

무슨 의미인지 하나도 모르겠습니다.

괜찮아요. 이미 있는 골치 아픈 문제에다 위상수학은 수학적 기초가 문제시된다—또는 그 기초자 가운데 몇 명이 믿은 대로, 기초가 전혀 없다—는 생각을 보태면 그다음에는 뭘까요? 위상수학에 그 자체의 논리가 내재해 있다고도 말할 수 있지만 그건 문제가 아닐까요? 수학이 과학이 아니라고 가정한다면 그 자체 말고는 아무런 지시 대상이 필요 없다고 주장할수도 있겠죠. 비트겐슈타인의 말을 듣고 러셀은 수학이 동어반복이라고 믿게 되어 수학을 포기했어요.

그게 사실입니까?

모르겠어요. 러셀은 수학이 그렇다고 말했어요.

그게 얼리샤의 관점일까요?

나는 그 질문에 답을 할 수 있다고 생각하지 않아요. 현재로

---

* 거트루드 스타인이 어니스트 헤밍웨이에게 글에 관해 충고한 말이기도 하다.

서는 아니라고 말해야 할 것 같네요. 하지만 그때쯤 나는 이미 그 건물에서 나왔죠. 그리고 더 깊은 문제는, 우리가 이미 언급했지만, 만일 수학적 작업이 주로 무의식에서 이루어진다면 우리는 여전히 무의식이 그런 일을 어떻게 하는지 아무런 개념조차 못 잡고 있다는 거죠. 내부의 정신이 더하고 빼고 중얼거리고 지우고 다시 시작하는 과정을 그려보려 할 수는 있지만 그렇게 멀리까지 가지는 못할 거예요. 그런데 왜 무의식은 그렇게 자주 옳은 거죠? 그 정신은 누구하고 그 작업을 확인하는 걸까요? 나에게는 문제들에 대한 해법이 어느 순간 그냥 쥐어져 있어요. 난데없이. 혹시 청색 반점*의 작용일까. 그렇다면 그건 모든 걸 기억해야 해요. 아무런 메모도 없이. 무의식은 수를 이용하지 않는다는 불안한 결론을 피하기 어려워요.

그게 어떻게 가능한지 이해 못하겠군요.

사실이 아닐지도 몰라요. 무의식이 그렇게 자주 옳다는 게. 아마도 오직 옳은 답만 전해진다는 게 진실이겠죠. 얼마 전 한 회의에서 우연히 맨해튼 프로젝트의 공식 기록관과 우연히 마주쳤어요. 데이비드 호킨스라는 사람이더군요. 그와 수학 이야기를 했는데 이 주제에 처음 관심을 갖게 된 것이 슈펭글러의 『서구의 몰락』 두번째 장章 때문이라고 하더라고요. 그 장

---

* 청반. 뇌간에 위치한 신경세포핵으로 집중력, 기억, 스트레스 등을 활성화하는 신경전달물질인 노르에피네프린을 분비한다고 알려져 있다.

의 제목은 '수의 의미'예요. 그래서 그 사람한테 슈펭글러의 생각이 뭐냐고 물어봤더니 잘 모르겠다고 하더라고요. 슈펭글러는 산술로서의 수학과 순서 설정으로서의 수학을 구분하려고 열심인 듯하다고요. 나는 그게 기수와 서수에서 아주 잘 확립되었다고 생각했지만 슈펭글러는 다른 어떤 걸 추구하겠거니 짐작했어요. 그래도 그 책을 구해서 첫 장을 읽고 또 여기저기 조금 더 읽어봤어요. 철학자들이 일반적으로 그렇듯이 ─슈펭글러가 철학자라면요─ 가장 흥미로운 건 그 사람의 생각이 아니라 그냥 그의 정신이 작동하는 방식이었어요. 나는 조금 더 읽다가 그만두었지만 그래도 그게 내가 마주친 터무니없는 소리 가운데는 흥미로운 축에 속한다고 생각했어요. 그 사람을 괴짜라고 부를 수 있을 것 같지는 않아요. 아는 게 너무 많아요. 그리고 그 책은 정말 잘 썼어요. 그 사람 글을 쇼펜하우어와 함께 독일 산문의 모범으로 놓을 수도 있을 것 같아요. 슈펭글러는 좀 이상한 말을 몇 마디 해요. 밤의 수학이라나? 그로텐디크도 그 비슷한 말을 할 수 있을 것 같아요. 하지만 그로텐디크는 위대한 수학자죠. 그 사람은 진지하게 받아들여야 해요. 이런 식으로 수학의 의미에 대한 탐구를 이용해 자신이 역사의 의미라고 여기는 것에 대한 방대한 연구를 시작한 것은 현대 철학자들이 당연히 고려할 만한 전략이에요. 비트겐슈타인의 작업 가운데 엄청난 양이 수학을 다루고 있어요. 발표는 거의 하지 않았지만.

슈펭글러가 수학을 압니까?

모르겠어요. 책에서는 수학자가 아무도 언급되지 않아요. 모두 그냥 관념적인 내용이에요. 어떻게 프레게에 대한 언급 없이 수의 의미에 관해 쓸 수 있는지 모르겠어요. 아무리 1917년 인가 19년인가에 나온 책이라 해도.* 하지만 프레게조차 완전 히 기본까지 내려가지는 않아요. 더하고 빼는 건 사실 수학이 아니에요. 그건 자갈 한 자루만 있으면 돼요. 하지만 곱하고 나누는 건 다른 문제죠. 토마토 두 개를 토마토 두 개에 곱하 면 토마토 네 개를 얻는 게 아니에요. 제곱된 토마토 네 개를 얻게 돼요. 따라서 둘이란 뭘까? 음. 독립적인 추상적 수학적 연산자다. 그래? 그게 뭔데? 우리는 몰라요. 우리가 만들어낸 거예요. 혹시 수학 입문에서 이런 거 배운 기억이 나나요?

요점이 뭔지를 모르겠는데요.

알아요. 진짜 쟁점은 십만 년 전 누군가가 로브 같은 걸 걸 치고 앉아서 '거룩한 똥이여' 하고 내뱉었다는 거예요. 말하자 면. 아직 언어가 없었을 테니까요. 하지만 그 사람이 막 이해 한 건 어떤 한 가지가 다른 것이 될 수 있다는 사실이에요. 그 렇게 보이거나 그것에 작용하는 게 아니라. 그게 되는 거. 그

---

* 『서구의 몰락』 첫 권은 1918년에 출간되었다.

걸 나타내는 거. 조약돌은 염소가 될 수 있어요. 소리는 사물이 될 수 있어요. 물을 가리키는 이름이 물이에요. 늘 사용하기 때문에 중요치 않아 보이는 것들이 사실은 문명의 기초를 이루는 개념이에요. 언어, 예술, 수학, 모든 것의. 궁극적으로 세계 자체이고 그 안에 든 모든 거예요.

그리고 그 가운데 가장 위대한 게 수학이라고 받아들이면 되겠네요.

음. 나는 수학자예요.

그래서 신은 수학자입니까?

신은 2 더하기 2를 할 수 없어요. 그가 작업할 때 쓸 수 있는 것은 0과 1뿐이에요. 나머지는 우리가 한 거죠. 크로네커*의 주장에도 불구하고. 이건 잠시 접어둬야 할 것 같네요.

좋습니다. 학교를 나오고 애리조나로 가면서 박사과정을 그만두었나요?

아니요. 지금도 가끔 그쪽에서 연락이 와요.

어떻게 지내는지 알고 싶은가보죠.

어떻게 지내는지 알고 싶은가보죠.

지도교수가 있다는 뜻으로 받아들이겠습니다.

있어요. 그 여자한테서 연락을 받은 적은 없지만.

---

* Leopold Kronecker(1823~1891). 독일의 수학자. "정수는 자비로우신 신이 창조하셨고, 나머지는 인간의 창작물이다"라는 말을 남겼다.

사이가 틀어졌나요?

아니요. 하지만 사실 그 여자를 신뢰하지는 않아요.

왜 그렇죠?

이해하지 못하는 것에 동의하는 걸 보곤 했거든요. 이해하지 못한다는 걸 내가 아는데. 그리고 나 때문에 신경이 곤두섰고요.

그게 얼리샤의 삶에서 반복되는 주제죠?

내 생각에는.

얼리샤의 수학적 삶에서?

그렇지는 않아요. 수학자들은 아주 직선적인 경향이 있어요. 그들 가운데 다수가 위장이라는 관념을 이해조차 못한다고 생각해요. 그들은 이상한 무리이고, 실제보다 더 이상하게 받아들여지죠. 차이틴*은 그가 현실생활과 어떤 연결점이 있기는 하느냐는 질문을 받은 적이 있대요. 신문을 읽는지 알고 싶어했다네요.

작업은 어땠습니까? 투손에서.

망할 운명에 빠진 모든 기획이 가는 길을 대체로 똑같이 걸어갔죠. 점진적인 내리막을 따라 움직이다가 가파르게 떨어졌어요.

---

* Gregory Chaitin(1947~). 미국의 수학자.

그게 좀 실망스러웠다는 걸로 받아들여지네요.

그렇지는 않았어요. 나는 내가 쫓고 있는 게 거기 있다는 걸 알았어요. 수학을 하는 건 집집마다 찾아다니며 물건을 파는 것과 좀 비슷하죠. 거절에 대처하는 법을 배워야 해요. 나는 힐베르트의 문제들을 살펴봤어요. 그걸 풀려는 게 아니라 혹시나 공통점이 있진 않은지 알아보려고. 수학은 넓게 퍼져나가고 있었고 퍼져나가면서 얇아지고 있었어요. 20세기 초 어느 시점에 이르자 마침내 한 사람이 수학의 모든 것을 이해하는 건 불가능한 일이 되어버렸어요. 칸토어가 아마 마지막 보편적 수학자였을 거예요. 그다음은 푸앵카레. 그다음에는 없어요. 어쨌든 내 경력이 끝났을지도 모른다고 생각하던 때가 있었어요. 동시에 나는 한 번도 내 능력에 의문을 가진 적이 없었어요. 나는 내가 아는 가장 훌륭한 수학자였어요.

그래서 어떻게 됐습니까?

수학자들은 수학적 진리가 일종의 이급 현실을 표현한다고 주장하면 발끈하는 경향이 있죠. T.D. 리*는 비非아벨 게이지 이론을 연구하다가 올다발이론이라고 부르는 위상수학과 만났어요. 그런데 두 이론은 같은 거였죠. 그래서 수학자 친구들한테 가서 이걸 설명해달라고 했지만 그들은 무슨 설명이 필

---

* Tsung-Dao Lee(1926~). 중국계 미국인 물리학자.

요한지 이해를 못했어요. 하지만 리는 게이지이론은 물리학 이론이고 따라서 진짜이며 올다발이론은 물리학 이론이 아니고 따라서 진짜가 아니라고 말했어요. 그러자 그들은 화가 나서 아니 아니 아니 이건 진짜야 하고 말했어요. 위상수학은 물리적 예증의 거짓을 드러내는 형태들을 꽤 정확하게 묘사할 수 있어요. 하지만 관념화라고 할 수는 없는데, 그렇게 되면 무엇의 관념화냐 하고 물을 수밖에 없기 때문이에요. 어쨌든 여름이 끝날 무렵 나는 대체로 굴을 파고 들어가 있었어요.

알겠습니다. 그래서 어떻게 됐나요?

동방박사 세 사람이 찾아왔어요.

네?

IHES에서 연구비 지원을 받았고 거기에서 이야기를 나눌 수 있는 세 사람을 만났어요.

프랑스의 그 연구소군요.

맞아요.

그 사람들이 누구였어요?

그로텐디크, 들리뉴, 오스카 자리스키.

왜 그 사람들이었죠?

그 사람들이었기 때문이고, 나였기 때문이에요.

인용한 말처럼 들리네요.

맞아요. 몽테뉴.

얼리샤의 지도교수. 그 여자는 얼리샤······ 뭐라고 해야 할지 모르겠네. 약간 과대 포장되어 있다고 생각했나요?

그런 것 같아요. 물론 그 교수는 IHES 연구원직을 제안받지 못했고요.

그게 아주 명예로운 자리였다고 받아들여도 되겠군요.

네.

그전까지 그로텐디크는 만난 적이 없죠.

네. 편지를 썼더니 논문을 보내라고 해서 보냈어요.

뭐에 대한 논문이었습니까?

위상수학이론에 대한 설명인데 그로텐디크는 아마 그 방향으로는 생각해본 적이 없을 거라고 봤어요. 실제로 그랬고요. 내가 몰랐던 것은 그가 이미 수학을 떠나고 있었다는 사실이었어요. 나는 시간이 많지 않았던 거죠.

괜찮나요?

괜찮아요.

나중에 다시 이야기하는 게 나을까요?

괜찮아요.

다른 이야기를 할 수도 있습니다. 우리가 다소간 건너뛴 이야기는 뭐가 있을까요?

내가 여성이라는 사실.

수학과 관련해서? 또는 영혼 의사들.

어느 쪽이든요.

그럼 의사로 하죠.

여자들은 다른 광기의 역사를 누려요. 마법에서 히스테리에 이르기까지 우리는 그냥 나쁜 소식일 뿐이죠. 우리는 여자들이 정신적으로 불안정하다는 이유로 마녀라는 판결을 받았다는 것은 알지만 똑똑하다는 이유로 돌에 맞아 죽은 여자들의 수는—설사 적다 하더라도—아무도 생각해본 적이 없어요. 내가 결국 지하실 벽의 사슬에 묶이거나 말뚝에서 불에 타지 않은 건 우리 예의의 수준이 높아졌다는 증거가 아니라 회의주의의 수준이 높아졌다는 증거예요. 우리가 지금도 마녀를 믿는다면 지금도 불에 태울 거예요. 전기의자에 묶인 매부리코 노파. 마녀의 전형적인 이미지를 유대인으로 표현하려 했다는 사실은 언급한 사람이 없는 것 같아요. 내가 보기에 회의주의는 괜찮은 것 같아요. 그와 함께 나타나는 것을 견딜 수 있다면. 나는 좋은 대접을 받아 행복하지만 이건 불확실한 일이라는 걸 알아요. 이성이 창조한 이 세계가 마침내 끝장이 난다면 이성도 함께 떠나버릴 거예요. 다시 돌아오는 데는 오랜 시간이 걸리겠죠. 우리의 질문 순서는 어떻게 된 거죠?

나는 그게 그저 장치라고 생각했던 것 같은데요. 이야기를 시작해보려는. 앞장서시지요.

골동품 같은 표현이네요.

앞장서시지요?

네. 환자를 자살로 잃어본 적이 있나요?

네. 한 번.

젊은 여자.

네.

장례식에 갔나요?

이상한 질문이군요. 네. 갔습니다.

어떻던가요?

거의 예상대로였죠. 그보다 나쁘거나. 아무도 나하고 이야기하려 하지 않았습니다.

이야기할 거라고 생각하셨나요?

그래주기를 바랐죠. 나는 그저 내가 옳다고 생각하는 일을 하려고 노력하고 있었으니까요. 하지만 그들의 눈으로도 볼 수 있었죠. 구석에 숨어 있는 불쾌한 인물. 환영받지 못하는 손님. 나는 그렇게 슬픔에 망가진 사람들은 본 적이 없었습니다. 사람들의 감사에는 익숙해지죠. 그걸 당연하게 여기게 됩니다. 고맙습니다 닥터. 그건 그러려니 해요. 하지만 비난은 깊고 오래갑니다. 나는 검은 정장을 입고 한동안 서 있다가 떠났습니다. 계속 얼리샤 순서인가요?

어떤 다른 인생을 생각해본 적이 있나요? 어떤 다른 장소를?

다른 인생이라면 다른 장소가 되어야만 할 것 같은데요. 모르겠습니다. 어쩌면 없을지도. 다른 인생? 어떤 다른 직업?

또는 인생이 없는 거.

그건 얼리샤 얘기겠죠, 내가 아니라.

선생님은 무척 행복하군요.

나는 무척 행복합니다.

나는 어렸을 때 어떤 먼 곳에서 사는 백일몽을 꾸곤 했어요. 늘 어떻게 거기에 갈지 계획을 짜고 있었죠.

가상의 장소였나요 아니면 진짜 장소였나요?

대개 가상의 장소에서 시작하는 것 같아요. 나중에 진지해지면서 진짜 지도를 꺼내게 되죠.

결국 어디에 이르렀습니까?

여기요.

지도에서 스텔라 마리스를 찾지는 않았겠죠.

알아요. 루마니아였어요.

루마니아.

네.

왜요?

우리 집안은 거기에서 왔거든요. 어머니 집안. 보비가 조사해봤어요. 1848년 엘리스섬에 상륙한 그 여자는 열다섯 살이었어요. 자기 어머니와 함께 유럽을 떠났지만 어머니는 도착하지 못했죠. 상륙 명단에 없었어요. 승객 명단에 설명은 없지만 바다에서 죽은 게 분명해요. 이 소녀를 마중나온 사람이 있었을까? 모르겠어요.

그 소녀가 어쩌다 테네시까지 가게 되었을까요? 아니, 그리로 가기는 했나요?

둘 다 모르겠어요. 열여섯 살 무렵에는 이미 결혼을 한 것 같아요. 보비는 유럽에 있던 소녀의 집안에 관해 알아내려 했어요. 우리 집안. 알아낸 건 별로 없어요. 소녀가 빠져나온 유럽은 무한 전쟁을 맹세한 상태였어요. 아시아를 가로질러 러시아 해안의 항구까지 걸어간 유대인 가족들도 있었죠. 옷가방을 들고. 보비가 로열 삼촌한테 우리는 유대인이라고 하자 로열 삼촌은 보비에게 집에서 나가라고 명령했죠.

그래서 나갔습니까?

아니요. 물론 아니죠.

그 또라이 삼촌이군요.

네.

반유대주의자였나요?

반유대주의는 삼촌의 문제 가운데 가장 작은 거예요.

그게 성인가요? 로열?

아니요. 우리 남부에는 그냥 다 이상한 이름이 있어요. 원래는 라울이었을 수도 있어요. 알아요. 로열도 정식 이름이죠.

그리고 물론 스페인식 이름도 많이 써요. 어쨌든 테네시에서는. 카를로스, 와니타. W로 시작하는 와니타Wanita요.

그게 어디서 왔을까요?

멕시코전쟁에서 가져온 거예요. 뜨거운 타말레*와 함께. 어느 날 밤은 내가 있는 침대에 들어왔어요.

삼촌이?

네.

그래서 어떻게 했습니까?

침대에서 나와 문으로 가서 아래층에 대고 할머니를 불렀어요.

그랬더니 삼촌이 어떻게 하던가요?

벌떡 일어나더니 문밖으로 달려갔어요. 사각팬티만 입은 채. 비쩍 말라서.

얼리샤는 몇 살이었습니까?

열세 살이요.

할머니한테 말했나요?

아니요. 할머니는 그것 말고도 문제가 잔뜩이었어요. 나는 다음날 아침에 내려가서 삼촌한테 아직 보비한테 말을 할지 말지 마음을 정하지 못했다고 말했어요. 그랬더니 삼촌은 정

---

* 옥수수 반죽에 다진 고기와 고추 등 여러 재료를 넣어서 만드는 멕시코 요리.

신을 번쩍 차리더군요.

보비한테 말했나요.

하느님, 아니죠. 보비는 삼촌을 죽였을 거예요.

오빠가 얼리샤를 무척 보호하는 쪽이었군요.

네. 무척.

한 번도 얼리샤가 있는 침대에 들어가지 않았나요?

오빠가요? 아니요. 오히려 반대였죠.

그건 사실이 아니죠.

나는 한 번도 오빠가 있는 침대에 들어간 적 없어요.

왜 오빠가 자동차경주를 하게 되었습니까?

그걸 잘했으니까요. 그러다 갑자기 할 수 있는 돈이 생겼으
니까요. 할머니는 그걸 싫어했어요. 그러면서도 스크랩은 다
했어요. 물리학자들은 건강에 위험한 취미를 가지는 경향이
있죠. 많은 사람이 등반가예요. 가끔 예측 가능한 결과가 따르
기도 하고요. 오빠는 영국에 가서 공장에서 포뮬러 투 로터스
를 샀어요.

그게 오빠가 이탈리아에서 사고가 난 차라고 알고 있습니다
만.

넘어가죠.

알겠습니다. 미안합니다. 루마니아.

네.

정말로 거기 가서 살고 싶었나요?

네. 그랬어요.

오빠는 어떡하고요?

음. 그게 계획이었어요.

오빠가 얼리샤와 함께 루마니아에 가서 살 거라고 생각했다고요?

그러기를 바랐어요. 네.

오빠는 뭐라던가요?

자기가 생각하고 있는 건 그게 아니라고 하더군요.

또.

복잡해요.

오빠와 관계는 어땠습니까?

어떻게 생각하세요?

모르겠습니다.

나도 모르겠어요. 우리가 그걸 했냐고 묻는 건가요?

했나요?

아니요.

또?

이 주제에 관해?

네.

사랑은 다름 아닌 정신적 질병일 가능성이 아주 커요.

진지한 발언입니까?

네.

그걸 믿으세요?

아마도. 어쩌면 아닐 수도 있고. 가끔은. 문학은 사랑을 격려해주지 않아요. 경험도 마찬가지고.

지금 오빠를 사랑했다는 이야기를 하고 있는 건가요?

음, 머리 고치는 훌륭한 의사로서 선생님은 아마도 근친상간이 소녀의 마음에 이르는 길이라고 믿을 것 같은데요.

하지만 그건 근친상간이 아니었잖아요.

아니었죠. 그저 갈망일 뿐.

이 이야기는 하고 싶지 않겠군요.

마음의 일은 약간의 비밀을 보장받을 자격이 있죠.

알겠습니다.

나는 테네시주 워트버그에 있으면 안 된다는 걸 알았고 내가 있어야 할 곳이 도대체 어디인지 보비가 찾아냈을 가능성이 있다고 생각했어요. 우리가 있어야 할 곳.

진지했군요.

네. 나는 심지어 문법책도 찾아내 그 나라 언어를 공부하기 시작했어요.

얼리샤의 집안이 그 나라의 어느 지역 출신인지 알고 있었습니까?

아니요. 나는 산속에 살고 싶었어요. 적당한 규모의 타운에서 너무 멀리 떨어지지 않은 곳. 어쩌면 심지어 부쿠레슈티* 근처라도 괜찮았어요. 나에게는 도서관이 필요했거든요. 나는 강 근처에 살면서 카누가 있기를 바랐어요.

카누.

한심하죠, 그죠?

뭐라고 해야 할지 모르겠습니다. 얼마나 오랫동안 그 환상을 품고 있었나요?

지금도 품고 있어요.

그만하고 싶습니까?

미안해요. 아니요. 나는 괜찮아요.

얼리샤는 유럽에서 살았지만 한 번도 루마니아에 들르지 않았죠.

그냥 들르고 싶지는 않았어요. 거기로 가고 싶었어요.

그만하는 게 좋을 것 같은데요.

거래는 거래예요. 히스테리가 약간 생긴다고 계약을 깨서는 안 되죠.

다른 이야기를 할 수도 있습니다.

신발과 배와 봉랍에 관해.**

---

* 루마니아의 수도로 다뉴브강 지류에 위치한다.
** 『거울 나라의 앨리스』에 나오는 시 「바다코끼리와 목수」 중 한 구절.

사전에 이런 이야기를 하겠다고 계획을 세우나요?

왜 누군가 천장에 밀랍을 바르고 싶어하는지* 궁금한 아이가 분명 내가 처음은 아니었을 거예요. 아니요. 그냥 나오는 대로 말해요. 선생님과 마찬가지로.

나는 생각을 좀 합니다. 메모도 좀 하고.

녹음테이프로 뭘 할 계획인가요?

논문을 쓰는 거죠, 모든 게 잘되면. 그건 합의가 되었다고 생각하는데요.

내가 그걸 읽을 필요만 없다면.

이른 나이부터 세상에 관해 이렇게 비관적이었습니까?

사춘기 이전에는 온통 햇빛과 빛만 찬란하다는 뜻?

모르겠습니다.

세상이 도대체 자신을 어떻게 할 생각인지 사람들이 걱정하는 게 잘못이라고 생각하지 않아요. 밖에는 나쁜 소식이 많고 그 가운데 일부는 우리집까지 찾아오죠.

타호호수에 몸을 던지는 거. 그걸 진지하게 생각했습니까?

아주 진지하게요. 그 말이 거기 있나보네요.

언급되어 있습니다. 하지만 얼리샤는 결국 그렇게 안 하기로 했죠.

---

* '봉랍'을 뜻하는 sealing wax를 '천장(ceiling)'에 왁스를 칠한다는 뜻으로 잘못 이해했다는 의미.

네.

왜 마음이 바뀌었습니까?

소녀들은 추운 걸 좋아하지 않아요.

진지하게.

앉아서 생각을 해봤어요.

그 점에는 놀랄 게 없네요.

그 일의 생리학적 측면을 검토해봤어요. 별로 마음이 편해지지가 않더라고요.

그 이야기를 하고 싶습니까?

물론이죠. 젠장 뭐 어때요.

시간이 좀 있으니까.

음. 먼저 이해해야 하는 것은 질식에 따르는 공황은 타고나는 것이라는 점이에요. 그건 뇌만큼 오래된 것이고 어쩔 도리가 없어요. 용기를 그러모아 대처할 수 있다고 생각할지 모르지만 그럴 수 없어요. 모든 이성을 압도해요. 그건 우리나 쥐나 똑같죠. 추락에 대한 공포 또한 근원적인 거지만 떨어지면서 진심으로 이제 죽는구나 하고 생각해본 경험이 있는 등반가들은 보편적으로 차분한 마음과 수용하는 태도를 이야기해요. 왜 그럴까요?

모르겠네요.

결정할 필요가 없기 때문이라는 게 내 생각이에요.

결정.

네. 물에 빠지면 어느 시점에 물속에서 숨을 들이쉬고 죽겠
다는 결정을 해야 해요. 그런 결정을 내가 내리는 건 아니라고
생각할 수도 있지만 사실 숨을 일 초도 더 못 참겠다 하더라도
천분의 일 초는 더 참을 수 있어요. 물론 그건 선택이 아니라
결정이에요. 자신을 죽이겠다는 결정을 내려야 해요. 떨어져
죽는 경우에는 그런 게 없어요. 영화는 그것 또한 올바르게 보
여주지 않죠. 실제로는 발길질하고 비명을 지르는 건 없어요.
우리는 모든 책임을 면제받아요. 우리는 결과와 상관없는 거
죠. 정말로 이런 병적인 대화를 하고 싶으세요?

얼리샤한테 달렸죠.

좋아요. 내 생각은 보트를 빌리자는 거였어요. 나는 호수 위
쪽 소나무숲에 앉아 있었고 물이 믿을 수 없을 정도로 맑다고
생각했고 그게 도움이 되는 요소라는 것을 알 수 있었어요. 정
말이지 흙탕물에 빠져 죽고 싶지는 않잖아요. 그건 사람들이
생각해봐야 할 문제죠. 나는 노를 실은 보트에 앉아 있는 내
모습을 그려보았어요. 어느 시점에 마지막으로 주위를 둘러볼
거예요. 나한테는 철물점에서 산 무거운 가죽 허리띠와 꽤 큰
맹꽁이자물쇠가 있고 나는 허리띠가 버클을 통과한 뒤 두 겹
이 되는 곳으로 닻의 사슬을 통과시켜 몸을 그 사슬에 묶어요.
허리띠를 못 풀게 자물쇠를 딸깍 채우고 열쇠는 뱃전 너머로

던져요. 노를 몇 번 저어 앞으로 좀 나아갈 수도 있죠. 거기 밑바닥에서 열쇠를 찾아 기어다니고 싶지는 않거든요. 마지막으로 한 번 확인한 뒤 닻을 허벅지에 올리고 두 발을 뱃전 너머로 넘긴 다음 배를 뒤로 밀어 영원 속으로 들어가요. 순간의 일이에요. 필생의 일이에요.

하지만 그러지 않았죠.

그러지 않았어요. 무엇보다도 동쪽 호숫가 쪽 물은 약 천육백 피트 깊이에 고통스러울 만큼 차가워요. 따라서 미처 고려하지 못했던 수많은 일이 벌어질 거예요. 물론 고려했다면 거기 가지도 않았겠죠, 애초에. 아니 마지막에. 물속으로 내려가면서 허파는 오그라들기 시작할 거예요. 천 피트에 이르면 테니스공만한 크기가 돼요. 귀가 먹먹해 뚫어보려 하지만 그러면 아파요. 고막은 터질 가능성이 큰데 그럼 정말 아플 거예요. 몸안의 공기를 끌어올려 강제로 유스타키오관을 통해 귀로 들어가게 하는 기술이 있지만 그렇게 할 수 있는 공기가 없을 거예요. 그래서 희미하게 거품을 남기며 아래로 가라앉아요. 산들이 멀어져요. 뒤로 물러가는 해와 페인트를 칠한 보트 바닥. 세상. 심장은 느려지며 틱 틱 희미하게 뛰어요. 어느 정도 깊게 잠기면 완전히 멈출 거예요. 피는 사지말단을 떠나 허파로 고여들어요. 하지만 가장 큰 문제는 이제 막 닥치고 있어요. 호수 바닥에 닿기도 전에 공기가 바닥날 거예요. 육십 파운드짜리 닻으로도—내가 감당할 수 있는 거의 최대치인데—
아주 빠른 속도는 낼 수가 없거든요. 시속 십이 마일로—이건
아주 빠른 거예요—일 분에 천 피트를 가고 있는 중이죠. 스
스로 선택한 상황을 고려할 때 한 번의 숨이 일 분을 버티지
못할 수도 있어. 설사 물에 뛰어들기 전에 빠른 호흡을 했다
해도. 충격과 스트레스와 추위와 공기 공급 감소는 대가를 요
구할 거예요. 어쨌든 바닥까지 족히 이 분은 걸리는 여행이 될
텐데 사실 사 분이나 오 분이 될 가능성이 커요. 호수 바닥에
편하게 앉지도 못하고.

편하게.

그럼요. 적어도 그 염병할 닻은 내려놓을 수 있잖아요.

그 모든 것을 파악하면서 즐거웠나요?

왜 아니겠어요? 문제는 늘 재미있잖아요.

얼리샤가 진담인지 아닌지 내가 늘 잘 구별하지는 못하는
것 같아요.

알아요. 어쨌든 이 시점에 나는 닻을 놓았을 거고 그게 허리
띠에 묶인 채 나를 끌고 뇌가 얼어붙을 듯 차가운 물을 통과해
내려갈 거예요. 제정신을 차리고 있을 가능성은 크지 않지만
사실 그건 중요하지 않아요. 마침내 쥐처럼 몸부림을 치다 포
기하고 물속에서—델 듯이 차가워요—숨을 들이마시면 단순
한 고통을 넘어서는 통증을 경험할 거예요. 어쩌면 그것 때문

에 내가 나 자신에게 저지른 일에 대한 정신적 괴로움은 잊어버릴 수도 있겠죠, 모르겠어요. 추운 겨울날 달리기를 하다 숨을 헐떡거릴 때 허파에서 느껴지는 통증을 기억하시나요. 허파는 공기를 덥힐 겨를도 없을 만큼 빠르게 숨을 들이쉬잖아요. 아프죠. 그 아픔의 몇 배가 될지는 하느님만 아실 거예요. 공기의 열함량과 비교되는 물의 열함량. 그리고 그 고통은 사라지지 않을 거예요. 허파는 들이쉬는 물을 절대 덥힐 수 없기 때문에. 우리는 지금 절대 측정할 수 없는 극심한 고통에 관해 이야기하고 있다고 생각해요. 아무도 말한 적이 없는 고통. 그리고 그것은 영원해요. 나의 영원.

아름다운 봄날 호수 위쪽 숲에 앉아서 얼리샤는 그런 생각을 하는군요.

나는 그런 생각을 해요.

또.

여기에는 아직 미지의 것들이 있어요, 물론. 호수 바닥에는 자갈이 아주 많아 닻이 바닥에 닿았을 때 너울거리는 토사는 없을 거예요. 완전한 적막. 거기 아래 뭐가 있을지는 알 수 없어요. 먼저 간 사람들의 시체들. 있는지도 몰랐던 가족. 수심이 깊어서 물이 맑아도 빛은 아주 희미해요. 차가운 회색의 세계. 아직 검지는 않아요. 생명은 없어요. 유일한 색깔은 내 귀에서 새어나온 피가 물에 남긴 옅은 분홍색 자취. 우리는 구역질 반사에 관해 모르지만 이제 곧 알아낼 참fixing to이에요.

알아낼 참.*

알아낼 참. 일단 허파가 가득차면 잦아들까요? 구역질이? 몰라요. 아무도 말한 적이 없어요. 자율반사는 기침을 해서 물을 내보내려는 거지만 물이 너무 무거워서 그럴 수가 없어요. 물론 어차피 물을 대체할 수 있는 게 없죠, 더 많은 물이라면 몰라도. 그러는 동안 산소 결핍과 질소중독은 내 제정신을 놓고 이미 경쟁을 시작했어요. 나는 허파 안에 대포알 같은 물의 무게를 안은 채 호수의 빙하 같은 바닥에 앉아 있고 가슴속 냉기로 인한 통증은 아마 불로 인한 것과 구분이 되지 않을 거고 괴롭게 구역질을 하는 사이 정신은 흐릿해지기 시작하지만 전적으로 타고난 본능이라 전혀 통제 불가능한 공포의 강철 같은 손아귀에 여전히 사로잡혀 있는데 이제 난데없이 새로운 생각이 떠올라요. 이 유별난 추위 때문에 어쩌면 나는 미지의 시간 동안 살아 있을지 모른다. 어쩌면 몇 시간 동안, 물에 잠겼든 아니든. 당연히 의식을 잃을 거라고 가정하겠지만 이거 아세요? 만일 그렇지 않다면 어쩔 거예요. 조금 전 돌이킬 수 없는 짓을 자신에게 저지르지 말았어야 할 여러 가지 이유가 머릿속에 쌓여가면서 울고 횡설수설하고 지옥에 있게 해달라

---

* fixing to가 미국 남부 이외의 지역에서는 잘 쓰지 않는 표현이라서 되풀이한 듯하다.

고 기도하겠죠. 어쨌든 부드러운 바람 속에서 거기 나무들 사이에 앉아 나는 물속으로 내려가지 않을 것임을 알았어요. 내가 살면서 나쁜 사람이었을지는 모르지만 그렇게까지 나쁘지는 않았거든요. 나는 일어서서 차로 걸어올라가 샌프란시스코로 돌아갔어요.

자살한다는 분명한 목적을 갖고 타호호수까지 차를 몰고 갔던 겁니까?

네.

또.

이제 없어요. 내가 발견한 것을 글로 정리할까 생각했어요. 물에 몸을 던질 결심을 한 사람들은 아마 몇 가지 예상치 못한 끔찍한 일과 맞닥뜨리게 될 것이고 내가 해줄 말이 그들의 마음을 바꿀지도 모른다고 생각했어요.

다른 자살 방법들도 이런 식으로 분석했나요?

그렇지는 않아요. 분석할 게 그렇게 많지 않았거든요. 어떤 것들은 액면만 보아도 그냥 너무 참혹하게 고통스럽죠. 자기 몸에 불을 지르는 거. 예를 들면.

곧 위험한 상태가 될 것 같은 느낌이 드는지 어떤지 말해주지는 않겠죠.

나 자신에게 불을 놓을?

아니요. 나는……

농담이에요.

아.

내가 그런 상태라고 우리가 결론을 내린 줄로 알았는데요. 아니 선생님이 결론을 내린 줄로.

그 시간 동안 오빠는 어디 있었습니까?

이탈리아에.

그러니까 그건 꽤 최근이었군요.

네. 그냥 선생님이 알고 싶은 게 무엇인지 물어보시면 돼요.

많은 경우 얼리샤가 대답하지 않으려 하니까요. 오빠에 관해서는, 특히.

알아요.

자신을 없애기 위한 다른 어떤 계획이 있었습니까?

진지한 계획이요?

어떤 종류든. 좋습니다, 진지한 계획.

나는 늘 내가 발견되고 싶지 않다는 생각을 했어요. 죽었는데 아무도 모른다면 그게 애초에 여기 있지도 않았던 상태에 가장 가까울 거라고. 예를 들어 선미판에 커다란 선외 모터를 단 고무보트를 타고 바다로 나가 기름이 떨어질 때까지 달려가요. 그런 다음 선외 모터에 몸을 묶고 약을 크게 한줌 먹은 다음 보트의 모든 밸브를 아주 조금씩 열고 누워서 자는 거예요. 어쩌면 누비이불과 베개도 필요하겠네요. 고무보트 바닥은 차가울 테니까.

또 차갑군요.

네.

어쨌든, 두어 시간 뒤 보트는 그냥 접히면서 나를 바다 바닥으로 데려가 그후로 영원히 눈에 띄지 않게 하겠죠. 뭐 그런 거.

뭐 그런 거.

그렇죠.

그게 진행중인 연구입니까?

이걸 다 말씀드리지 말았어야 했는데, 그렇죠?

왜요?

선생님을 걱정시킬 뿐이잖아요. 아무 소용 없이.

내가 어쩔 수 있는 게 없다는 뜻.

음. 누가 되었든 무슨 일에든 어쩔 수 있는 게 많지 않다고 생각해요.

그 모든 황량한 관점에도 불구하고 얼리샤는 사실 우울증 진단이 나올 상태로는 보이지 않습니다.

알아요. 이미 말씀하셨죠. 내 잔이 넘치나이다.*

얼리샤의 비관주의가 다른 사람들은 쉽게 다가갈 수 없는

---

* 「시편」 23장 5절.

세계에 대한 이해에 기초하고 있다는 게 얼리샤의 믿음입니까?

저의가 있는 질문인가요?

그런 것 같지 않은데요.

사람들은 일반적으로 세계를 합리적으로 이해한다고 생각해요. 만일 그렇지 않다면 우리는 여기 없을 거라고 생각하고요.

다윈주의자로서 말하자면.

말하자면. 어떤 재능은 환영받지 못해요. 우리의 공동의 과거가 공동의 미래를 보장하려면 우리는 외부자를 기꺼이 제거해야 한다는 생각이 퍼져 있는 것 같아요. 하나씩. 나타날 때마다. 제거하고. 구속하고. 뭐든.

우리가 그 세계에 접근하고 있는 겁니까? 그…… 아카트론의 세계?

모르겠어요. 그렇게 보이지 않는데요. 정말로 모르겠어요.

문 너머에 자리잡고 있는 것. 얼리샤는 그것에 대한 어떤 감각이 있는 게 틀림없는데.

예를 들어 어떤 것? 고약한 바람? 어둠?

아카트론.

아마도. 처음에는 '전제군주'라고 불렀죠. 나는 열두 살이었고 언어의 팬이었어요. 나는 문을 보았고 문의 수호자들을 보앉어요. 그 너머는 볼 수 없었어요.

수호자들이 돌아가라고 경고했나요?

그랬어요.

어떻게 경고했나요?

그들의 차가운 쥐의 눈을 재빨리 움직여서. 나는 내다보는 구멍을 통해 그들을 봤는데 그 구멍은 내가 발견해서는 안 되는 거였어요. 하긴 나는 거기에는 처음 가본 것이었으니까. 그들은 나를 보고 놀랐어요. 어쨌든, 어떤 세계관에 대한 추론이 하나뿐이라고 해서 그게 반드시 가짜인 건 아니에요. 또는 잘못된 것도 아니고. 우리에게 알려지지 않았던 진실 가운데 많은 수가 목격자 단 한 명의 증언을 통해 인간 영역으로 들어왔어요.

어쩌면 사람들이 일반적으로 상당히 어두운 관점을 가지고 있을지도 모른다고 생각하나요? 그걸 그냥 억누르고 있을 뿐이라고?

네. 선생님은 아닌가요?

모르겠습니다.

사람들은 우연보다 운명을 좋아해요. 군인들은 저 바깥에 자기 이름이 적힌 총알이 있다고 정말로 믿어요. 나는 사람들 대부분이 생명의 책*만이 아니라 자기 생명의 책을 믿는다고 생각해요. 운명은 달랠 수 있고 신들에게는 기도할 수 있죠.

하지만 우연은 그냥 그 말 그대로예요.

얼리샤 자신의 생명의 책이 있다고 믿습니까?

내가 그걸 쓰고 있다는 의미에서만. 물론 착각일 수 있어요. 어쨌든, 그건 질문이라고 할 수도 없군요. 다음 목요일 오전 열시에 나는 어딘가에 있을 거예요. 살아 있거나 죽었겠죠. 그 시간 그 장소에 내가 자리잡고 있다는 것은 바위 베도라치처럼 확실해요. 세상 모든 사건의 합계. 나에게는. 나는 다른 어딘가에 있지 않을 거예요. 사전 지식이 없다고 해서 바뀌는 건 없어요.

바위 베도라치?

역시 남부의 말이에요.

스스로 무신론자라고 생각합니까?

하느님, 아니에요. 그건 그리운 옛 시절이죠.

그게 진담인지 아닌지 모르겠네요.

알아요. 나도 그래요. 내가 무슨 말을 할 수 있을까요? 나는 현대적인 소녀예요.

음. 현대적인 소녀 몇 명을 알고 있죠. 얼리샤가 특별히 그 프로필에 맞는다고 말할 수는 없는데. 여기까지만 할까요?

내가 안돼 보이나요? 더 패기 있게 나서보라고 요구하시는

---

* book of life. 구원을 받아 천국에 이르게 되는 신도들의 명단이 적혀 있다는 책.

것 같네요. 난 괜찮아요. 오랫동안 나는 우리가 비난받아 마땅한 엄청난 악들을 저질렀지만 그게 악이라고 상상할 능력이 없을 뿐이라고 의심해왔고 또 우리의 지저분한 역사는 실재의 구조 자체가 품고 있는 형상 같은 것의 창백한 반영에 불과할 가능성이 적어도 존재하기는 한다고 생각해왔어요. 그게 플라톤이 고려하기는 했지만 차마 입 밖에 내지는 못했던 거라고 생각했죠. 선생님 표정을 보니 마침내 광기 배양의 현장을 보신 것 같네요.

열심히 듣는 중입니다. 얼리샤는 아카트론Archatron을 본 적이 없다는 뜻으로 받아들이겠습니다.

그런 게 볼 수 있는 것이라고는 절대 상상하지 못할 것 같아요.

볼 수 있는 것.

네.

보이는 것과는 구별되는.

그가 보이는지 안 보이는지는 모르겠어요. 나는 그를 볼 수 없다는 것만 알 뿐이에요. 그걸.

우리는 전에도 이 이야기를 한 적이 있죠. 또는 이 비슷한 이야기를.

알아요.

카라반은 계속 나아갑니다.* 그건 그냥 일종의 불길한 원형

archetype일 뿐이에요.

옷을 입은 골치 아픈 관념들.

그런데 뭐의 원형일까요.

모르겠어요. 지시 대상의 목록이 꽤 길게 이어질 것 같은데요.

누가 먼저 도착했나요, 아카트론인가요 키드인가요?

큰 녀석이요. 나는 심지어 그가 키드가 나타난 이유일 수도 있다고 생각해요.

키드가 그를 언급한 적이 있나요?

아니요.

오빠와 아카트론에 관해 말한 적이 있습니까?

네. 있어요.

뭐라던가요?

구속복은 사이즈가 하나뿐이지만 확실치는 않고 스몰, 미디엄, 라지가 있을 수도 있으니 찾아봐야 할 것 같다고 했어요.

실제로 그런 말을 하지는 않았죠.

안 했어요. 하지만 걱정했죠. 오빠는 사람들이 스스로 인정하고 싶어하는 것 이상으로 환각을 본다고 생각했어요. 그걸 본다고 해서 꼭 또라이라는 뜻은 아니다. 특히 열두 살이어서

---

* 속담 '개가 짖어도 카라반은 계속 나아간다(the dogs bark, but the caravan goes on)'에서 따온 말.

이미 정의상 또라이라면. 하지만 그래도 걱정을 했고 나중에는 내 세계관이 나의 수학을 감염시킬 수도 있다고 생각했어요. 어딘가에서 그로텐디크는 20세기 수학이 도덕적 나침반을 잃고 있다고 말해요. 보비는 그런 종류의 말이 바보 같다고 생각했지만 그로텐디크가 한 말의 의미를 진짜로 아느냐고 물었더니 모른다고 인정할 수밖에 없었어요. 그로텐디크는 IHES를 떠날 무렵 이미 아주 이상해져서 보비는 그가 나한테 어떤 해로운 영향을 주었을 수도 있다고 생각했고—그건 사실이 아니었지만—그래서 논문 제출을 다시 생각해봐야 한다는 말도 했어요.

얼리샤의 논문을 읽었군요.

각기 다른 초고 셋을 읽었어요, 사실.

오빠가 그걸 이해했나요?

거의. 거기에 무슨 문제가 있는지 이해했어요.

그 문제란?

아무도 그 논문을 이해할 수 없다는 거.

진담이 아니군요.

그 논문의 문제는 위상수학이론의 세 가지 문제를 증명하면서 동시에 그 증명의 기제를 해체하려 든다는 거죠. 이 특정한 증명들이 틀렸음을 보이려는 게 아니라 그런 모든 증명이 스스로 자신의 주장을 무시한다는 걸 보이려고. 그러는 과정에서 수학적 현실이라는 더 흔한 주장을 함께 다루었죠.

수학은 얼리샤에게 미심쩍은 기획이 되었군요.

나는 데이비드 봄을 생각했어요. 봄은 양자역학에 관한 정말 좋은 책을 썼어요―대체로 아인슈타인에게 설득되어 그 이론은 결함이 있다고 반쯤 믿게 되었기 때문이죠. 봄은 자기 생각을 종이에 적고 싶었어요. 책을 완성했을 무렵에는 그 이론을 믿지 않게 되었죠.

얼리샤는 논문을 쓰면서 회의주의자가 된 거네요.

그 과정이 도움이 되진 않았죠.

오빠가 얼리샤의 정신 상태를 걱정했나요?

내가 미쳤다고 생각했냐고요?

됐습니다.

흔히 하는 말로 또라이요 아니면 임상적 의미의 또라이요?

임상적 의미 쪽.

그런 것 같진 않아요. 하지만 오빠는 생각할수록 내가 어쩌면 또라이가 아닐 수도 있다는 걸 더 걱정하게 되었는지도 몰라요.

그 소식이 더 나쁜 것일 수도 있다고?

네.

혹시 얼리샤가 옳으면 어떡하냐는 의미에서.

모르겠어요. 보비는 이 어떤 것에도 행복하지 않았어요. 나는 그 이야기를 하는 걸 그만두었어요. 하지만 그 무렵 오빠는 유리 건너편에 있는 삶의 진실성에 관심이 있는 척하는 걸 완전히 포기하고 그걸 없애는 방법에만 관심이 있었어요. 하지만 그 무렵 나는 내가 그러고 싶은지 그렇게 자신할 수 없었죠. 없애고 싶은지.

왜요.

나는 오빠가 알지 못하는 것을 알고 있었거든요. 세상의 표면 밑에는 억누르기 힘든 참상이 있고 또 늘 있었다는 거. 현실의 핵심에는 깊고 영원한 악령이 있다는 거. 모든 종교가 이걸 이해하고 있죠. 그리고 그건 사라지지 않을 거예요. 또 이 세기에 일어난 그 섬뜩한 분출이 이례적이라거나 그걸로 끝이라고 상상하는 건 그냥 어리석음일 뿐이라는 거.

오빠한테 그 이야기를 했습니까?

네. 했어요.

뭐라던가요?

몸을 기울이더니 내 이마를 손으로 짚었어요. 열이 있는지 확인하려는 것처럼.

그게 사실입니까?

네.

유쾌하지 않았겠군요.

아니요, 유쾌했어요.

오빠는 얼리샤가 박사학위를 받지 못할지도 모른다고 걱정한 게 틀림없군요.

네. 그랬어요.

그걸 실제로 제출했나요?

아니요. 수업을 다 듣지도 않았어요. 나는 집합론이 나를 무법자로 만들었다고 생각해요. 푸앵카레는 그게 질병이라고 말했고, 힐베르트는 낙원이라고 말했어요. 적어도 당시 칸토어의 작업 전반에 그걸 포함시킨다면요. 하지만 저 아래 내려가 진짜 발굴을 하던 사람은 리만이었어요. 리만이 하는 일을 본 수학자 여러 명이 그의 의도가 유클리드의 심장에 말뚝을 박는 것임을 이해했죠.

왜 리만이 그러고 싶었던 건가요?

유클리드가 마음에 들지 않았으니까요. 그의 부인이나 자식이나 개가 마음에 들지 않았죠.

그건 공리와 관련이 있을 것 같네요.

아니요. 현실과 관련이 있어요. 우리는 차원이 없고 따라서 현실도 없는 점에서 시작해 그걸 선으로 확장해요. 무의 확장이 과연 뭔가를 낳을 수 있을까요? 그렇다고 말해야만 해요. 하지만 그렇다는 걸 보여줄 수는 없어요.

리만이 그렇다는 걸 보여주었습니까?

그렇다고 말씀하신다면. 리만의 삼각형이 180도라는 합을 넘는 것은 지구의 곡면이 낳은 결과라는 게 일반적인 가정이에요. 하지만 도형은 추상이에요. 그건 지상에 살지 않아요. 뭐, 우주에 살 수는 있겠네요. 그리고 우주는 휘죠. 네 그래요. 하지만 리만은 그걸 알지 못했어요.

내가 요지를 파악하고 있는지 잘 모르겠네요.

말장난을 하자는 게 아니고, 나는 잘 알아요. 괜찮습니다. 다른 누구도 잘 몰라요. 계속 출격하죠.

어디 있죠? 논문은.

어딘가 매립지에.

정말로요?

정말로요.

하지만 다시 쓸 수는 있죠.

쓸 수 있어요. 하지만 쓰지 않을 거예요.

오빠는 그래도 괜찮다고 생각했나요?

아니요. 속상해했어요.

그 논문이 터무니없다고 말은 했지만.

터무니없다고 말하지 않았어요. 나의 논증은 형태의 영역에서 구조의 영역으로 넘어갔고 거기에서 이 학문 자체를 문제 삼아요.

얼리샤가 추구하던 게 뭐였는지 내가 이해한다고 말할 수는 없겠네요.

알아요. 궁극적으로 그건 형태나 형체의 본성에 관해 질문할 때 우리가 도대체 뭐에 관해 말하고 있는 것이냐 하는 등의 문제까지 내려갔어요. 마지막 절의 제목은 '위광威光'이었어요. 끝에 증명 완료QED는 없었죠.

그게 수학적 용어인가요? 위광?

아니요. 마술 쇼의 세번째 단계를 표현하는 말이에요. 방금 톱으로 반토막난 여자가 걸어나와 관객에게 허리 숙여 인사하는 순간을 묘사해요.

얼리샤의 수학을 마술 쇼에 빗댄 건가요?

네.

하지만 설마 수학이 마법이라고 생각하는 건 아니죠?

이해하지 못하면 마법이라고 생각해요. 더 깊이 공부할수록 마법적인 게 줄어들죠. 그러다가 그걸 절대 이해 못 할 거라는 분명한 느낌이 존재한다는 걸 깨달으면 다시 마법적이 되죠. 대부분은 자기 악마와 타협을 해요. 모두는 아니지만. 융은 일탈적인 정신 상태가 그 자체로 병이라기보다는 더 큰 병을 막는 보호 장치일 수도 있음을 암시하는 사례에 관해 이야기해요. 우리는 죽지 않으면 의식이 절대 무가 되지 않는다는 걸 알아요. 융은 부르크횔츨리에서 혼수상태에 빠진 채로 심각한 병에 걸린 환자를 봤어요. 그러다 마침내 환자가 침대에 일어나 앉아 간호사들한테 이래라저래라 명령하기 시작했어요. 병이 회복될 때까지 이런 일이 계속됐어요. 회복되자 환자는 다시 잠에 빠졌고요. 그뒤로는 영영 깨어나지 않았어요. 나는 이 이야기가 사실인지 아닌지도 몰라요. 아마 사실이겠죠. 이 이야기가 융보다 똑똑하다는 이유 때문에라도. 융은 사실 의대에 들어가려고 누군가를 고용해 수학시험을 대신 보게 했죠. 어쨌든 그 답은 네, 예요. 실제로 나는 보내서 온 거라고 생각해요. 다른 식으로는 정말이지 맞아떨어지지가 않아요.

미안합니다. 무슨 말인지.

키드요.

오. 네. 그럼 누가 보낸 겁니까?

모르죠. 키드 또한 수수께끼니까. 다른 모든 현실에 관한 더 깊은 질문들과 마찬가지로. 또는 수학과 마찬가지로. 그 점에서라면. 형태들은 이름 없는 공허 속에서 방향을 틀고 있으니까. 계산 불가능한 황량한 바다에서 인양한 거니까. 시간이 됐네요.

VI

잘 잤나요.

안녕하세요.

좀 달라 보이네요.

점점 창백해지고. 눈은 흐릿하고. 선생님이야말로 좀 불안해 보이는데요.

운좋게 올 수 있었습니다. 도로가 끔찍하더라고요.

선생님은 자신에 관해 이야기를 많이 하지 않으려고 조심하시네요. 선생님 삶에 관해서. 당의 노선을 그렇게 충실히 따르지 않으셔도 될 것 같은데.

음. 내가 결혼했다는 이야기는 했죠. 같은 여자와 두 번. 애는 둘. 뭘 알고 싶으셨나요?

딸 이름이 뭐죠?

레이철.

예쁜 이름이네요. 슬픈 이름이에요.* 나이가 몇이죠?

아홉입니다.

어떤 아이예요?

슬프진 않아요.

아직은.

그건 좀 이상한 말이라고 생각하지 않나요?

이름은 아이들이 그렇게 되기를 바라고 지어주는 거라고 생각해요. 이름이 돌리였다면 어떻게 될까요? 사려 깊을 거예요.

사려 깊습니다. 네.

키가 크고 날씬하고. 머리는 거무스름하고. 똑똑하고. 고양이를 좋아하고. 남동생한테 딱딱하고. 동생이 다치지 않는 한.

그럼 그 아이가 거기서 맏이겠네요.

서커스에서 한 코너로 그걸 해도 되겠네요.

어쩌면 언젠가 그 아이를 만나게 될지도 모르죠. 여기 온 적 있나요?

아니요. 아닌 것 같은데요. 아니요. 온 적 없습니다.

---

* 성경에 나오는 레이철(라헬)을 염두에 둔 말인 듯하다. 야곱의 아내 라헬은 처음에 자식을 낳지 못해 오랫동안 슬퍼하다가 아들 요셉을 낳았으며 둘째를 출산하다 난산으로 사망했다.

앞장서셔야겠네요.

내 차례라는 뜻?

네.

좋습니다. 전에 누구한테도 말한 적이 없는 것 가운데 나한테 해줄 수 있는 이야기가 뭐 없을까요?

전에 어떤 분석가한테도.

좋습니다. 어떤 분석가한테도.

엄청나게 많죠.

그냥 의미가 좀 있는 걸로. 얼리샤가 생각해왔던 거. 제기해볼까 생각했지만 한 번도 한 적이 없는 문제라든가.

우리에게 시간이 얼마 없다고 생각하시는군요.

모르겠습니다. 그런가요?

몰라요.

꼭 개인적인 것일 필요는 없습니다. 심지어 얼리샤에 관한 것일 필요도 없고요.

그럼 누구에 관한 것이 될까요?

어떤 것이든 좋습니다. 얼리샤가 내린 결론일 수도 있고. 또는 깨달은realized 것일 수도 있고.

깨달은 것.

네.

이상한 표현이군요. 말 그대로 하자면 그건 현실로 만든다는 의미죠.* 내가 방금 엄청난 거짓말을 했다면 어떨까요?

왜 그러겠어요?

그러지 않겠죠. 그래서 했다면 어떨까요, 라고 말했잖아요. 선생님은 내가 말하는 건 뭐든 믿는 경향이 있는 것 같아서요.

내가 지나치게 신뢰하는 쪽인가요? 지나치게 남을 잘 믿는?

아니요. 대체로 옳은 판단을 한다고 생각해요.

계속 앞장서시죠.

나는 길을 떠났어요. 지리적인 길. 두어 달 그냥 나라 여기저기를 운전하며 다녔어요. 트럭 휴게소에서 먹고 샤워하고 잠은 대부분 차에서 잤어요.

수학을 하고 있었습니까?

아니요. 많이 읽기만 했어요. 보이시인가 어디의 어떤 싸구려 호텔에 들어가 그냥 틀어박혀 있었어요. 차는 어느 쇼핑몰 주차장에 세워두고 코일 전선**만 들고 내렸어요.

핵심이 뭐죠?

그게 핵심이에요. 나는 하루에 책을 네다섯 권 읽었어요. 내가 찾던 것 가운데 일부는 완전히 절판되었더라고요. 그래서 대학 신분증을 가짜로 만들어 도서관 카드를 발급받았어요. 사십 년 동안 대출된 적이 없는 책들을 읽었죠.

---

* realize는 real과 ize의 합성어로 '실현하다'라는 뜻도 있다.
** 자동차의 스파크 플러그와 연결되는 시동 코일.

그때 보비는 어디 있었습니까?

모르겠어요. 금화를 현금으로 바꾸며 전국을 돌아다니고 있었을 거예요.

키드는?

가끔 나타났어요. 대개 좀 뚱해서. 때로는 어딘가 호텔방에서 잠을 깨면 어떻게 내가 거기에 왔는지도 잘 몰랐어요. 옷을 입은 채 침대에 누워 있고. 그러면 키드가 방안을 어슬렁거리면서 우리한테 쩐이 별로 없지만 당분간 여기 있을 수 있게 내가 손을 써놓았지, 같은 말을 했죠. 우리는 그냥 눈에 띄지 않게 있기만 하면 돼. 곰곰이 생각하면서. 나는 존 딜린저*가 된 기분이었어요. 뭘 생각해? 무슨 소리를 하는 거야? 그 순간 며칠 동안 목욕을 하지도 먹지도 않았다는 걸 깨달아요. 차가 어디 있는지도 잘 몰라요. 아래층으로 내려가 거리로 나서니 더워요. 아침나절이에요. 모퉁이까지 걸어가자 신문 가판대가 있어서 보니 〈마이애미 헤럴드〉예요. 됐어요. 시작은 한 거죠. 방으로 다시 올라가니 키드는 사라졌어요. 침대로 기어들어가 시트를 뒤집어써요. 아무것도 할 필요가 없어요. 아직 퇴실까지는 몇 시간 남았어요. 아무도 문을 두드리지 않아요. 알고 보니 일주일 치 숙박비를 미리 냈어요. 오후에 나는 밖으로 나

---

* John Dillinger(1903~1934). 미국의 유명한 은행 강도이자 살인범.

갔고 시한이 지난 미터기 앞에 주차되어 있는 내 차와 마주쳤는데 유리창에 딱지가 꽂혀 있어요. 나는 그냥 차를 이 거리에서 저 거리로 옮겼어요. 이 미터기에서 저 미터기로. 이 딱지에서 저 딱지로. 나는 부부가 운영하는 작은 식료품점에 들어가 토마토와 치즈와 다른 물건을 좀 샀어요. 롤빵도 조금. 방으로 돌아갔지만 키드는 진짜로 사라진 것 같았어요. 사실 모든 게 꽤 괜찮았어요. 술 취한 사람들이 새벽에 문을 두드려대는 것 빼고는. 캔자스주 토피카의 어떤 호텔에서 접수대 직원이 내게 직업여성이냐고 단도직입적으로 묻기에 나를 잘 살펴본 다음 내가 꼬시는 년이라면 이런 똥구덩이에서 대체 뭘 하고 있을까, 스스로에게 한번 물어보라고 말해줬어요.

뭐라던가요?

무슨 말인지 알겠네요, 하더라고요.

무슨 일이 일어날 거라고 생각했습니까?

무슨 일이 일어날지 몰랐어요. 결국은 여기에 처박히게 될지도 모른다는 생각이 들었어요. 한번은 여기 주차장에 차를 세우고 차 안에서 잔 적도 있어요. 하지만 아침에 떠났죠.

친구는 없었군요. 어디에서든?

네.

고등학교에서 친구가 없었다고 했죠.

졸업반 때 회장으로 선출됐어요. 하지만 애들은 그냥 어떻

274

게 될지 보고 싶었던 것 같아요.

어떻게 됐습니까?

아무 일도 없었어요. 나는 대학 갈 준비를 하고 있었어요. 어쨌든, 나는 열네 살에 불과했으니까.

오빠한테 얼리샤가 공감각자라는 이야기를 한 적이 있습니까?

네. 오빠가 물어봤어요.

오빠가 물어봤어요?

네.

왜 물어볼 생각을 했을까요?

보비는 아주 똑똑하고 아는 게 많기 때문이죠. 내가 그럴듯한 후보라는 걸 알아본 거예요. 또 공감각적 아이는 다른 애들한테 별종 취급을 받을 걸 알기 때문에 그걸 감추는 일이 많다는 사실도 알고 있었어요.

오빠도 공감각자였나요?

아니요. 아니면 약간. 두어 번 그렇게 볼 만한 사건이 있었지만 그게 오빠 인생의 일부는 아니었어요. 어쨌든, 그뒤로 나는 오빠한테 모든 걸 얘기했어요.

키드 이야기도 했군요.

네. 그런 뒤 여름에 오빠가 집에 돌아와서 여름 내내 머물렀고 그때가 가장 좋은 시절이었어요. 마지막으로 가장 좋았던 시절. 그해 가을에 나는 장학금을 받아 시카고에 갈 예정이었어요. 오빠가 집에 왔고 우리는 데이트를 시작했어요.

데이트를 시작했어요?

달리 뭐라고 불러야 할지 모르겠어요. 우리는 매일 밤 외출했어요.

외출했어요?

오빠는 나를 녹스빌 변두리에 있는 이런저런 홍키통크*에 데려가곤 했어요. 인디언 록. 문라이트 다이너. 나는 헤픈 여자처럼 옷을 입고 엉덩이가 떨어져나가라 춤을 췄어요. 보비는 밴드와 함께 연주했고. 만돌린으로 브레이크다운**을 연주하곤 했어요. 나는 사람들한테 우리가 부부라고 했죠. 싸움을 최소로 줄이려고. 나는 그때를 사랑했어요. 정말로 이 이야기를 듣고 싶으세요?

그런 것 같은데요. 왜요?

약간 지저분해질 수도 있어서.

그때 몇 살이었죠?

열넷. 딱.

그런데 사람들한테 오빠와 둘이 부부라고 했다고요?

사람들은 보비가 오빠인 줄 몰랐어요. 대부분은.

---

* 싸구려 술집이나 카바레.
** 디스코나 록, 특히 블루그래스 음악에 흔히 등장하는 악기 솔로 연주 파트.

그게 오빠한테도 괜찮았습니까?

아마도. 일종의 장난으로 한 일이었으니까요.

정말로 계속 이 이야기를 하고 싶은지 물어봐야 할 것 같군요.

일 실링을 걸더라도 끝까지 갑니다.*

얼리샤에게는 장난이 아니었다고 짐작이 되어서요.

아니었죠.

거기에 보태고 싶은 얘기가 있나요?

그냥 내가 오빠와 결혼하고 싶었다는 거. 아마도 정확하게 짐작하셨겠지만. 나는 늘 그랬어요. 별로 복잡할 거 없어요.

오빠와 결혼하고 싶었다?

오빠와 결혼하고 싶었어요. 네.

무슨 말인지 알겠습니다.

그건 의심스러운데요. 어쨌든, 고양이가 가방에서 나왔네요.**

오빠한테 그 이야기를 했습니까?

네.

오빠와 결혼하고 싶다는 이야기를 했다.

---

* 보통 'in for a penny, in for a pound'의 형태로 쓰이는 말로, 기왕 시작했으면 손해를 감수하더라도 끝을 봐야 한다는 의미이다.
** 비밀이 밝혀지거나 드러났다는 뜻.

네. 나와 결혼해달라고 했어요.

오빠한테 결혼해달라고 했다.

네.

진지했군요.

매우.

뭐라던가요?

술 깨라고 했어요.

술을 마시고 있었나요?

아니요. 나는 술 안 마셔요. 그냥 하는 말일 뿐이에요.

얼리샤는 그것에 아무런 문제가 없다고 생각했습니까?

그게 받아들여질 수 없다는 사실은 정말이지 우리 문제가 아니라고 생각했어요. 나는 오빠가 나를 사랑한다는 걸 알았어요. 오빠는 그냥 두려웠던 거죠. 나는 오래전부터 이게 다가오고 있다는 걸 알고 있었어요. 나는 달리 갈 데가 없었어요. 우리가 달아나야 할 거라는 걸 알았지만 그런 건 아무 상관 없었어요. 나는 차에서 오빠한테 키스했어요. 우리는 두 번 키스했어요, 사실. 처음에는 그냥 아주 가볍게. 오빠는 마치 완전히 순수한 행동이었다는 듯 내 손을 토닥이고 차의 시동을 걸었지만 나는 오빠의 뺨에 손을 대고 고개를 돌려 나를 보게 했고 우리는 다시 키스했는데 이번에는 거기에 순수 따위는 전혀 없었고 오빠는 숨도 쉬지 못했어요. 나도 숨을 쉬지 못했어요. 나는 오빠 어깨에 얼굴을 묻었고 오빠는 우리는 이럴 수 없다고 했어요. 우리가 이럴 수 없다는 걸 알잖아. 나는 그런 건 알지 못한다고 말하고 싶었어요. 말했어야 했는데. 나는 오빠의 뺨에 키스했어요. 나는 오빠의 결심을 믿지 않았지만 내가 틀렸어요. 우리는 다시는 키스하지 않았어요.

얼리샤는 이 문제에 관해 진지하군요.

네.

그 문제의 저녁이 오기 전부터 그 모든 걸 결심하고 있었군요.

문제의 저녁. 네. 오래전부터 알고 있었어요. 나는 오빠한테 기다리는 건 괜찮다고 말했어요. 그런 뒤에 울기 시작했죠. 울음을 멈출 수가 없었어요.

정말로 오빠가 얼리샤와 결혼할 거라고 생각했나요?

네. 했어요. 오빠는 그랬어야 했어요.

그럼 두 사람은, 뭐랄까? 다른 나라에서 살고?

네.

다른 남자를 찾을 수도 있다는 생각은 하지 않았나요?

다른 사람은 없었어요. 절대 없을 거예요. 오빠한테도 없었어요. 보비는 그냥 그걸 아직 몰랐을 뿐이에요.

오빠를 사랑한다는 걸 깨달았을 때 몇 살이었습니까?

아마 열두 살. 어쩌면 더 어렸을 수도. 더 어렸어요. 그 복도에서.

그리고 다시는 돌아보지 않았군요. 흔히 말하듯이.

설명하기가 그리 쉽지 않지만 내가 받아들일 다른 어떤 관점이 없다는 건 나에게 아주 분명했어요. 오빠는 멀리서 학교에 다니고 있었고 나는 오직 오빠가 집에 오는 순간을 위해 살았어요. 크리스마스든 언제든.

그러다 문제의 밤에 오빠에게 모든 이야기를 했군요.

네.

오빠가 그걸 듣고 뭐라고 할지 몰랐습니까?

상관없었어요. 우리는 시작을 해야만 했으니까.

오빠는 얼리샤를 대체로 거부한 듯한데 그럼에도 아무것도 바뀌지 않았나요?

네. 나는 내가 도대체 누구와 결혼해야 한다고 생각하느냐고 물었고 물론 오빠에게는 답이 없었죠. 계속 내가 열네 살이라는 말만 해서 나는 말도 안 되는 소리를 하는 사람은 오빠라고, 내가 아니라고 말했어요. 우리 가운데 하나가 죽으면 어쩔거냐? 누가 영원을 갖고 있느냐?

오빠는 몇 살이었죠?

스물하나요.

여자친구가 없었습니까?

시도는 했어요. 하지만 어떤 성과도 없었죠. 나는 질투하지 않았어요. 오빠가 다른 여자애들을 보기를 바랐어요. 자기 상황의 진실을 보기를 바랐죠.

오빠가 얼리샤를 사랑하고 있다는.

네. 내가 뼈 중의 뼈*라는. 정말 안됐죠. 우리는 지상의 마지막 인간들 같았어요. 우리는 발밑에 있는 수백만 죽은 자들의 믿음과 관행을 따르는 쪽을 택할 수도 있었고 다시 시작할 수도 있었어요. 오빠가 정말로 그걸 고민할 필요가 있었을까요? 왜 나에게 아무도 없어야 할까요? 왜 오빠에게는? 나는 오빠한테 나에게 사랑할 또 나를 사랑해줄 사람이 아무도 없다면 내 마음에 정의가 있는지 알 방법조차 없을 거라고 말했어요. 아무런 반향도 없는데 진실이 자기한테 있다고 믿을 수는 없잖아. 자기 가치를 어디에 비춰 보겠어? 또 죽으면 누가 대신해서 말해줄 건데?

미안합니다. 울게 할 생각은 아니었어요.

그럴 생각이 아니셨죠.

그만할까요?

아니요.

또.

오빠의 아이를 갖고 싶다고 말했어요.

---

* 아담이 자기 갈비뼈로 창조된 이브를 보고 한 말. 「창세기」 2장 23절.

오빠한테 오빠의 아이를 갖고 싶다고 말했다.

그런데요. 마치 내 말의 공포와 광기를 뚜렷하게 드러내려는 것처럼 나한테 그렇게 되풀이해 말해봐야 소용없어요. 선생님은 내가 보는 세상을 보지 못해요. 이 눈을 통해 보지 못한다고요. 절대 못 볼 거예요.

그건 사실인 게 분명합니다.

나는 오빠한테 오빠를 사랑하고 늘 사랑했고 죽는 날까지 사랑할 것이고 오빠가 나의 오빠인 것은 내 잘못이 아니라고 말했어요. 그건 그냥 불운 한 조각으로 치부할 수도 있어. 나는 오빠한테 물러나야 한다고 말했어요.

물러나요?

네. 오빠의 자리에서 물러나라고.

어떻게 그럽니까?

모르겠어요. 제자리에서 세 바퀴 돌고 이 피의 유대는 무효라고 말하는 거죠.

그런 다음 얼리샤와 결혼하고.

그런 다음 나와 결혼하고. 네. 사실들은 그보다 좀더 원초적이었다고 말할 수 있지만.

오빠와 섹스를 하고 싶었다는 뜻?

그런 뜻.

근친상간의 낙인은 얼리샤에게는 아무런 의미가 없었군요.

내가 무슨 말을 하기를 바라세요? 내가 나쁜 여자애라고? 나에게 웨스터마크*가 누구이고 웨스터마크에게 내가 누구인지? 나는 오빠와 그걸 하고 싶었어요. 늘 그랬어요. 지금도 그래요. 세상에는 더 나쁜 것들도 있어요.

그게 오빠에게는 고문 비슷한 거라는 게 분명히 보였을 텐데요.

알아요. 나는 그저 오빠가 정신을 차리기를 바랐어요. 자신이 늘 알던 걸 불현듯 이해하게 되기를. 아마 충격을 주어 자족적인 상태에서 벗어나게 하려는 생각이었던 것 같아요. 나는 오빠 손을 잡곤 했어요. 집으로 차를 몰고 올 때 오빠에게 바싹 다가가 앉고 머리를 어깨에 기댔어요. 수치감은 없었던 것 같지만 사실 수치는 정말로 내 관심사가 아니었어요. 나는 나에게 오직 한 번의 기회와 하나의 사랑밖에 없다는 걸 알았어요. 또 오빠의 감정에 관해서도 틀리지 않았죠. 오빠가 나를 바라보는 눈길을 봤거든요.

확신했군요.

네. 봄방학 때 우리는 애리조나주 파타고니아에 가서 그곳의 여관에 묵었는데 나는 잘 수가 없어서 오빠 방으로 가서 침대에 앉았고 오빠가 나를 끌어안고 키스해줄 거라고 생각했지

---

* Edvard Westermarck(1862~1939). 핀란드의 철학자이자 인류학자. 근친상간 회피를 심리학적으로 설명했다.

만 오빠는 그러지 않았어요. 그날 밤에야 욕정이 최악의 상태에 이르면 고뇌에 가까운 것이 될 수 있다는 걸 알았어요. 저녁식사 때 뭔가 바뀌었다고 생각했지만 바뀐 건 없었어요. 나는 만일 내가 죽으면 오빠가 그게 자기 잘못이라고 생각할 게 걱정되었고 그 걱정은 그후로 한 번도 나를 떠나지 않았어요. 언젠가 한 친구가 절대 이루어질 수 없는 사랑을 선택하는 사람들은 절대 꺼지지 않는 분노에 쫓기기 마련이라고 말한 적이 있어요.

얼리샤는 분노했나요?

모르겠어요. 내가 아는 건 인간의 모든 슬픔은 불의에 근거를 두고 있다는 게 설득력 있는 주장이 될 수 있다는 사실이에요. 그리고 슬픔은 분노를 쏟아낸 뒤 그게 무력하다는 것을 알게 되었을 때 남는 감정이라는 것도.

차 좀 마실까요?

그게 그렇게 나쁜가요?

나한테 시간을 좀 주시죠.

천천히 하세요. 선생님 메모를 보고 있을게요.

*

괜찮습니까?

네.

알겠습니다. 얼리샤가 아무것도 소유하지 않는다는 사실.

네.

자신에게서 모든 걸 박탈하는 게 죽음을 준비하는 한 방법일 수도 있을까요?

죽음을 준비하는 어떤 방법이 있다고 생각하지 않아요. 스스로 만들어내야죠. 죽는 것에 유능하다고 해도 아무런 진화적 이점이 없거든요. 그걸 누구에게 남기겠어요? 우리가 다루고 있는 건—시간은—펴서 늘릴 수가 없어요. 다만 그걸 많이 품을수록 그 가운데 가질 수 있는 게 적어질 뿐. 존재라는 술은 땅바닥으로 새어나가고 있어요. 서둘러야 해요. 하지만 서두르는 것 자체가 우리가 보전하고 싶은 걸 소비하는 거예요. 그걸 다루라고 여기에 보내진 건데 바로 그 일을 할 수가 없는 거죠. 너무 어려워요.

반대 의견 없습니다. 그렇게 생각해요. 나는 아마 그렇게 정교하게 말하지는 못하겠지만. 또는 말하지 않겠지만.

정교하게. 그게 히스테리를 가리키는 암호인가요?

아니요. 얼리샤는 오빠가 자동차경주를 하는 걸 죽음에 대한 소망으로 보지 않는다고 알고 있는데요.

네. 나는 터무니없는 소리를 좋아하지 않아요.

많은 물리학자가 등반을 한다고 말했죠.

네. 하지만 오빠한테는 등반이 별 효과가 없었을 거예요.

왜 그렇죠?

오빠는 높은 곳을 무서워하지 않았거든요. 따라서 효과가 없을 거예요.

그럼 뭘 두려워했죠?

깊은 곳.

차를 빨리 모는 걸 무서워했나요?

차를 빨리 모는 걸 무서워한 경주 선수는 만나본 적이 없네요. 그들 모두 사고는 남의 이야기라고 생각해요. 경주의 세계에는 빨리 가서 죽는 게 아니라 빨리 멈추어서 죽는다는 의미의 격언이 있죠. 아무도 그 이야기를 하지 않지만 그건 늘 거기 있어요. 니나 린트가 이 년 전 몬차에서 찍은 사진이 있어요. 아름다운 옷을 입고 경주 코스를 내다보며 앉아 있죠. 남편이 막 죽었지만 이 여자는 아직 그걸 몰라요.* 보비하고 나는 제네바에서 그들의 집에 가봤어요. 거실 벽에는 포뮬러 투 경주용 차가 머리를 내리고 매달려 있었죠. 그 여자는 모델이었고 아주 아름다웠어요. 부유한 핀란드계 집안 출신이었고요. 그들은 서로 무척 사랑했어요, 그녀와 요헨은. 나는 무척 질투가 났어요. 바보 같은 나. 우리가 유일하게 중요한 방식으

---

* 니나 린트의 남편 요헨 린트는 독일 태생의 카레이서로, 1970년 이탈리아 그랑프리 연습 주행중 사고로 사망했다.

로 엮인 자매가 될 거라는 걸 몰랐던 거예요.

얼리샤는 보비와 관련된 부분에서는 수치가 없었다고 했죠. 얼마나 수치가 없었나요?

얼마나 큰 색욕에 대비를 하고 계시나요?

모르겠습니다. 이게 얼마나 색욕적이 될지 몰라서요.

보비에게 내가 꾼 꿈 이야기를 해주었어요.

꿈.

네.

내밀한.

네.

반응이 어땠습니까?

선생님이 예상할 수 있는 정도.

경악했군요.

그럴 만했죠. 내 생각에는.

특별히 생생했군요.

아주 생생했어요.

오빠가 나오는 그런 꿈을 자주 꾸었나요?

아니요. 대부분은 그냥 우리가 함께 있는 꿈을 꾸었어요. 함께 사는. 우리가 결혼해 살고 있는 꿈을 꾸었어요. 지금은 그렇게 많이 꾸지 않아요. 그렇게 많이는. 슬프다고 생각하시나요? 나는 아닌 것 같아요.

그걸 어떻게 봐야 할지 모르겠는데요.

우리는 숲속 오두막에 있었어요. 어쩌면 아버지가 살던 오두막과 좀 비슷했는지 모르지만 그건 호숫가에 있었어요. 이건 여기 위스콘신에 있었을지도 모른다고 생각해요. 그해 가을이었고 벽난로에는 불이 피어올랐고 땅바닥에는 눈이 있었을지도 몰라요. 확실치 않아요. 커다란 돌난로였는데 침실에서 난로의 불이 깜빡거리는 걸 볼 수 있었고 집안 어디에나 촛불이 있었어요.

그게 언제였나요?

이 년 전이요. 이야기를 할까요 말까요?

하시죠.

어디에나 촛불이 있었고 우리는 벌거벗고 있었는데 보비는 내 다리 사이에서 고개를 들고 나를 보며 미소를 지었고 촛불 빛 속 보비의 얼굴은 소녀의 즙으로 온통 빛났고 그 순간 나는 깨어났어요. 오르가슴 때문에 잠이 깼어요.

오빠한테 그 이야기를 했나요?

네.

뭐라던가요.

이랬어요. 너는 나한테 그런 식으로 말할 수 없어, 그랬어요. 다시는 나한테 그런 식으로 말하면 안 돼.

그래서?

그래서 뭐요?

얼리샤는 뭐라고 했어요?

안 하겠다고 했어요. 그리고 안 했어요.

그에 관한 얼리샤의 감정은 뭐였나요?

꿈에 관한?

네.

아쉬움.

오빠한테 말해서 마음이 편치 않았습니까?

아니요. 그게 꿈이라서 마음이 편치 않았어요. 그게 다예요.
피곤하네요.

알겠습니다. 수요일에 보게 되나요?

모르겠어요. 네. 보게 될 거예요.

VII

어떻게 지냅니까?

괜찮아요.

그 스웨터는 처음 보네요.

임시 대체품*이에요.

코트는 없죠, 그렇죠?

아무데도 안 가는데요 뭐.

하나 가져올 수 있는데.

좋아요. 갈로시**는 안 될까요?

왜 안 되겠어요? 머리는 어떻게 된 겁니까?

---

* 원래 물건을 수리하는 동안 빌려주는 것.
** 신발 위에 신는 방수용 고무 덧신.

레너드가 좀 쳐냈어요.

뭐로 자른 거죠?

그렇게 형편없어요?

가위가 어디서 났는지 궁금할 뿐입니다.

말할 수 없어요.

좋습니다. 지난 면담을 다시 들어봤어요.

어땠나요.

환자가 어떤 내밀한 것을 털어놓을 때—상담자는 새로운 수준의 신뢰를 얻었다고 생각하고 싶을지 몰라도 실상은 전혀 그게 아닐 수도 있다는 생각이 들었습니다.

그럼 그게 대체 무엇일 수 있을까요? 선생님 생각에는.

더 사적이라고 생각되는 다른 어떤 내밀함이 치료중에 드러날지 모른다는 위험을 느껴서 환자가 두려워하는 것일 수도 있죠. 더 내밀한 걸 상상하기 힘들 수 있다는 점은 인정하지만.

선생님에게 진짜로 알리고 싶지 않은 어떤 걸 감추기 위해 선생님에게 알리고 싶지 않은 다른 어떤 걸 말한다.

그런 거죠.

머리 고치는 의사 냄새가 좀 나는데요.

압니다. 사실 내가 말한 적이 있는 어떤 것과 비슷하게 들리죠.

어쨌든, 환자의 그런 기만을 들춰낸 지금 환자가 다른 어떤 끔찍한 걸 감추고 있다고 생각하시나요?

모르겠습니다. 뭘 갖고 있습니까?

〈위험한 질주〉의 말런 브랜도.

네?

방금 선생님이 말한 게 그 사람 대사였어요. 어쨌든, 내가 왜 말하겠어요? 그게 그 교묘한 작전의 핵심 아닌가요?

지금도 오빠와 친밀한 관계를 맺는 걸 상상하나요?

오빠는 죽었어요.

안된 일입니다. 그래서 IHES를 떠난 건가요? 음. 네. 물론이 겠죠. 내 생각에는. 아마 내가 묻고 싶었던 건 돌아갈 작정이 냐 하는 것인 듯합니다.

아니요.

독일어는 어디에서 배웠죠?

독일에서요.

어색하지 않게 말하는군요.

어떻게 아세요?

적어도 내 귀에는. 우리 할머니가 독일어를 했거든요. 독일 어와 이디시어.

나한테 관심이 있는 독일 자동차경주 선수가 있었어요.

그 사람과 사귀었습니까?

아니요. 하지만 보비는 그걸 몰랐어요. 난 오빠가 상관할 일이 아니라고 말했죠. 자신이 얼마나 가짜인지 보기를 바랐을 뿐이에요.

오빠가 질투했군요.

내 말이 그 말이에요.

독일은 마음에 들던가요?

네. 놀랐어요. 나는 내가 다른 어느 언어보다 독일어를 열심히 공부했다고 생각해요. 색깔로 표시를 해놓은 공책이 열 권쯤 돼요. 관사는 까다롭죠. 또 독일은 아주 격식을 차리는 사회예요. 말과 행동을 기록하는 수첩에 일지를 작성했죠.

그때 친구는 연구소를 떠나고 없었죠. 맞나요?

네.

하지만 그게 얼리샤가 수학을 그만두기로 결심한 이유는 아니죠.

아니에요. 어차피 그만두었을 거예요.

그럼나요?

죽은 사람을 그리워하는 것과 같아요. 돌아오지 않죠. 오래된 근본적 쟁점들은 아마 계속 내 꿈을 괴롭힐 거예요. 또 계산의 세계 자체가 그리울 때가 있어요. 문제를 푸는 거. 며칠 내내 노력을 한 끝에 모든 게 갑자기 제자리를 찾으면 꼭 사라졌던 동물이 비를 뚫고 안으로 들어오는 기분이에요. 생각이,

너 거기 있었구나, 하고 말하죠. 내가 얼마나 걱정했다고, 하고 말해요. 굳이 작업을 검토해보지도 않아요. 그냥 알아요. 지금 보고 있는 게 맞는다는 걸. 즐거운 일이에요.

몸을 칼로 그은 적이 있습니까?

몸을 칼로 그은 적이 있느냐.

네.

정말로 격자무늬 토끼를 데려가시는군요.* 그거 아셨어요?

아니요. 얼리샤의 자살 환상. 그걸 어디까지 이야기했죠?

안다 해도 말해주지 않을 거예요.

얼리샤가 죄책감을 느끼는 게 뭡니까?

태어났다는 걸 제외하고 말이겠죠.

제외하고. 네.

무엇보다 먼저 나는 사람들이 죄책감 때문에 자살로 내몰린다는 이야기를 진지하게 의심한다고 말해야겠네요. 우리가 언제 그렇게 고결했죠?

키드에게 작별인사를 했을 때.

네.

키드는 얼리샤가 자기를 보고 싶어할지 알고 싶어했죠.

네.

---

* 아주 이상하다는 뜻.

얼리샤는 뭐라고 했습니까?

뭐라고 할지 몰랐어요. 슬픔 때문에 숨이 막혔어요. 그건 내가 예상하던 게 아니었죠.

하지만 키드를 다시 볼 일은 없겠죠.

네.

어떻게 그렇게 자신할 수 있는지 묻고 싶지는 않습니다. 몇 년이 된 거죠?

팔 년. 오그도드.

오그도드?

그노시스*식 햇수.

키드가 대표하는 게 뭔지 분명한 느낌은 없죠.

키드는 자신을 대표해요. 그는 그 자신의 존재예요, 나의 존재가 아니라. 사실 그게 내가 알게 된 전부예요. 내 말을 어떻게 해석하는 쪽을 택하시든. 키드를 죽이고 싶어하지 않는 상담자는 만난 적이 없어요.

끝에 가서는 사실 키드를 좋아했군요.

키드는 작고 연약하고 용감해요. 환영幻影의 내면의 삶이란 뭘까요? 키드의 생각과 질문이 키드 자신에게서 유래할까요? 내 생각과 질문은 나에게서 유래하나요? 키드가 나의 창조물

---

* 1세기 후반 유대교와 초기 기독교가 결합되며 만들어진 신비주의적 사상 체계. 숫자 8이 중요한 지위를 갖는다.

일까요? 내가 키드의 창조물일까요? 나는 키드가 팔에 달린 그 작은 노로 만족하며 견디는 걸 봤고 내가 그런 자신을 보는 걸 부끄러워하는 모습을 봤어요. 키드가 말하는 방식, 그 끝없는 어슬렁거림. 그게 내 작품일까요? 나한테는 그런 재능이 없어요. 나는 선생님 질문에 답할 수 없어요. 질문을 막으려고 보초를 서는 트롤이나 악령의 전승은 언어만큼이나 오래된 게 분명해요. 그럼에도, 어쩌면 친구란 만질 수 있는 사람이어야만 하는지도 모르겠어요. 모르겠어요. 나는 이제는 현실에 대한 의견이 없어요. 전에는 있었어요. 지금은 없어요. 세상의 첫번째 규칙은 모든 게 영원히 사라진다는 거예요. 그것을 받아들이기를 거부하는 만큼 우리는 환상 속에 살고 있는 거예요.

ICP*에는 들어간 적이 있나요? 기록이 없는데.

아니요. 하지만 아마도 나는 그곳으로 향하고 있겠죠. 내 수다스러운 입과 함께.

그냥 내가 얼리샤를 책임져야 한다는 얘기일 뿐이에요. 사실 그걸로 달라지는 건 아무것도 없을 겁니다. 그냥 얼리샤에게 무슨 일이 일어나는지 내가 볼 수 있는 더 좋은 기회가 생길지도 모른다는 거죠.

적어도 약간의 프라이버시는 갖고 싶어요. 어디를 가나 돌

---

* 정신과 집중 치료 프로그램을 뜻하는 Intensive Care Program/Psychiatry의 약자로 보인다.

보는 사람이 따라다녀요. 샤워하는 것도 지켜봐요. 서서 뭘 입지도 못해요. 미스 설리너스*를 그리라면 그릴 수도 있다고 자신해요.

생각해보겠습니다.

다시 약을 먹으면 어떻게 될까요.

먹을 겁니까?

아니요.

몇 가지를 검토해볼 수 있습니다.

진단도 하지 못했는데 처방할 준비는 되었군요.

그런데 왜 약 이야기를 꺼냈습니까?

선생님이 어떤 약을 내놓을까 보고 싶었을 뿐이에요. 물론 리튬은 특허를 낼 수 없기 때문에 늘 마지막에 나오죠. 그런 걸로는 한 푼도 만지지 못해요. 그게 아니면 이름 자체가 아주 멋진 약들이 있죠. 디파고키. 세로퀄. 리스퍼달. 예수여. 누가 이런 똥 같은 걸 지어내는 건가요?

이 모든 게 제약업계의 음모라고 믿는군요.

아니요. 사실 그렇지 않아요. 왜 내가 선생님 꽁무니를 쫓아다니며 괴롭히겠어요? 꿈은 연약해요. 약으로 꿈이 생기게 할 수 있다면 다시 약으로 꿈을 내보내지 못할 이유가 없죠.

---

* Surlynurse. '음침한 간호사'라는 뜻.

이게 상담자들이 묘사한 얼리샤의 까다로운 면인가요?

정신 질환자한테 뭘 기대했는지 그 사람들한테 물어보실 수 있을 것 같은데요. 어쨌든, 결국 나는 환자도 아니었어요. 하지만 그 사람들은 여전히 까다로운 의사였죠.

그 사람들을 더 혼란에 빠뜨리려고 관련 문헌을 공부했죠.

나는 아무것도 공부하지 않았어요. 공부할 게 뭐가 있어요? 그들이 자기 분야의 학설에 의해 혼란에 빠질 사람들이라면 이미 그렇게 된 상태 아니었을까요?

나쁜 꿈에서 깨어나는 이야기를 한 적이 있습니다. 진짜 괴로운 걸 본 적이 있나요?

나는 괴물은 본 적이 없어요. 자기 머리를 손에 들고 돌아다니는 생물들. 나는 늘 최악은 재현을 넘어선다고 느꼈어요. 그들을 닮은 뭔가를 조립할 수는 없었어요. 부품을 갖고 있지 않았으니까.

그게 늘 거기 있던 겁니까?

아니요. 또 가끔은 모든 게 그냥 사라지기도 했어요. 지금도 그래요. 가끔 겨울에 어둠 속에서 잠을 깨면 공포의 기미를 보이던 모든 게 밤 동안 누가 걷어올린 듯 슬그머니 사라지고 눈이 바람에 실려와 창을 두드리는 그곳에 나는 그냥 누워 있곤 했어요. 램프를 켜는 게 좋을지 모르겠다고 생각했지만 그냥 거기 누워 고요에 귀를 기울였죠. 고요 속의 바람. 지금도 더

러워진 잠옷을 입고 복도의 들것에 누워 벽을 바라보고 있는 환자들을 보면서 인간의 의미가 뭔지 자문할 때가 있어요. 그 인간에 나도 포함되는가, 하고 묻곤 했죠.

포함되기를 바랐습니까?

정말이지 포함되기를 바랐어요. 단지 입장료를 낼 마음이 없었을 뿐이에요. 상태가 좀 괜찮은 날이면 심지어 우리가 똑같은 피조물이라는 걸 인정할 수도 있었어요. 많은 게 같고 조금 다르다. 있을 법하지 않은 똑같은 형태들. 팔꿈치. 두개골. 영혼의 잔재.

그런 감정을 듣게 되다니 놀랍군요.

정신병은 동물에게는 생기지 않는 것 같아요. 왜 그렇다고 생각하세요?

모르겠습니다. 하지만 얼리샤에게는 뭔가 생각이 있을 거라 짐작이 되네요.

왜 그렇게 짐작하세요?

얼리샤가 그 질문을 던졌으니까. 꼭 변호사 같네요.

답을 모르는 질문은 던지지 않는다는 점에서.

네. 어쨌든, 광견병에 걸린 개는 어떨까요?

광견병은 정신병이 아니에요. 그건 뇌의 질병이에요.

흥미로운 구분이군요. 좋습니다, 왜죠? 동물은 똑똑하지 못해서인가요?

그건 아니라고 생각해요. 고래목은 아주 똑똑하지만 광기에 시달리는 것 같지 않아요. 미치려면 언어가 있어야 하는 것 같아요.

그래야만 머릿속에서 목소리를 들을 수 있을 테니까.

왜인지는 잘 모르겠어요. 하지만 언어의 도래가 어떤 것이었는지 이해해야 해요. 뇌는 언어 없이도 수백만 년 동안 아주 잘해왔어요. 언어의 도래는 마치 기생적 시스템의 습격 같았어요. 뇌 가운데 가장 사용되지 않던 구역을 접수했죠. 징발하기 가장 쉬운 구역.

기생적 습격.

네.

진담이군요.

네. 살아 있는 시스템에서 내적 지휘 체제는 산소와 수소만큼이나 생존에 필수적이에요. 어떤 시스템의 관리 체계는 시스템 자체와 같이 나이를 먹어가며 진화해요. 눈을 깜박이는 것에서부터 기침과 목숨을 구하기 위해 달아나겠다는 결정에 이르기까지 모든 게. 언어를 제외한 모든 기능은 똑같은 역사를 갖고 있어요. 하지만 언어는 자신의 구축에 필요한 진화 규칙만 따라요. 눈 깜빡할 시간밖에 걸리지 않는 과정. 언어는 그 특별한 쓸모 때문에 하룻밤새에 퍼지는 전염병이 되었어요. 언어는 거의 순식간에 인류의 가장 외떨어지고 후미진 부분까지 퍼졌던 것 같아요. 어떤 집단의 독자성을 유지해주었던 고립도 이 침략에는 전혀 보호막이 되지 못했던 듯하고 또 언어의 형식과 그게 뇌에서 정착할 곳을 확보하는 전략은 거의 보편적인 것 같아요. 언어의 가장 직접적인 요구 조건은 소리를 낼 수 있는 능력의 증대였어요. 언어는 남아프리카에서 유래한 것으로 보이는데 이런 요구 조건이 아마 코이산어군*의 혀 차는 소리를 설명해줄 수 있을 거예요. 이름을 붙일 대상이 이름을 붙이는 데 사용할 소리보다 많다는 사실. 어쨌든 언어에 필요한 신체적 기능이 아마 가장 높은 장벽이었을 거예요. 인두咽頭는 길어져서 현재 이 장치는 소유자의 목을 거의 막아버리는 형태가 되었죠. 뭘 삼키면서 또렷한 소리를 내지 못하는 포유류는 우리 종뿐이에요. 먹으면서 으르렁거리는 고양이를 떠올리며 한번 직접 시도해보세요. 어쨌든, 내적 지휘 체제라는 무의식적 시스템은 수백만 년 된 것인 반면 언어는 십만 년도 안 됐어요. 뇌는 이런 게 온다는 걸 전혀 몰랐어요. 지극히 무자비하다는 것이 드러난 시스템을 받아들이는 과정에서 무의식은 온갖 방식으로 허둥거려야 했을 거예요. 이건 기생적 침략에 빗댈 수 있을 뿐 다른 어떤 것에도 빗댈 수 없어요.

---

* 아프리카 남부의 고유한 어군 중 하나.

뭐 논문 한 편이네요.

흥미로운 점은 언어 진화의 계기가 된 요구가 전혀 알려져 있지 않다는 거예요. 언어는 그냥 관념에 불과해요. 죽음에서 부활하는 리센코* 학설. 관념은, 다시 말하지만, 한 가지가 다른 것을 표현할 수 있다는 거죠. 인간 이성이 생물적 시스템을 성공적으로 공격한 셈이에요.

진화생물학을 그렇게 전쟁 같은 표현으로 논의하는 건 들어본 적이 없는 듯하네요. 그럼 무의식은 언어가 없었던 백만 년의 역사 때문에 우리에게 말하는 걸 좋아하지 않는 건가요?

네. 무의식은 문제를 해결하고 또 우리에게 답을 줄 완벽한 능력이 있어요. 하지만 백만 년 된 오랜 습관은 쉽게 사라지지 않아요. 무의식은 쉽게 말할 수도 있죠, 케쿨레,** 그건 씨발 고리라니까. 하지만 무의식은 케쿨레가 난로 앞에서 조는 동안 후프 뱀***을 대충 만들어 그의 두개골 안에서 빙빙 돌리는 걸 더 편하게 느껴요. 그래서 꿈에 드라마와 은유가 가득한 거죠.

후프 뱀이 뭘 가리키는지 모르겠는데요.

벤젠 분자의 구조를 가리키는 거예요. 중요하지 않아요.

---

* Trofim Lysenko(1898~1976). 소련의 생물학자이자 농학자로 후천적으로 얻은 형질이 유전될 수 있다고 주장했다.
** August Kekulé(1829~1896). 독일의 유기화학자로, 벤젠의 분자구조가 탄소 원자 여섯 개가 이루는 고리 형태임을 밝혀냈다.
*** 제 꼬리를 물고 원의 형태로 등장하는 민담 속 뱀.

골치 아픈 이야기군요. 어쨌든 내 생각에 얼리샤의 주장은 언어의 도래가 그 엄청난 가치와는 별개로 파괴적이었다는 거네요.

아주 파괴적이었죠. 그 가치와 한몸을 이루어. 창조적 파괴. 틀림없이 온갖 종류의 재능과 기술이 사라졌을 거예요. 대부분 소통과 관련된. 하지만 동시에 길을 찾는 능력, 또 아마 심지어 꿈의 풍요로움도. 결국 이 이상하고 새로운 부호가 적어도 세계의 한 부분을 그것에 관한 말로 대체한 게 분명해요. 의견이 딸린 현실. 주석이 딸린 서사.

그리고 광기가 딸린 제정신, 잊지 마세요.

네. 잊지 않을게요.

그리고 보편적 전쟁의 도래.

그것의 도래.

어쩌다 우리가 이 이야기를 하게 됐죠?

괜찮아요. 그만둬도 돼요.

또?

또 뭐요?

공감각은 얼마나 오래됐죠? 거기에도 언어적인 부분이 있나요?

내가 아는 바로는 없어요. 공감각은 아주 원시적인 것 같아요. 색깔, 맛, 냄새. 감각을 융합하는 것이 그렇게 좋은 생각인지는 잘 모르겠지만. 생존 면에서.

자폐는? 더 구체적으로는 특출백치* 유형.

뼛속까지 언어적이죠.

뼛속까지.

공감각은 우리의 것일 수도 있어요. 지금 생각해보니. 아라
비아숫자에서 5를 빨강으로 보는 공감각자라면 로마자의 경우
도 빨강으로 보는 게 당연할 것 같아요. 이것은 그들이 빨강으
로 보는 게 개념이지 물리적 수가 아니라는 걸 보여줘요. 어떻
게 생각하세요?

공감각은 얼리샤가 다른 아이들한테 드러내지 않은 것이었
죠.

그런 여러 가지 가운데 하나였죠. 사실 그런 게 아주 많았어
요. 그건 기억에 도움을 줘요.

뭐가 기억에 도움을 준다고요?

공감각. 한 가지보다 두 가지를 기억하는 게 쉽거든요. 그래
서 시를 기억하는 것보다 노래 가사를 기억하는 게 쉬운 거예
요. 예를 들면. 음악이 단어를 모으는 골조가 되는 거죠.

또?

또 많죠.

---

* 기억력, 수학, 음악 같은 특정 분야의 정신 기능이 고도로 발달했으나 다른 면
에서는 발달이 지연되는 증상.

다른 아이들은 얼리샤가 별종이라고 생각했죠.

그건 추정이 아니었어요.

얼리샤도 그 아이들 생각에 동의했군요.

걔들의 입장에서 볼 수 있었어요.

그중에 수학을 잘하는 아이가 있었나요?

아니요.

조금이라도?

조금이라도.

보비는 잘했나요?

그건 물어보신 것 같은데요. 보비는 수학을 잘했어요. 단지 충분히 잘하지는 못했을 뿐이에요. 보비는 물리학으로 전공을 바꿨어요. 내가 바꿔야 할 것 같다고 말한 건 아니에요. 보비가 그냥 바꿨어요. 보비는 암산을 잘했어요. 나보다 나았죠. 어떤 사람들은 그게 수학이라고 생각해요. 뭐 좀 물어봐도 되나요?

물론이죠.

나한테서 냄새가 나요?

왜요? 몸을 방치했나요?

허, 그렇게 심해요?

누가 지켜보면 샤워를 못합니까?

해요.

병동에서는 아주 흔한 일이에요. 사람들은 위생 같은 걸 게을리하는 경향이 있죠.

위생 같은 거 말고 또 뭘 게을리하죠?

모르겠습니다. 누가 얼리샤의 겉모습을 지적했나요?

내가 아는 바로는 없어요. 가끔 내가 서둘러 집에서 나온 것처럼 보인다는 건 알아요. 예전에 춤추러 가려고 옷을 차려입을 때는 즐거웠어요. 하지만 그건 의상이었죠.

가장假裝.

네.

보비를 위해 옷을 차려입었겠네요.

그랬다고 생각해요. 네.

미안합니다.

괜찮아요. 보비가 나를 바라보는 게 눈에 띄면 울면서 방을 나가곤 하던 때가 있었어요. 두 번 다시 그렇게 사랑받지 못하리라는 걸 알아요. 나는 그냥 우리가 늘 함께일 거라 생각했어요. 선생님은 그게 일탈적인 거라는 걸 내가 더 분명하게 인식했어야 한다고 생각하신다는 걸 알지만 내 인생은 선생님 인생과 같지 않아요. 내 시간. 내 날. 나는 우리가 처음 함께하는 시간을 꿈꾸곤 했어요. 아직도 그래요. 나는 숭배받고 싶었어요. 성당에 들어가듯 내 안으로 들어오게 하고 싶었어요.

다른 이야기를 하는 게 좋을지도 모르겠네요.

알아요.

얼리샤가 융을 두고는 약간 으르렁댔는데 우리가 프로이트 이야기는 별로 한 것 같지 않네요.

우리는 융jung이었고 쉽게 프로이트되었다freudened.

그게 뭐죠?

아무것도 아니에요. 조이스의 한 구절.* 사례 연구는 재미있다고 생각해요. 물론 늘 팔려고 내놓은 게 있죠. 꿈 책**은 소설이 아닌 데까지만 좋아요. 나는 프로이트가 우리의 내면생활에 대해 확고한 관점을 갖지 못했다고 봐요. 어쩌면 심지어 융보다도 더. 그건 그렇게 복잡한 게 아니에요. 만일 그들이 생물적 진화에 관해 좀더 생각하고 정신 나간 이론을 꾸며내는 데는 시간을 덜 썼으면 몇 가지 간단한 진리를 밝혀냈을지도 모르죠.

그럼에도 그들의 이론이 실제 관찰에 기초하고 있다는 데는 동의할 수 있지 않을까요?

점성술처럼.

진담은 아니겠죠.

---

* 제임스 조이스의 『피네건의 경야』에 나오는 말. jung은 young(젊다)과 동음이의어이며 정신분석학자 융(Jung)을 가리키기도 한다. freudened는 frightened(두려워하다)와 발음이 유사하며 정신분석학자 프로이트(Freud)를 암시하기도 한다.
** 프로이트의 『꿈의 해석』을 가리키는 것으로 보인다.

아닐 수도 있어요. 적어도 프로이트는 꿈이 무엇인지 말하려 하지 않죠.

그리고 그건 잘한 일이고.

네. 프로이트는 모르거든요. 존재하지 않는 범주들을 표현하는 언어를 창조하는 것은 어떤 지적 유산을 남기고 싶어하는 사람들에겐 별로 좋은 전략이 아니에요. 그런 기획을 표현하는 은유가 있어야 해요. 쓰레기 속에서 하얗게 변하는 이론적 뼈다귀들의 이미지.

수학은 그런 풍화에 영향을 받지 않죠.

네. 수학이 사라지면 모든 게 사라질 거예요.

하지만 그래도……

하지만 그래도. 그렇다 하더라도. 인생은 힘들어요. 나는 늘 수학을 사랑하겠지만 나는 화강암 심장을 가진 회의주의자이고 나의 의심은 논리적 탐구가 다룰 수 없는 영역인지도 몰라요. 말할 수 없는 것.*

근대 수학의 대부분을 지탱하는 하나의 통찰이 있나요?

오 그건 좋은데요.

미안합니다.

아니요. 그건 어설픈 질문이 아니에요. 다만 우리가 그 답을

---

* 앞서 인용한 비트겐슈타인의 "말할 수 없는 것에 관해서는 침묵해야 한다"의 앞부분.

모를 뿐이죠. 코호몰로지의 심도나 칸토어의 불연속체는 추측되지 않는 세계들의 맛에 오염되었어요. 우리는 다루는 영역 전체에서 계산에 면역이 된 대수의 발자국을 볼 수 있어요. 행렬의 선영線影이 그 기원의 바닥에 드리우고 그곳에 더는 일치하지 않는 자국을 남기죠. 호몰로지 대수학은 현대 수학의 많은 부분을 형성하게 되었어요. 하지만 결국 계산의 세계가 그것을 간단히 흡수해버릴 거예요.

괴델의 작업은 내가 보기에 절대 프로이트가 한 작업의 운명을 겪지 않을 것 같은데요. 땅바닥에서 하얗게 바래는 뼈다귀든 뭐든.

플라톤주의자들에 대한 나의 격분은 과거의 일이에요. 무시할 수 있다고 마침내 가정한다 해도 수학적 진리의 초월적 본성을 무시하는 게 무슨 이득이 되겠어요. 모든 사람이 동의할 수밖에 없는 건 그것 외에 달리 없고, 마지막 눈에서 마지막 빛이 희미해져 새카매지고 그와 더불어 모든 사변을 영원히 가져갈 때 나는 심지어 이런 진리들이 그 마지막 빛 속에서 딱 한 순간 빛날 수도 있다고 생각해요. 어둠과 추위가 모든 걸 차지하기 전에.

쉬고 싶으세요?

아마도. 원하신다면.

담배 원하십니까?

아니요. 괜찮아요.

이해되지 않죠, 그렇죠? 수학이 무엇인지.

네.

언젠가는 될까요?

아니요.

얼리샤의 친구 괴델은 사실 강경파 플라톤주의자인데요.

네. 괴델은 수학적 대상이 나무나 돌과 같은 현실성을 갖고 있다고 생각했어요.

그건 이상한 생각 같은데요.

이상한 생각이죠. 다른 수학자들은 괴델의 생각을 액면 그대로 받아들이는 경향이 있는 것 같지만 괴델의 생각은 현실 자체에 대한 회의주의를 반영하는 걸 수도 있어요. 나 자신에 관해 말하자면 나는 여섯을 본 적이 없어요. 도대체 뭐가 수학적 대상을 구성할 수 있는지 모르겠어요. 내 경험으로는 수학적인 모든 것은 지시의 형태를 띠고 있어요. 여섯이라는 수적 개념은 완전히 비활성이죠. 괴델이 늘 플라톤주의자였던 건 아니지만 단지 사실을 설명해준다는 이유로 타당해 보이지 않는 이론을 받아들인 과학자는 괴델이 처음이 아니에요. 1931년 논문들 이후 괴델은 '보편 진리 기계'가 할 수 없는 수학적 통찰이 우리에게는 가능하다고 확신했어요. 하지만 왜 괴델이 수학적 추상을 사실적 실체로 여기는 관점에서 문제점을 발견하지 못했는지는 내가 말할 수 없을 것 같아요. 플라톤주의자들은 대체로 수학의 기원에 관해서는 침묵하고 사람이 살지 않는 우주에서 계산의 목적이 무엇이냐 하는 문제에도 놀랄 만큼 무관심해 보여요. 수학자들 사이에서 유령을 쫓는 사고는 일반적으로 생각하는 것보다 훨씬 흔해요. 결국 괴델은 이신론자* 비슷한 것이 되었어요. 그렇다고 괴델이 어떤 종류의 영적 수행을 했다는 말은 아니지만. 그건 피타고라스에서 뉴턴에서 칸토어까지 이어지는 전통이에요. 칸토어는 결국 초한超限**에 초자연적 기원을 부여하죠. 알레프 제로. 알레프 원. 그게 그의 대의에 도움이 되지는 못했을 거예요. 그의 상대적 무한 개념은 독일 수학자 한 세대 전체가 죽고 나서야 사람들 귀에 겨우 들어갔죠. 우주가 지적인가? 지금 관건은 그거 아닐까요? 오빠는 꼭 그렇지는 않다고 말하곤 했어요. 아마 그날로 족하니라, 겠죠.*** 괴델은 모든 수학이 동의하는 약속이 있다고 절대 대놓고 말하지 않지만 그의 희망은 거기에 있다는 분명한 느낌을 받게 돼요. 나는 그 유혹을 알아요. 영원히 머무

---

* 신이 세계를 창조하였으나 그 세계에 관여하지 않는다고 믿는 종교관을 가진 사람.
** 칸토어의 개념으로, 모든 유한한 수보다 크지만 절대적 무한은 아닌 수.
*** 「마태복음」 6장 34절 "한 날의 괴로움은 그날로 족하니라"에서 따온 말. 내일 일은 내일 걱정하라는 뜻이다.

는 것이 희미하게 어른거리는 어떤 팰림프세스트.* 하지만 우주에는 어쨌든 수가 존재하지만 그것을 가능하게 해주는 지성은 없다고 주장한다고 해서 다른 종류의 수학이 요구되는 건 아니에요. 다른 종류의 우주가 요구될 뿐이죠.

그런 우주가 있습니까?

괴델에게는 기이하기 짝이 없는 개념들이 있어요. 시간의 순환은 수학적으로 작동하지만 절대 죽은 할아버지를 만나는 문제는 다루지 않을 거예요. 신에 관한 그의 생각들. 나는 그의 플라톤주의를 그냥 그것과 같은 상자에 넣어요. 하지만 그건 그 안에 있으려고 하지 않아요. 그러다 천천히 이게 우리가 말하는 괴델이라는 걸 점차 받아들이게 되는데, 괴델이라도 온갖 종류의 일들에 관해 얼빠진 생각을 할 수 있는 거지만 그가 정말로 수학에 관해 얼빠진 생각을 할 수 있을까요?

그래서 어떻게 결론을 내렸습니까?

지금도 결론을 내리는 중이에요.

어느 쪽으로 기울고 있습니까?

나는 다시 거슬러올라가 1931년 논문들을 두 번 또 읽었어요. 마지막으로 그걸 다시 읽었을 때는 그것들 꿈을 꾸었죠. 두번째 논문에 관한 꿈이었어요. 그러다 깼는데 잠이 깨면서

---

* 쓰여 있던 글자를 지우고 그 위에 다시 글자를 쓸 수 있도록 만든 양피지.

꿈이 녹기 시작했어요. 꿈과 꿈의 이야기가. 나는 그 꿈이 그것에 대한 이해를 그냥 선물로 주었다는 걸 알았고 그게 어둠 속에서 물러나며 멀어지고 있어서 침대에 일어나 앉아 그걸 소리쳐 불렀지만 그건 그냥 내 마음속에서 박살이 났고 그 이후로 그 논문의 통찰을 아주 다른 방식으로 보게 되기는 했지만 그때의 꿈이 그런 이해의 일부를 이루고 있는지는 모르겠고 앞으로도 절대 알지 못할 거라 생각해요.

꿈에 수들이 있었습니까?

물론 그게 문제죠, 안 그래요? 아니요 없었어요. 꿈은 완전히 이해로만 이루어져 있었어요.

내가 이해를 하고 있는지 잘 모르겠습니다. 어쨌든 그게 다시는 돌아오지 않았군요.

다시는 돌아오지 않았어요.

얼리샤의 사물을 보는 관점이 변했다고요.

네. 그때까지 내가 가지고 있던 우주에 대한 물질적 관점에 의심이 생기기 시작했어요.

천천히 진행되는 과정이었나요?

모르겠어요. 천천히가 뭔지 모르겠네요. 괴델은 큰 변화를 초래하는 경험을 했던 수학자 몇 명 이야기를 해요. 그 사람들을 한번 찾아봐야 할 것 같네요. 괴델은 한 번도 그런 경험을 하지 않았어요. 괴델은 그들이 부러웠을지도 몰라요. 그 꿈은 여전히 그 자리에 있다고 생각해요. 꿈은 나를 다시 방문할지 말지 알고 있다고 생각해요. 또는 내가 그걸. 괴델은 사람들이 자신의 '결정 불가능성' 논문들을 이해하지 못한다고 불평하기 좋아해요. 나는 그걸 다시 읽었고 아마 그의 말이 맞을 거라는 걸 알았어요. 나는 그걸 이해하지 못하고 있었어요.

지금은 이해합니까?

이해를 정의해주세요.

알겠습니다. 넘어가죠. 엘리샤는 수학이 무의식에 의해 이루어진다고 생각하죠.

네. 나는 수학을 전혀 몰라요. 그냥 그게 나타나면 적어놓으려 할 뿐이에요.

그건 좀 과장인 게 분명하다고 생각합니다.

어쩌면요. 좀. 왜 이게 선생님한테 재미있는 거죠?

엘리샤한테 재미있기 때문에. 그 꿈이 언제였습니까?

그저께 밤.

그건 아니겠고.

여섯 달 전. 어쩌면 일곱 달.

그 꿈이…… 뭐라고 표현했더라? 엘리샤를 다시 방문한다면? 그 꿈을 기억할 수 있다면 나한테 말해줄 겁니까?

모르겠어요. 한번 봐야 해요. 그게 외설적이면 어쩌죠?

외설적인 수학이라.

그럼요. 뭐 어때요?

그래서 얼리샤가 이해한 게 뭐였습니까?

괴델과 마주하여?

마주하여.

나는 괴델이 본 걸 봤다고 생각해요. 어떤 시스템의 한계를 발견하는 건 그냥 한계를 발견하는 것만이 아니었어요. 그 한계 너머에 놓인 걸 발견하는 거였어요. 단지 한계를 먼저 발견해야 할 뿐이었죠.

그럼 한계 너머에 놓인 게 뭔가요?

이 경우에 그건 오래전부터 생각해오던 것이 사실 참이라는 깨달음이었죠. 수학에는 한계가 없다는 것. 다함이 없다는 것. 그 점에 관해서는 이제 의문의 여지가 없었어요. 이제 앉아서 우주에 관해 생각해야 했죠.

그래서 뭘 생각했습니까? 우주에 관해서.

경험적인 것을 이용할 가능성이 줄어드는 상황에서 연구하느라 애쓰게 될 거라고 생각했어요. 공부하는 동안에도 우주는 멀어지고 있었으니까.

그래서 연구에 뭘 동원하려 했나요?

우리가 가진 유일한 거겠죠. 우리의 정신.

우리의 정신이 그 과제를 감당할 거라 생각하는 이유는요?

우리가 여기 있기 때문에. 다른 곳에 있지 않기 때문에. 그리고 달리 알 수 있는 것도 없어요. 괴델의 생각 몇 가지는 의문의 여지가 없어요. 나는 괴델의 플라톤주의에 관해 생각했지만 이윽고 그게 프레게의 플라톤주의와 그렇게 다르지 않다고 생각했어요. 다시 볼까요? 큰 도움은 되지 않겠지만. 나는 그들을 근본적 관념으로 이끈 바로 그 과감성에서 횡설수설과 구별할 수 없는 다른 탐구들도 나오는 게 당연한 일이 아닐까 생각했어요. 한동안 그 모든 걸 밀쳐두었죠. 하지만 그것들이 그냥 물러나 있으려 하지 않더라고요. 나는 점점 더 아리스토텔레스와 불화하게 되었어요. 아리스토텔레스가 그 빈 서판* 인간과 더 흡사해 보이게 된 거예요. 나는 우리가 태어날 때는 인간이 아니라는 말이 절대 사실이 아니란 걸 알고 있었어요. 아리스토텔레스는 정신에 어떤 형식이 있다는 걸 이해했지만 그게 무슨 의미인지는 이해하지 못한 것 같아요. 정신은 자기만으로 존재할 수 있어야 해요.

그게 무슨 말인지 이해 못하겠습니다.

알아요. 그냥 달리 표현할 방법을 모르겠어요. 나는 그냥 완전히 얽혀버리게 되면 다시 빠져나갈 길을 찾지 못할 수도 있다는 걸 이해했어요. 더 나쁜 건, 빠져나가고 싶지 않을 수도 있다는 거죠.

---

* 처음에 인간의 본성은 빈 서판과 같고 이후 경험을 통해 서서히 마음과 지성이 형성된다는 경험론의 주장.

네. 영원히 머무는 것. 좀 이상한 표현이지 않나요? 머무는 건 원래 일시적인 건데.

네. 지속되는 것이라고 하는 게 자연스럽죠. 하지만 지속은 일반적 상태이고 머무름은 구체적인 느낌이 들어서요. 수학자들 사이에 어떻게 만장일치가 이루어지느냐 하는 문제에는 답이 없어요. 나의 새로운 친구 치하라*의 말이―아마 그도 괴델의 팬이겠지만 당연히 그의 직관까지 우러러보진 않을 거예요―수학자는 생물적 유기체로 보면 기본적으로 아주 비슷하대요.

그게 그 사람이 수학에 관한 합의를 설명하는 방식인가요? 그들이 모두 비슷하다고 말하는 것이?

나는 수학자들은 대부분 그 말 속에 담긴 유머를 놓칠 거라고 생각해요. 그리고 그건 다른 거의 모든 것에 대한 우리의 불일치를 설명해주지도 못할 거예요. 또 수학적 직관은 수학에 대한 접근만 설명해줄 뿐 그 존재는 설명해주지 못한다고 말할 수도 있을 것 같아요.

그럼 그 존재는 어떻게 설명합니까?

어쩌면 그걸 가리키는 게 최선일지도 몰라요. 비트겐슈타인이 한 대로. 수학의 몸체를 이루는 것은 문제이지 답이 아니에요. 답은 문제가 가정하는 거죠.

---

* Charles Chihara(1932~2020). 일본계 미국 철학자로 수학철학과 형이상학을 연구했다.

그게 맞는 얘기입니까?

나는 뭐가 맞는 얘기인지 몰라요. 하지만 어쩌면 그게 답을 발견한다는 느낌은 설명해줄지도 모르겠어요.

우리가 지금 수학에서 항진恒眞 명제라는 개념 주위를 돌고 있는 건가요?

그거 좀 멋지네요. 항진 명제 주위를 돈다.

하지만 얼리샤는 여전히 괴델을 존경하죠.

아주.

그럼 얼리샤의 새 친구는?

치하라.

네. 그 사람도 존경할까요?

그럴 거라고 생각해요. 과학에서 어린 나이에 성공을 거두면 생각도 못했던 짐이 따른다고 생각해요. 그리고 그 가운데 가장 큰 짐은 공포예요. 치하라는 그걸 알 거예요.

공포? 뭐에 대한?

틀리는 것에 대한. 최근에 디랙이 왜 그냥 나서서 그의 계산 속에 숨은 입자가 반전자라고 발표하지 않았느냐는 질문을 받았을 때 뭐라고 답했게요?

모르겠는데요.

그냥 겁이 나서.

또다른 건?

괴델 관련?

네. 그 사람이 큰 자리를 차지하는 것으로 보이는데요.

괴델이 1931년 논문들을 쓴 동기는 러셀과 화이트헤드의 『수학 원리』를 읽은 거예요. 러셀은 괴델이 그걸 전부 읽은 유일한 사람이라고 믿었고 괴델이 그걸 이해한 것에 놀랐어요. 물론 그 책은 완결된 게 아니었죠. 러셀은 문제가 있다는 걸 알았고 화이트헤드에게 그걸 출간하지 말라고 간청했어요. 출간 뒤로 그들은 거의 말을 섞지 않았어요. 러셀이 화이트헤드의 젊은 부인과 박으려고 계속 시도한 것도 상황에 도움이 되지 않았고요. 당시 러셀의 사교생활은 폭이 좁았는데 친구 부인하고 박지 못하면 누구하고 박아야 한단 말이냐? 하고 말했죠.

그런 말을 했을 리가.

안 했어요. 어쨌든 내가 아는 한은 안 했어요. 그건 그냥 러셀이 입 밖에 내지 않는 원칙에 가까웠을 거라고 생각해요. 화이트헤드는 네번째 권을 혼자 힘으로 완결지으려 했지만 결국 포기할 수밖에 없었어요. 내 생각에는 그 긴 세월 러셀과 함께 작업하다보니 이 프로젝트의 어려움을 잘못 평가하게 되었던 것 같아요.

러셀은 정말 훌륭한 수학자였군요.

네.

하지만 그만두었죠. 수학을.

네.

비트겐슈타인 때문에?

대부분 사람들이―러셀 자신을 포함하여―그게 비트겐슈타인 때문이라고 말해요. 하지만 진짜 이유는 러셀이 유명해지고 싶었다는 거예요. 그런데 수학으로는 그럴 수 없다는 걸 알았죠. 물론 그 생각이 옳았고요. 그리고 러셀은 실제로 유명해졌어요. 그는 전 세계에서 인정을 받았고 만나는 여자가 끝도 없었어요. 그들 모두가 친구 부인은 아니었지만.

러셀이 철학을 그만두었나요?

기본적으로는. 대중적인 책을 쓰는 일을 시작했죠. 우주를 이해하려는 시도를 어리석은 헛수고라고 보게 된 것 같아요.

빛도 어둠도 담기지 않은 우주.

확실한 것도 없고 평화도 없고 고통에 도움을 주지도 않고.

어두워지는 평원에 관한 어떤 것.*

네.

왜 사람들이 과학에 더 관심을 갖지 않을까요?

과학을 두려워해요. 교육받은 사람들조차 종종 제정신이 아닌 걸 선호해요. 외계인aliens, 벨리콥스키.**

---

* 이 말과 바로 전 얼리샤의 말은 19세기 영국 시인이자 평론가 매슈 아널드의 시 「도버해변」을 인용하고 있다.
** Immanuel Velikovsky(1895~1979). 고대사에 관한 비정통적인 책을 여러

비행접시.

제정신이 아닌 거.

네.

음. 괴델은 그만하면 됐나요?

괴델은 영원해요.

그걸 믿으세요?

아니요.

알겠습니다. 저글링 할 줄 압니까?

음, 해내셨네요.

뭘 해내요?

마침내 나를 놀라게 하셨어요. 내가 저글링을 할 줄 아느냐?

네.

네. 기본은. 테니스공 세 개로. 왜요?

그냥 얼리샤가 시도해볼 만한 거라고 생각했을 뿐이에요.
또 뭘 할 줄 아나요?

모르겠어요. 예를 들어 뭐요?

아무거나.

글을 반대 방향으로 읽을 줄 알아요. 거울에 비친 걸 읽을

권 낸 러시아 태생의 미국 저술가. 성경의 내용을 근거로 역사를 재정립해야 한
다고 주장했으나 주류 학계에서는 인정받지 못했다.

줄 알아요. 그게 누구더라? 레오나르도?* 여백이 단정해지도록 행의 끝을 맞추어 논문을 쓸 수 있어요. 그렇다고 내용까지 단정해진다는 건 아니지만. 레오나르도는 그건 할 줄 몰랐을 것 같아요. 그때 타자기가 있었다 해도.

이해를 못하겠는데요.

타자를 칠 때 각 행이 이전 행과 같은 길이로 끝나도록 할 수 있다는 거예요. 마치 인쇄된 것처럼.

그걸 어떻게 할 수 있는지 모르겠는데요. 가능할 것 같지 않은데.

그냥 행이 적당한 길이로 나오도록 뭐든 필요한 단어를 대체하면 돼요.

타자를 치면서.

타자를 치면서. 네.

멈추고 궁리할 필요가 없다는 거네요.

네. 그냥 하면 돼요.

그 말을 믿기로 하겠습니다.

그냥 잔재주죠. 나라면 해보지는 않을 거예요. 배우는 것만큼이나 그만두기도 어려우니까요.

아직도 생리는 하지 않는 거죠.

---

* 레오나르도 다빈치는 글을 거꾸로 쓰곤 해서 그것을 거울에 비춰 봐야만 쉽게 읽을 수 있었다고 한다.

예수여.

예수여?

선생님네들은 결국 그런 걸 건드리고야 마는군요. 아마 내 서류철에 들어 있겠죠.

얼리샤의 의료 기록에 있습니다. 맞아요.

아무데나 코를 들이미는 파커.*

영국식 표현을 많이 쓰네요. 영국에 살았나요?

아니요.

운동을 많이 합니까?

전에는 산책을 좋아했어요.

많이 말랐는데.

알아요. 먹는 걸 좋아하지 않아요.

동료와 대화를 하다가 지나친 정신활동이 신체적 활동과 어느 정도 같은 효과를 줄 수도 있는 거 아니냐 하는 문제가 등장했습니다.

생리와 관련하여.

네.

흥미롭군요. 아마 높이가 만사천 피트가 넘는 곳에서도 생리를 하지 않을 텐데.

---

* nosey parker. '쓸데없는 참견을 하는 사람'을 의미하는 예스러운 관용적 표현.

그게 사실인가요?

모르겠어요. 그렇다고 읽었어요. 십삼 분 남았네요. 차 좀
마실 수 있을까요?

물론이죠. 잠깐만요.

*

잉글리시 브렉퍼스트 티.

미심쩍어하는 목소리네요.

괜찮네요.

우리한테는 가루 크림밖에 없어서.

괜찮아요.

친구 레너드를 자주 보나요?

잡담을 해요. 선생님이 자기를 찾아왔다고 하던데요.

그랬습니다.

뭘 알아냈어요?

얼리샤에 관한 것이겠죠.

상관없어요. 나는 레너드가 재미있어서 함께 이야기를 해
요. 또 똑똑하죠. 레너드는 나베인*을 먹고 있어요.

---

* 항정신병약물인 티오틱센의 상표명.

레너드가 무슨 약을 먹는지는 모릅니다.

나베인을 먹어요. 우리는 똑같은 걸 보고 웃음을 터뜨리는 경향이 있죠. 가끔 같은 이유는 아니지만.

레너드가 안정적이라고 생각하세요?

레너드에게는 안정적이에요.

왜 입원했죠? 처음에.

가족과 살던 집에 불을 지르고 달아났어요. 숲에서 발견되었을 때 할말이 전혀 생각나지 않아서 그냥 횡설수설하기 시작했고요.

레너드에게 문제가 전혀 없다고 생각하는군요.

레너드에게 문제가 많다고 생각해요.

레너드는 일 년 전쯤 무단이탈을 했습니다. 사흘 동안 사라졌던 것 같아요.

네. 뭐. 레너드는 미친 집에서 탈출하려 하는 사람은 분명 미치지 않은 거라고 이해하고 있어요. 아마 지난주에 그룹에서 소동을 좀 일으켰을 거예요. 음. 소동이 아닐 수도 있고.

뭘 가지고?

온갖 걸로 계속 불평을 해댔고 그러자 마침내 사람들이 달려들어 도대체 원하는 게 뭐냐고 물었어요. 그러니까 레너드는 멈추는 것 같았고 생각을 좀 해보더니 그냥 행복해지기를 원한다고 말했어요. 그 말에 사람들이 다시 달려들어 말했어요. 아니 아니 아니, 레너드, 현실적인 목표 말이야.

자살 충동이 있나요?

레너드요?

네.

물론이죠. 음. 방금 그 말은 하지 말았어야 하는데. 가끔 선생님이 다른 편이라는 걸 잊어버려요.

다른 편?

네.

좋습니다. 어디까지 얘기했더라?

내 월경이 주제였던 것 같은데요. 그게 어디에 가 있느냐.

섹스 생각을 합니까?

네. 선생님은 안 해요?

음. 나한테는 그 주제와 관련하여 어떤 역사가 있어요. 하긴 나도 지금 내가 이야기하는 상대가 상상의 존재가 특별한 자리를 차지하는 사람이라는 걸 가끔 잊어버리니까. 루마니아는 더 현실성을 띠게 되면서 매력이 떨어졌나요?

모르겠어요. 아마도. 상상의 존재가 최고일 가능성이 분명히 있어요. 어떤 목가적 풍경을 그린 그림처럼. 가장 있고 싶은 장소. 절대 가지 못할 장소.

무슨 말을 하는지 잘 모르겠습니다.

나도 마찬가지예요.

그건 얼리샤답지 않은데요.

알아요.

죽음 이야기를 하고 있는 건가요?

아니요. 그냥 가장 바라는 세계에 다가가는 문제에 관해서예요.

뜨거운 물 더 필요하세요?

아니요. 고맙습니다. 그냥 저게 나일 수 있을까, 였던 것 같아요.

그림 속?

네.

그 말은 그러니까, 어떻게 저게 나일 수 있을까, 인가요? 아니면 어떻게 내가 저걸 나로 만들 수 있을까?

나일 수 있을까. 그렇게 해두죠.

거울에 비친 도끼 살인자처럼.

모르겠어요. 어쩌면. 어쩌면 의미가 확실치 않은 몸짓 표현처럼. 하지만 세상 안으로 확장되면서 다른 천 가지 역사를 지워버리는 몸짓.

무슨 말인지 모르겠네요.

괜찮아요. 이탈리아를 떠나면서 루마니아에 가겠다는 생각을 했어요. 하지만 가지 않았죠. 나는 워트버그에 묻히고 싶지 않았어요. 무엇보다 누구도 알기를 바라지 않았어요.

죽었다는 걸.

네.

하지만 안 그랬죠.

안 죽었다.

아니요. 루마니아에 가지 않았다.

네. 안 갔어요.

알겠습니다. 그 계획이 얼마나 진지했습니까?

아주 진지했죠. '계획 2-A'라고 불렀어요.

왜 '계획 2-A'라고 불렀나요?

그냥. 그리고 부제를 달았죠. '즉 2-B가 아니다or not 2-B'.*

여행이?

내가.** 나는 루마니아로 가겠다고, 거기 가면 어떤 작은 마을에 가서 시장에서 헌옷을 사겠다고 생각했어요. 신발. 담요도. 내가 소유한 모든 걸 태워버리겠다고. 내 여권도. 어쩌면 내 옷을 그냥 쓰레기통에 던져버리겠다고. 거리에서 환전을 하고. 그런 다음 산속으로 하이킹을 가는 거예요. 도로에서 벗어나서. 모험은 하지 않고. 발로 조상의 땅을 가로지르고. 어

---

* or not 2-B는 유명한 햄릿의 독백 "사느냐 죽느냐(to be or not to be)" 뒷부분과 발음이 동일하다. 즉 '존재하지 않는다' '죽는다'의 뜻이 될 수 있다.
** 얼리샤의 말은 생략된 부분을 넣으면 "I was not to be", 즉 나는 죽을 생각이었다는 말이 된다.

쩌면 밤에. 그 산 위에는 곰과 이리가 있어요. 찾아봤거든요. 밤에는 작은 불을 피울 수 있어요. 어쩌면 동굴을 발견하겠죠. 산의 냇물. 너무 힘이 빠져 돌아다니지 못할 때를 대비해 물을 담을 수통을 갖고 다녀요. 한참 뒤에는 물에서 특별한 맛이 나요. 음악 같은 맛이요. 밤에는 추우니까 담요로 몸을 싸고 살 갗 밑에서 뼈들이 형체를 갖추는 걸 지켜보고 죽기 전에 세계의 진실을 보게 해달라고 기도해요. 가끔 밤에 동물들이 불 언저리에 와서 돌아다니면 그들의 그림자가 나무들에서 움직이는데 나는 마지막 불이 재가 되면 그들이 와서 나를 데려갈 것이고 나는 그들의 성체聖體가 되리란 걸 이해하고 있어요. 그리고 그게 내 삶이 되리란 걸. 그러면 나는 행복할 거예요.

시간이 다 된 것 같군요.

알아요. 손을 잡아주세요.

손을 잡으라고요?

네. 그래주시기를 바라요.

알겠습니다. 왜요?

그게 뭔가의 끝을 기다리고 있을 때 사람들이 하는 일이니까요.

옮긴이의 말

짝을 이루는 두 장편 『패신저』와 『스텔라 마리스』는 1933년
에 태어나 올해, 즉 2023년에 세상을 떠난 코맥 매카시가 마지
막으로 발표한 작품들이다(미국에서는 2022년에 출간). 비교
적 과작인 그는 육십 년 정도를 대체로 전업 작가로 살았으면
서도 소설을 열두 편밖에 발표하지 않았다. 그래도 두 작품 사
이가 십 년을 넘긴 적은 없었는데 이번에는 2006년의 『로드』
이후 십육 년이 지난 뒤 이 두 권을 냈고, 그러고 몇 달 뒤 세
상을 떠났다.

그래서? 아마 매카시의 전작을 읽어본 독자라면, 그래서 마
지막으로 나온 작품이 과연 어떠냐, 하는 이야기를 나누고 싶
겠지만, 옮긴이는 아직도 눈을 감고 코끼리 여기저기를 만지

고 있는 느낌이라 이 말을 던지면 저 생각이 뒷덜미를 잡을 것 같아 작품 전체를 두고 어떤 말을 하는 것은 조심스럽다. 아마 관심 있는 사람들이 조금씩 생각을 풀어놓고 그것이 쌓이면서 서서히 전체를 조망하는 시각이 생겨나지 않을까 전망해본다.

그런 의미에서 옮긴이도 아주 작은, 그리고 별 관련은 없어 보이는 생각을 하나 던지자면 이 작품들에는 매카시의 자전적 요소가 꽤 들어가 있다는 느낌이 든다는 것이다. 이렇게 말하면 의아해하는 독자도 있을 것이다. 매카시는 전통 소설의 서사와는 꽤 거리가 있는 작품을 쓰는데 그의 작품에 자전적 요소가 들어 있다는 게 도대체 무슨 의미가 있는가 하는 의문이 들 것이기 때문이다. 맞다. 실제로 이 두 작품도 서사보다는 대사가 중심을 이룬다. 심지어『스텔라 마리스』는 작품 전체가 단 두 사람의 대화로 이루어져 있다. 그 정도는 아니지만『패신저』도 대사가 작품에서 차지하는 비중이 대단히 크다. 그럼에도 왠지 매카시 개인의 체취가 물씬 풍기는 듯하다는 것이다.

매카시의 작품을 보면 늘 훨씬 더 긴 작품에서 군데군데 발췌해놓은 것 같다는 생각이 들곤 한다. 묘사가 많지 않지만 일단 나오면 그 핍진성은 압도적이다. 대사도 마찬가지다. 마치 녹취를 풀어놓은 듯한 느낌을 받는다. 그래서 그런 밀도로 이루어진, 이 발췌본보다 훨씬 긴 원본을 상상하게 된다. 옮긴이는 그게 매카시의 글이 가진 힘 가운데 하나라고 생각하며, 그런 의미에서 매카시는 빈 곳을 채우는 일을 독자의 상상에 많이 맡길 뿐, 누구 못지않게 현실을 사실적으로 다루는 작가라고 생각하는 쪽이다. 왠지 저 작가 머릿속에는 나에게 보여준 세밀하고 아름다운 퍼즐 조각 하나를 포함하는 아주 큰 그림이 온전하게 들어 있을 거라는 상상을 하게 되는 것이다. 이번에도 마찬가지다. 가령 『패신저』에 자주 등장하는 술집 대화 장면들은 이 작품에서 찾아낼 수 있는 이야기의 흐름(이 작품에 그런 게 있다면)과는 별 관계가 없어 보이지만 그 디테일에 빠져들다보면 필시 이것은 내가 아직 다 파악하지 못한 큰 그림의 중요한 퍼즐 조각일 거라는 느낌을 받게 된다. 비록 이게 상상일지라도, 그런 상상을 자극하는 것 또한 작가의 능력이 아닐까 싶다.

사실 옮긴이가 말하려던 매카시의 자전적 요소는 정말 하찮고 사소해 보이는 것들이다. 가령 남자 주인공 보비 웨스턴의 친가가 뿌리를 내린 곳은 로드아일랜드주 프로비던스인데 매카시가 태어난 곳도 그곳이라는 것. 매카시가 어렸을 때 그의 가족은 테네시주 녹스빌로 이사왔는데 보비가 살던 곳도 녹스빌이라는 것. 비록 매카시 아버지는 변호사이고 보비의 아버지는 핵물리학자이긴 하지만 매카시 아버지가 이 작품에 등장하는 테네시강 유역 개발 공사에서 근무했다는 것. 보비가 매카시와 비슷한 연배로 설정되었다는 것. 다니다 말다 결국 때려치웠지만 매카시가 대학에서 물리학과 공학을 공부했고 보비는 물리학 전공이라는 것. 보비가 무일푼으로 떠돌던 시절의 묘사가 매카시가 소설을 쓰며 극빈생활을 하던 시절의 디테일과 흡사하다는 것.

이런 사실들 하나하나는 하찮지만 옮긴이에게는 그것이 매카시가 특정 목적을 위해 취재한 재료가 아니라 자신이 속속들이 살아낸 것을 바탕으로, 즉 자기를 바탕으로 소설을 써나간다는 증거처럼 느껴진다. 그리고 그것이 그의 소설이 주는 강렬한 현실감을 어느 정도 설명해주는 듯하다. 이 작품 또한 매카시가 젊은 시절 알고 겪은 장소와 사람들이라는 큰 그림이 바탕으로 깔려 있다고 상상하게 되며, 그래서 비록 거의 대화로 이루어진 장면이라 해도 대화 자체와 몇 마디 묘사로 그 시절의 그곳, 그리고 그 말을 하는 사람들이 진하게 되살아나는 느낌이다.

매카시의 젊은 시절이란 부유한 집안 출신이면서도 가족과 불화한 뒤 소설을 쓰겠다며 궁핍을 견디는 한편 아슬아슬하게 살아가던 사람들과 즐겁게 어울려 지내던 때다. 매카시는 이 시절을 두고 "나는 늘 위태로운 생활방식을 즐기는 사람들에게 끌렸다"고 말한 적이 있다. 마치 관찰자인 것처럼 말하지만, 그 또한 무일푼의 무명 소설가로서 보비가 그렇듯이 그런 생활방식을 즐기는 사람이었을 것이다. 옮긴이에게 이 작품은 무엇보다도 그렇게 삶의 가장자리에서 아슬아슬하게 버티는 사람들, 그러면서도 묘하게 그것을 즐기는 듯한 느낌을 주는 사람들, 그러다 덧없이 스러지는 사람들이 빚어내는 대화와 관계의 향연이다. 그냥 그것만으로도 흥겹다.

그러나 마냥 흥겹기만 한 것은 아니다. 삶의 가장자리에서 아슬아슬하게 버티는 사람들에 물리학도 출신인 보비, 나아가 보비보다 훨씬 똑똑한데다가 수학의 천재인 여동생 얼리샤도 포함되는 바람에 결코 만만하게 볼 수 없는 지적 담론이 이 향연에 철근처럼 빽빽하게 꽂히기 때문이다. 물론 천재 수학자 얼리샤나 범죄자 비슷하게 살아가는 셰딘이나 술집에 죽치는 여러 술꾼이나 삶의 벼랑을 걷는다는 점에서는 다를 바 없다는 사실이 먼저다. 그러나 보비나 얼리샤의 존재는 그들이 단지 별종이라서 그렇게 살아가는 것이 아님을 보여준다. 벼랑을 걷는 사람들 자신이 인식하든 하지 못하든, 이 벼랑은 어디까지나 20세기 중후반, 원자폭탄이 바꾸어놓은, 그 이전에 현대 물리학이 바꾸어놓은 세상에 존재하는 특수한 벼랑이기 때문이다. 현대 과학은 우리가 알던 세계의 확실성을 무너뜨리는 이론들을 생산하는 동시에 마음만 먹으면 확실하든 확실하지 않든 그 세계 전체를 물리적으로 무너뜨릴 수 있는 폭탄도 생산했으며, 누구보다 예리하게 그 아이러니를 인식한 얼리샤에게는 그 아이러니 자체가 벼랑이 되었다. 하지만 뉴올리언스 술집에서 노닥거리는 범죄자 셰던 또한 위치만 다를 뿐 얼리샤의 벼랑과 이어진 벼랑을 걷고 있는 것이 아닐까? 그러고 보면 우리가 사는 세계에 벼랑 아닌 곳이 어디 있겠는가. 매카시는 그 말을 남기고 떠난 것일까?

정영목

지은이 코맥 매카시

1965년 첫 소설 『과수원지기』로 문단에 데뷔했으며, 주요 작품으로는 『로드』 『선셋 리미티드』 『신의 아이』 『패신저』 『핏빛 자오선』 『노인을 위한 나라는 없다』 등이 있다. 평단과 언론으로부터 코맥 매카시 최고의 작품이라고 평가받은 『로드』는 2007년 퓰리처상을 수상했다. 2023년 89세를 일기로 세상을 떠났다.

옮긴이 정영목

번역가로 활동하며 현재 이화여대 통역번역대학원 교수로 재직중이다. 지은 책으로 『완전한 번역에서 완전한 언어로』 『소설이 국경을 건너는 방법』, 옮긴 책으로 『로드』 『선셋 리미티드』 『신의 아이』 『패신저』 『제5도살장』 『바르도의 링컨』 『호밀밭의 파수꾼』 『에브리맨』 『울분』 『포트노이의 불평』 『미국의 목가』 『굿바이, 콜럼버스』 『새버스의 극장』 『아버지의 유산』 『사실들』 『왜 쓰는가』 등이 있다. 『로드』로 제3회 유영번역상을, 『유럽문화사』로 제53회 한국출판 문화상(번역 부문)을 수상했다.

문학동네 세계문학

스텔라 마리스

초판 인쇄 2023년 11월 13일 | 초판 발행 2023년 11월 30일

지은이 코맥 매카시 | 옮긴이 정영목

책임편집 박아름 | 편집 이봄이랑 윤정민 이현자
디자인 김유진 이주영 | 저작권 박지영 형소진 최은진 서연주 오서영
마케팅 정민호 서지화 한민아 이민경 안남영 왕지경 황승현 김혜원 김하연 김예진
브랜딩 함유지 함근아 고보미 박민재 김희숙 박다솔 조다현 정승민 배진성
제작 강신은 김동욱 이순호 | 제작처 영신사

펴낸곳 (주)문학동네 | 펴낸이 김소영
출판등록 1993년 10월 22일 제2003-000045호
주소 10881 경기도 파주시 회동길 210
전자우편 editor@munhak.com | 대표전화 031)955-8888 | 팩스 031)955-8855
문의전화 031)955-1927(마케팅), 031)955-2634(편집)
문학동네카페 http://cafe.naver.com/mhdn
인스타그램 @munhakdongne | 트위터 @munhakdongne
북클럽문학동네 http://bookclubmunhak.com

ISBN 978-89-546-9662-3 03840

www.munhak.com

문 학 동 네 에 서 펴 낸 코 맥 매 카 시 의 책 들

로드 ㅣ정영목 옮김

320페이지의 절망. 그리고 단 한 줄의 가장 아름다운 희망…… 미국 현대문학의 거장 코맥 매카시가 그려내는 잿빛 묵시록. 대재앙이 일어난 지구, 모든 것이 파괴되고 신들마저 자취를 감춘 세상. 그곳에서 길을 떠나는 아버지와 아들의 이야기를 시적인 문체로 소름 끼치도록 아름답게 그려냈다.

2007 퓰리처상 수상작
〈엔터테인먼트 위클리〉 선정 지난 25년간 최고의 소설 1위
〈타임스〉 선정 지난 10년간 최고의 소설 1위
동아일보, 한겨레, 매일경제 · 교보문고 선정 올해의 책
예스24, 알라딘 독자 선정 올해의 책

선셋 리미티드 ㅣ정영목 옮김

삶이 곧 고통이라 여기는 백인 교수. 그가 시속 130킬로미터로 달리는 열차 선셋 리미티드에 뛰어든다. 전과가 있는 한 흑인 목사가 그를 구하면서 두 사람은 인류의 운명을 건 논쟁을 시작한다. 처음부터 끝까지 동일한 공간에 단 두 명의 인물만 등장하는 극 형식의 이 소설은 삶과 죽음, 빛과 어둠, 행복과 고통, 환상과 현실 등 인류 공통의 오래된 고민에 대한 토론과 논쟁을 철학적이고 사색적으로 그려낸다.

신의 아이 ㅣ정영목 옮김

인간 본성의 가장 어둡고 깊숙한 곳에 대한 탐구이자 사회적·도덕적 올바름에 대한 가장 극단적인 실험작. 코맥 매카시의 세번째 장편소설로 사회와 사회질서로부터 멀어져 철저히 고립된 채 살아가다 결국 연쇄살인과 시간(屍姦)을 저지르고 비참하게 추락하는 한 남자의 이야기를 그린다. 내용과 형식 면에서 기존의 관습적인 틀에 얽매이지 않으면서도 그 자체로 탁월한 완성도를 보여주는 강렬한 작품.